불가리아 출신
율리안 모데스트의 에스페란토 원작 단편소설

꿈속에서 헤매기
SONĜE VAGI

율리안 모데스트(Julian Modest) 지음

꿈속에서 헤매기

인　쇄 : 2022년 12월 08일 초판 1쇄
발　행 : 2022년 12월 15일 초판 1쇄
지은이 : 율리안 모데스트(Julian Modest)
옮긴이 : 오태영(Mateno)
펴낸이 : 오태영
출판사 : 진달래
신고 번호 : 제25100-2020-000085호
신고 일자 : 2020.10.29
주　소 : 서울시 구로구 부일로 985, 101호
전　화 : 02-2688-1561
팩　스 : 0504-200-1561
이메일 : 5morning@naver.com
인쇄소 : TECH D & P(마포구)
값 : 13,000원
ISBN : 979-11-91643-77-0(03890)

불가리아 출신
율리안 모데스트의 에스페란토 원작 단편소설

꿈속에서 헤매기
SONĜE VAGI

율리안 모데스트(Julian Modest) 지음
오태영 옮김

진달래 출판사

JULIAN MODEST

Julian Modest

SONĜE VAGI

novelaro

PRES-ESPERANTO

Sofio, 1992

목차(Enhavo)

PRI LA AŬTORO KAJ LIA NOVA LIBRO

Verŝajne iuj emos rapide riproĉi min, ke mi estas tro inklina al tiu ĉi aŭtoro kaj same ĉifoje, kiel ofte lastatempe - mi unua ekparolas por esprimi mian opinion pri lia nova verko. Jes, mi estas inklina. Kaj jam en la komenco mi diros, ke mi havas apartan ŝaton al li, ĉar per ĉiu sia nova verko ion novan diras al mi, kaj diras ĝin interese.

En ĉi tiu antaŭparolo mi ne dezirus rakonti kion vi tralegos en la libro, ĉar laŭ mi ne tio estas la celo de la enkondukaj notoj, kiel lastatempe abundas en Esperantaj libroj longaj antaŭparoloj kaj enkondukaj notoj, kiuj tute superflue trarakontas la enhavon de la libroj. Tamen pro la fakto, ke de multaj jaroj mi observas de proksime la evoluon de tiu ĉi aŭtoro, mi ŝatus atentigi vin pri iuj ecoj rilate la temojn kaj la stilon de liaj noveloj.

Ili ŝajnas simplaj rakontoj, verkitaj en la spirito de jam delonge konataj beletraj tradicioj, sen la ĉeesto de lastatempe jam oftaj, akraj streĉkunpuŝoj de bravuloj, pafoj kaj murdoj, sekso kaj narkotajoj, negocoj kaj bandoj. Se vi estas ŝatantoj de supraĵaj legaĵoj, sendube vi seniluziiĝos, ĉar en sia nova libro Julian Modest pritraktas temojn, kiuj postulas pli trankvilan profundigon en la problemojn de la vivo, problemojn, kiujn multfoje pritraktis la talentaj verkistoj de ĉiuj epokoj, sed evidentiĝas, ke ĉiam ili kaŝas netuŝitajn ankoraŭ tavolojn kaj nesuspektindajn nuancojn.

La verkoj de Julian Modest havas sian originalan mondon kaj atmosferon. Tio estas la periodo de la juneco, de la maturiĝo, de la unuaj kaj nature la plej fortaj amaj travivaĵoj, de la unuaj senreviĝoj kaj animturmentoj, de la unuaj pli seriozaj konfliktoj kun la realeco, kiu ho ve, estas multe pli alia, ol la romantikaj imagoj kaj streboj de la juna homo.

Por similaj verkoj estas grava kondiĉo, kiun oni devige devas konsideri, ke la aŭtoro ne ekpaŝu trans la delikatan limon de la naiveco, de la superflua sentimentaleco kaj infanismo. En la Esperanta literaturo bedaŭrinde estas pluraj similaj ekzsemploj, ĉar ne ĉiu evento kaj ne ĉiu travivaĵo, sendepende kiom forta kaj sincera ĝi estas, iĝas literaturo, ne ĉio, kio nin emocias, interesas la aliajn, ne ĉiuj demandoj, kiujn ni starigas al ni mem, sendepende kiom gravaj kaj sortdecidaj ili aspektas, turmentas la legantojn. Des pli, ke la juna homo eniras la vivon kun la memfido, ke ĝuste li estas tiu, kiu nun malkovros la mondon kaj ĝuste li anoncos al la homoj verojn, kiujn neniu antaŭe diris al ili.

La verkista kaj la homa spertoj de Julian Modest (tio estas lia sepa libro) havas decidan rolon kaj li majstre evitas la danĝerojn. La juneco en li lerte ligiĝas al la matura mondpercepto. Kiam vi tralegos lian lastan novelon, vi definitive konvinkiĝos, ke liaj verkoj rezultas de malrapidaj, paciencaj spertakiroj, de laciga lukto por superi la hazardan, la etan eventon, "kiu utilas al momento", kiu kaŭzas rapidan kaj supraĵan sukceson. Tio estas verkoj kun severa aprezo de la valoro kaj eterneco de la procesoj, de tio, kio okazis en la pasinteco, de la emociaj kaj pensaj spuroj, kiuj restis en lia animo, de renkontiĝoj kaj disiĝoj, de eraroj kaj trompoj, de neimagebla aro da faktoj, kiuj tiel multe riĉigas nian ĉiutagecon, sed kiujn nur la kreanta personeco povas ĝeneraligi, pripensi kaj rekrei.

La beletra mondo de Julian Modest estas ekskluzive reala, tera. En ĝi la objektoj estas ne nur signoj de la arto tuŝitaj de la aŭtora rigardo - sed ili malkovras sian tutan realecon kaj veran belecon.

Per la akra vitala sentemo li spertas perceptila belecon de la reala ekzisto, li spertas ĝui la proksimecon de la materio. La realajn formojn kaj la kolorojn li pentras per la tuta varieco de la sentoj, kiujn ili vekas. Per tio li helpas al la leganto ne nur vidi la bildon, sed same eksenti ĝin, kvazaŭ li dronus en ĝi. En liaj rakontoj la pejzaĝoj ne abundas, sed la realo en ili estas interpretita per la granda riĉeco de la imagoj kaj en la proceso mem de ilia percepto.

En sia eldiro la klasikulo de la bulgara literaturo Jordan Jovkov, konfesas la jenon: "La vera rakonto estas ne en tio, kiam dum la tuta tempo la aŭtoro staras antaŭ la leganto kaj montras al li jen tion, jen alian, sed en tio, kiam la aŭtoro tiras la kurtenon kaj lasas la leganton sola sekvi la vivon, kiu okazas antaŭ liaj okuloj. Tie la aŭtoro mankas. Kompreneble tiu ĉi maniero de la rakontado estas multe pli malfacila, sed ĝuste pro tio ĝi estas pli perfekta."

Kiam vi legas la novelojn de ĉi tiu libro, vi nepre rimarkos, ke Julian Modest obstine kaj sukcese sekvas tiun ĉi verkistan metodon. Kaj krom tio, se vi enrigardus pli profunden en la verkojn, nepre vi konstatus, ke tiu ĉi metodo tamen kaŝas iun "kaptilon", ĉar nur ŝajne la aŭtoro strebas al iu abstrakta objektiveco, malantaŭ kiu tute estas kaŝita lia personeco, lia rilato al la mondo. Fakte temas pri kompozicia rimedo, pri ekstera foresto de la aŭtoro. Malantaŭ la "objektiva" tono de la rakonto ĉiam senteblas la ĉeesto de la aŭtoro, la varmeco per kiu li kreas la figurojn, la simpleco kaj senpero, per kiuj li priskribas la homajn sortojn.

La akra sentumo per kiu Julian Modest perceptas la ĉirkaŭaĵon estas tre videbla en la detaloj. El ĉio, kion li perceptas, li kapablas elekti tion, kio estas la plej karaktera kaj emocia. Tiu ĉi konkreteco de la detaloj, originale ligita al la streĉeco de la asociacioj, al la abundo kaj elano de la fantazio, kreas iun psikologian riĉecon de la priskribo, dum kiu la travivaĵo iĝas bildon kaj la bildo - travivaĵon.

La matura kaj flua rakontmaniero de Julian Modest, en kiu mankas hastemo kaj supraĵaj konfliktoj, fakte enhavas ege streĉan internan movon. En ĝi pulsas la fortoj de la vivo. Kaj tiu ĉi riĉeco, kaŝita sub la trankvila surfaco, permesas al ni eksenti la senlacan impeton de la aŭtora spirito.

Julian Modest perceptas la mondon kiel senĉesan movon, en kiu la senmovo egalas morton. Li ĉiam impetas, lin obsedas elano, al la esenco de la fenomenoj lin proksimigas ne la harmonia ekvilibro de la maltrankvila rapideco de la movo.

La ĉarmo de liaj verkoj estas ligita al lia profunda inklino serĉi kaj enpenetri en la moralajn problemojn, kiuj maltrankviligas la homojn. Tamen tio havas nenion komunan kun la didakteco kaj moraleco. Tiuj ĉi moralaj problemoj ĉe li aperas en la viva formo de liaj verkoj, en la vero mem, per kiu li strebas pentri la vivon de siaj herooj. Julian Modest rilatas al la moralaj problemoj, konvinkita, ke la vivon direktas virtaj fortoj, ke la homa animo posedas la kapablon morale heliĝi.

Preskaŭ ĉiuj herooj de liaj noveloj estas personoj kun altaj animaj elanoj, personoj, kiuj kontraŭstaras al la griza kontenta socio, trankvila kiel marĉo, kiu ne konas la ribelon. Kaj malgraŭ ke li neniam mencias, ke pluraj el tiuj ĉi herooj estas esperantistoj, ni komprenas tion, ĉar en nia tro praktikema kaj filistra socio nur homoj kun noblaj animoj kaj helaj revoj povas tiel fanatike kredi en la bono, nur homoj, kiuj "sonĝe vagas" povas vivi kun iluzioj, ke la mondo ŝanĝiĝos dank'al la morala influo. Tial la herooj de Julian Modest estas iom malfeliĉaj. Kiam la malfeliĉulo ne povas kontraŭstari al sia naturo, kiam ne povas superi la forton de siaj imagoj, en iu momento li forlasas ĉion kaj ekvagas tra la mondo. Li vagas tra la mondo kiel velboato, kiun oni ligis al la bordo, sed forgesis depreni la velon. Ĝi frapas sin freneze kaj senhalte al la bordo kaj se ŝiriĝos la ŝnuro, ĝi impete eknaĝos laŭ la vento, sen celo kaj direkto, sen stirilo kaj haveno. Tiel ĝi pereos soleca, de neniu vidita, sed ĝi eksentos la dolĉecon de la libera onda ludo, kiun gvidas nenies penso kaj deziro. La aliaj boatoj estos utilaj al siaj posedantoj, sed ĝi utilos al neniu, eĉ ne al si mem. Aŭ eble ne estas ĝuste tiel. Certe ne, ĉar ĉu estas senco revi, strebi al la nekonateco, al la nedivideblĉco, ĉu estas senco kredi, ke io el ni restos sur la Tero, kiam ni forlasos ĝin.

Mi dezirus diri kelkajn vortojn pri la lingvo kaj stilo de Julian Modest. Malarme rimarkas du diferencojn en la vortoj: iuj estas krudaj kaj senperaj, la aliaj - esencaj. La unuaj havas la praktikan destinon, la aliaj - artan, kiu estas ligita al la ĝuo, kiun ili prezentas.

En Julian Modest mi rimarkas deziron forĝi sian propran beletran lingvon kaj sintakson: evidente li ne estas infektita de la fortega deziro de iuj verkistoj, kiuj lastatempe nepre uzas neologismojn kaj torditajn esprimojn. Lia lingvo proksimiĝas al la lingvo de d-ro L. L. Zamenhof, sed en la malnovajn vortojn li spertas enverŝi freŝecon, emfazi ilian sonriĉecon, montri la muzikan tenerecon kaj ritman flekseblon de la lingvo.

Oni diras, ke la vera verkisto malfacile trovas la vortesprimon. Li devas rezigni la klasikan formon, forĵeti ĝin kiel ĉion, kio lin malhelpas por esprimi sian verkistan memon aŭ ekregi ĝin, igi ĝin humila kaj obeema. Ĝuste tion faris Julian Modest. Li sukcesis ekregi la klasikan beletran formon, igi ĝin mola, fleksebla, viva. La ondoj de lia frazo atente kaj tenere
esprimas la nuancojn de lia animstato.

Konklude, antaŭ ni estas aŭtoro, kiu sukcesis ne nur en la temoj, sed en iliaj beletraj interpretoj. Antaŭ ni estas aŭtoro, kiu de ĉiu sia paĝo pruvas, ke li havas senduban talenton kaj same estonte ni povas atendi de li verkojn, kiujn per granda intereso legos la ŝatantoj de la Esperanta literaturo en multaj landoj de la mondo.

– VENELIN MITEV

작가와 새 책에 관해

정말 누군가는 내가 이 작가를 너무 편애한다고, 자주 지난번처럼 이번에도 그의 새 책에 첫 의견을 표현하려고 말을 꺼낸다고 나를 금방 비판할 것이다. 맞다. 나는 그런 경향이 있다. 이미 처음부터 그를 특별히 좋아한다고 말하겠는데, 모든 그의 새 책에서 내게 뭔가 새로운 것을 말하고 재미있게 표현하기 때문이다. 이 서문에서 이 책에서 무엇을 읽게 될 것인지 말하고 싶지 않다. 내가 생각하기에 그것은 안내하는 글의 목적이 아니기 때문이다. 최근 에스페란토 책에는 책의 내용을 과도하게 미리 이야기하는 긴 서문과 안내글이 넘치니까. 그러나 오랜 세월 이 저자의 발전을 가까이에서 지켜본 사실 때문에 소설의 주제와 스타일에 관련지어 몇 가지 특징에 주목하고 싶다. 그것들은 영웅, 총격과 살인, 섹스와 마약, 기업과 갱단 사이의 최근 흔하고 날카로운 대립이 나오지 않고 오래 전부터 알려진 미문학 전통의 정신으로 쓰인 단순한 이야기처럼 보인다. 위와 같은 독서물을 좋아한다면 의심할 여지없이 실망할 것이다. 이번 새 책에서 율리안 모데스트는 모든 재능 있는 작가가 많이 다룬 삶의 문제에서 더 조용하게 심화해야 하는 주제를 다루고 있으니까. 하지만 항상 그것들은 여전히 접근하지 못한 깊이와 예상치 못한 뉘앙스를 숨기고 있는 게 분명하다. 율리안 모데스트의 저작은 그의 독창적인 세계와 분위기를 가지고 있다. 그것은 젊음, 성숙, 자연스럽게 가장 힘센 사랑의 첫 경험과 처음으로 꿈이 깨지고 마음의 고통을 겪고 젊은 사람의 낭만적인 상상과 노력보다 훨씬 더 다른 현실과 더 깊은 갈등을 만나는 시기다.

이런 작품에는 반드시 고려해야 할 중요한 조건이 뒤따른다. 작가가 순진함, 과도한 감상 및 유치함의 미묘한 한계를 넘지 않는 것이다. 에스페란토 문학에서는 아쉽게도 비슷한 사례가 많다. 그것이 얼마나 강력하고 진실한 것을 따지지 않고 모든 사건과 경험이 문학이 되는 것은 아니다. 우리를 감동시키는 모든 것이 남들에게 흥미를 주지 않는다.

얼마나 중요하고 운명을 결정짓게 보일지라도 우리 스스로 제기한 질문들이 독자들에게 영향을 끼치지 않는다. 젊은 사람이 자신을 가지고 그의 인생에 깊이 들어갈수록 세계를 지금 드러내는 사람이 되고, 전에 그 누구도 그들에게 말하지 못한 진실을 사람들에게 알려 줄 것이다.

저자로서 율리안 모데스트가 가진 인간의 경험은 (이것이 그의 일곱 번째 책이다) 결정적 역할을 하고 노련하게 위험을 피한다. 그의 내면에 있는 젊음은 성숙한 세계관과 교묘하게 연결된다.

독자가 그의 최근 소설을 읽을 때 그의 작품이 천천히 참을성있는 경험을 얻은 결과이고, 빠르고 피상적인 성취를 초래하는 순간에만 유용한 우연스럽고 작은 사건을 넘으려는 피곤한 싸움의 결과라는 것을 분명히 확신할 것이다.

그것은 가치의 엄격한 인정과 함께, 절차, 과거에 일어났던 일, 그의 마음속에 남아 있는 감동적인 생각의 흔적, 만남과 헤어짐, 실수와 속임수, 그렇게 많이 우리 일상을 풍요롭게 하지만 오직 창의적인 인간성만이 일반화시키고 깊이 생각하고 다시 만드는 사실의 상상할 수 없는 덩어리가 영원한 글이다.

율리안 모데스트의 미문학 세계는 전적으로 현실적이고 세속적이다. 그 안에서 사물은 작가의 시선이 닿는 예술의 표시일 뿐만 아니라 모든 현실성과 진짜 아름다움을 드러낸다. 날카롭고 생명 넘치는 느낌으로 현존재의 아름다움을 인식하고 사물의 친밀함을 즐기는데도 능숙하다. 실제 모양과 색깔이 불러일으키는 모든 다양함을 가지고 그것들을 그린다. 그렇게 해서 독자들이 그림을 볼 뿐만 아니라 마치 그가 그 안에 잠긴 듯한 느낌을 같이 느끼도록 돕는다. 그의 이야기에는 풍경화가 풍부하지는 않지만 그

안의 현실은 커다란 상상의 풍요와 인식의 자기 과정으로 번역된다.

불가리아 문학의 고전학자 **아르딘 요브코브**는 다음과 같이 고백한다. 진짜 이야기는 작가가 늘 독자 앞에서 이것저것 보여 주는 것이 아니라 작가가 커튼을 걷어내고 독자가 자기 눈앞에서 일어나는 삶을 혼자서 따라가도록 두는 것이다. 거기에 작가는 없다. 물론 이 이야기의 방식은 훨씬 어렵지만 바로 그것 때문에 더 완벽하다. 독자가 이 책의 소설을 읽을 때 율리안 모데스트는 고집스럽게 성공적으로 이런 글쓰기 방법을 따르고 있음을 확실히 알아차릴 것이다. 게다가 작품 속으로 더 깊이 들여다본다면 이 방법이 어떤 함정을 숨긴다고 반드시 확신할 것이다. 오직 외적으로 작가가 그의 개성, 세계에 대한 관계가 완전히 뒤에 숨겨있는 어느 추상적인 객관성을 위해 노력하기 때문이다. 사실 구성 수단이나 저자의 외적 부재가 주제다.

이야기의 객관적인 어조 뒤에는 인물을 창조하는 따뜻함, 사람의 운명을 묘사하는 단순성과 직접성 등으로 항상 작가의 존재를 느낄 수 있다. 율리안 모데스트가 주위 사물을 인식하는 날카로운 통찰력은 아주 세밀한 데서 볼 수 있다. 그가 인식하는 모든 것에서 가장 특징적이고 감정적인 것을 선택할 수 있다. 연합의 긴장, 환상의 풍요와 약동에 원래 연결된 이런 세부사항의 구체성은 경험이 그림이 되고, 그것이 경험이 되면서 어떤 설명의 심리적 풍요로움을 낳는다. 율리안 모데스트의 성숙하고 물흐르는 듯한 이야기 방식은 서두름이나 피상적인 갈등이 부족해도 사실 극도로 긴장을 주는 내적 움직임을 가지고 있다. 그 안에서 생명력이 맥박을 친다. 그리고 조용한 표면아래 숨긴 이 풍요로움이 우리에게 작가의 지칠줄 모르는 작가 정신의 기세를 느끼게 한다. 율리안 모데스트는 세상을 정지가 죽음과 같은 끊임없는 움직임으로 인식한다. 그는 항상 조급해서 약동이 그를 지배해 현상의 본질에 더 가깝게 만드는 것은 불안한 움직임 속도의 조화로운 균형이 아니다. 그 글의 매력은 사람을 불안하게 만드는 도덕적인 문제를 탐구하고 파고드는 그의 깊은 성향에 연결되어 있다. 그러나 그것은 교훈과 도덕과는 아무런 관련이 없다. 그에게 이 도덕적 문제는 주인공의 운명을 그리려고 노력하는 작품의 살아 있는 형태로 진짜 나타난다. 율리안 모데스트는 선한 힘이 삶을 향하고 인간 영혼은 도덕적으로 밝아질 가능성을 가지고 있다고 확신하는 도덕 문제를 다룬다. 그 소설의 거의 모든 주인공은 높은 영혼의 약동을 가진 개인이고, 늪처럼 편안하고 반란을 알지 못하는 회색의 안주 사회에 대항하는 사람들이다. 그들 대다수가 에스페란티스토임을 결코 언급하지 않음에도 우리는 그것을 이해한다. 왜냐하면 우리의 너무 실제적이고 속물적인 사회에서 오직 고귀한 영혼과 밝은 꿈을 가진 사람이 그렇게 열광적으로 선을 믿고 꿈에서 헤맨 사람만이 세상은 도덕적인 영향으로 변할 것이라는 환상을 안고 살 수 있다. 그래서 율리안 모데스트의 주인공들은 조금 불행하다. 불행한 사람이 자연에 반대할 수 없을 때, 상상의 힘을 이기지 못할 때 어느 순간에 모든 것을 버리고 세계로 떠돈다. 그는 해안에 묶여 있지만 돛을 벗기는 것을 잊어버린 돛단배처럼 세상을 떠돈다. 그것은 혼자 미친 듯 때리고 해변에서 멈추지 않고 끈이 떨어진다면 급하게 바람에 따라 목적과 방향없이 운전대와 항구도 없이 헤엄칠 것이다. 외롭게, 누구도 보지 못 하게 망가질 것이지만 어떤 생각이나 욕심도 인도하지 않는 자유로운 파도 놀이를 달콤하게 즐길 것이다. 다른 배는 그 주인에게 유용할 것이지만 그것은 누구에게도 자기 자신에게조차 유용하지 않다. 아니면 아마 그렇지는 않다. 분명 아니다. 꿈을 꾸고, 미지의 것을 위해 노력하고, 불가분성을 위해 노력하는 것이 이치에 맞는가? 우리가 지구를 떠날 때 우리 중 무언가가 지구에 남을 것이라고 믿는 것이 이치에 맞는가?

율리안 모데스트의 언어와 문체에 관해 몇 마디 말하고 싶다. **말라르메**는 단어에서 두 가지 차이점을 찾아냈다. 하나는 거칠고 직접적이고 다른 것은 본질적이다. 첫째는 실용적 목적을 가지고 다른 것은 그가 나타내는 쾌락에 연결된 예술적이다. 율리안 모데스트에게는 자신의 문학적 언어와 구문법을 융합하는 소원을 알 수 있다. 분명 그는 최근 신어와 왜곡된 표현을 사용하는 일부 작가의 강한 열망에 전염되지 않는다. 그의 언어는 자멘호프의 언어에 가깝지만 오래된 단어에 새로움을 불어넣고 소리의 풍요로움을 강조하고 음악적 부드러움과 언어의 리듬있는 유동성을 표현하는데 노련하다. 사람들이 말하기를 진짜 작가는 어렵게 단어 표현을 찾는다. 그는 고전형태를 그만두어야 한다. 작가 자신을 표현하는데 방해가 되는 모든 것을 버리듯 겸손하고 순종적인 것이 지배하도록 해야 한다. 바로 그것을 율리안 모데스트는 했다. 고전의 아름다운 형태를 지배하고 그것이 부드럽고 유동성있고 살아 있는 것으로 하는데 성공했다. 그 문장의 파도는 조심스럽게 부드럽게 그 마음 상태의 뉘앙스를 표현한다. 결론적으로 우리 앞에는 주제뿐만이 아니라 문학적 해석에서 성공한 작가가 있다. 우리 앞에 모든 페이지에서 의심할 여지 없는 재능을 가졌다고 증명하는 작가가 있다. 그리고 똑같이 앞으로도 그에게 세계의 많은 나라에서 에스페란토 문학을 좋아하는 사람들이 큰 흥미를 가지고 읽을 책을 기대할 수 있다.

베넬린 미테브

KORRESPONDO

La jaroj pasis, sed la doloro en Lina iĝis pli akra kaj pli akra. Ofte nokte ŝi vekiĝis kaj longe senmova kuŝis en la lito. Ekstere la vento susuris, la folioj de la tilioj mallaŭte flustris kaj ŝi ne povis fermi okulojn por ekdormi. Ŝajnis al ŝi, ke en tia silenta kaj luna nokto, li atente malfermos la pordon, molpaŝe eniros la ĉambron, klinos sin super ŝi kaj apenaŭ kisos ŝin tiel, kiel iam, ege ege delonge, kiam ŝi estis nur sepjara. Tiel delonge estis, ke Lina preskaŭ ne memoris lin. Nun ŝajnis al ŝi, ke li estis alta, brunhara, liphara. Ŝi ne povis diri ĉu tiam, en ŝiaj infanaj okuloj, li aspektis bela, sed kiam ŝi rigardis liajn fotojn, ŝi vidis, ke li vere estis bela. Liaj tatarformaj okuloj brilis kiel du karbetoj. la nazo iom platis, la vizaĝo estis osteca, tamen el lia tuta mieno radiis varma kareco. Antaŭ la fotoaparato li certe deziris aspekti serioza, sed la rideto sub liaj densaj lipharoj ne povis kaŝiĝi kaj restis por memorigi, ke li ofte ridis.

Rigardante la fotojn, Lina tute ne komprenis kiel okazas, ke homo naskiĝas, vivas kaj subite malaperas, kvazaŭ li neniam estus ĉi tie, kaj se ne restus tiuj kelkaj flavaj fotoj, ŝi ne kredus, ke li vivis kaj li estis ŝia patro. Tiel stranga kaj nekomprenebla ŝajnis ĉio. Ĉu en si mem ŝi portas ion el lia voĉo, el lia rido, el lia spiro? Ĉu iu ŝia gesto aŭ rigardo rememorigus ion pri li? Ĉu, antaŭ ol ekiri la senfinan vojon, ion tamen li lasis al ŝi?

Kiam Lina estis infano, ŝi preskaŭ neniam pensis pri li. Tiam ĉio aspektis tiel normala. En la domo kaj sur la stratoj ĉiuj ripetis iun strangan vorton milito. Li ekveturis kaj antaŭ la ekveturo ŝi ne memoris ĉu ŝi kisis lin aŭ ne. Pli gravis, ke li ne revenis kaj neniu povis diri al ŝia patrino kiam kaj kie ĝuste li pereis. Neniu el liaj amikoj vidis lin en la lasta minuto de lia vivo. Iu diris, ke iun nokton li ekiris kun eta patrolgrupo kaj la tuta grupo ne revenis; alia rememoris, ke bombo diskarnigis lin; tria lastfoje vidis lin en iu lazareto... Kaj jam tute egalis kion rakontis la kvara, la kvina liaj amikoj kaj kunbatalantoj. Finfine ĉiuj rakontoj laŭ iu stranga logiko fandiĝis, interplektiĝis kaj el ili iĝis tute nova rakonto kun klara komenco, longa historio kaj same klara fino: li malaperis sen spuro, sen signo kaj de li restis nek letero, nek vesto, nek tombo en malproksima, nekonata lando.

Eble iom da tempo la patrino kredis, ke li vivas, sed post kelkaj jaroj ŝi edziniĝis denove. Kiam estis infano Lina same kredis, ke li vivas, tamen iom post iom ŝi komencis kompreni, ke tiam, en la pluva septembra mateno, li ekiris la vojon, kiu preskaŭ ĉiam restas senfina. Jes, tiam ĉio ŝajnis normala kaj klara. Lina devis esti unu el tiuj infanoj, kiuj plej bone komprenis la strangan vorton milito.

"Tutan vivon ŝia patrino penis ekscii kie ĝuste pereis la patro, sed vane... Tio turmentis ŝin kaj antaŭ la morto la lastaj vortoj de la patrino estis: "Serĉu kaj trovu la tombon de via patro!"

Eble tiam, en la lasta minuto, antaŭ la eterneco, la patrino konsciis, ke dum sia tuta vivo, ne sufiĉe ŝi persistis por trovi la tombon de tiu, kiun ŝi amis kaj kun kiu ŝi vivis. Tion ŝi testamentis al la filino.

Tiam Lina ne pensis, ke tio iĝos tiel grava en ŝia vivo, sed nun, kiam pli ofte ŝi meditis pri tiu mistero, nomita vivo, ŝi komprenis, ke pli grava devo ol tio por ŝi ne estas. Ŝi konsciis, ke ŝia patro, ke tiu, preskaŭ nekonata al ŝi homo, same naskiĝis kiel multaj aliaj, vivis kaj lin elektis la sorto por doni al ŝi la vivon kaj ŝi estas deviga ekscii almenaŭ kie troviĝas lia tombo.

Ŝi komencis serĉi, demandi, skribi. Ŝi esploris preskaŭ la tutan historion de la Bulgara Armeo dum la Dua Mondmilito. Ŝi sciis parkere fremdlandajn regionojn, lokojn de bataloj kaj atakoj, nomojn de batalionoj kaj rotsekcioj, nomojn de generaloj, koloneloj, ordinaraj soldatoj.

Ŝi skribis leteron post letero al diversaj hungaraj urboj kaj vilaĝoj, sed respondoj ne venis aŭ se hazarde venis iu respondo, ĝi estis lakona kaj ofica - kelkaj tajpitaj linioj klarigis, ke neniaj informoj estas pri tiu soldato kaj sube malklaris subskribo kaj stampo. Jes, post tiom da jaroj la tuta afero montriĝis sensenca kaj vana.

La filinoj de Lina komencis kaŝe primoki ŝin, la edzo unue miris, poste lasis ŝin kaj plu li tute ne intersiĝis al kiu ŝi skribas, kion ŝi ricevas. Verŝajne li opiniis, ke por ŝi tio iĝis iaspeca okupo, kiel por la aliaj virinoj je ŝia aĝo - la librolegado, la trikado aŭ la promenado. Jes, por la filinoj kaj la edzo tiọ eble estis stultaĵo, sed por ŝi - filina devo.

"Ja, neniu povas senspure malaperi - meditis Lina febre. - Ie, sur la tero devas resti almenaŭ ŝtono aŭ arbo, kiu montru, ke li vivis, ke li estis. Post mi neniu scios ion pri li kaj mi devas serĉi kaj trovi lian tombon."

Foje konato konsilis ŝin sendi anoncon al iu ĵurnalo. Lina longe hezitis, sed tio verŝajne estis la lasta ebleco. Iu hazarde tralegus la anoncon kaj skribus al ŝi.

Post kelkaj semajnoj la anonco aperis. Vere, ĝi estis dulinia, sed klare diris, ke se iu, dum la Dua Mondmilito, soldatservis en la dekstria rotsekcio de la Unua Armeo kaj scias ion pri la pereo de Ivan Kirilov, bonvolu skribi al lia filino. Sub la anonco legeblis la nomo kaj la adreso de Lina.

La monatoj pasis. La vintro foriris, la printempo same rapidis al sia fino, sed neniu reago venis. Verŝajne neniu jam memoris la numeron de la ĵurnalo, en kiu aperis la anonco. Nur Lina zorge gardis ĉi malnovan numeron kaj de tempo al tempo ŝi prenis ĝin el la skribtabla tirkesto kaj silente relegis la du mallongajn sekajn frazojn. Ŝi ne sciis kial, sed ŝajnis al ŝi, ke en ĉi eta anonco sin kaŝis iu espero. Kvazaŭ en la vortoj io aludis al ŝi, ke nepre iu tralegos la anoncon kaj ion novan ŝi ekscios pri sia patro.

Estis lunde matene, kiam Lina trovis en la poŝtkesto la leteron. Ordinara koverto, iom ĉifita. La adreso skribita per grandaj neegalaj literoj, certe la mano de la skribinto iom tremis. Eĉ ŝia nomo estis erarita, anstataŭ Lina, la sendinto skribis Kina, sed dank'al Dio la strato, la numero estis ĝustaj.

Maltrankvile Lina malfermis la koverton. Skribis al ŝi sepdekjara viro el fora vilaĝo, apud Danubo. Per kelkaj frazoj li klarigis, ke kune soldatservis kun ŝia patro kaj la nokton de la 16-a de marto ili kune estis en la patrolgrupo, kiu pro malamika embusko disiĝis. Li ne certas ĉu ĝia patro tiam pereis, sed ŝi povus kontroli tion, ĉar la embusko okazis apud la hungara vilaĝo Szentmiklos. La letero finiĝis per la vortoj:

"Estime, kunbatalanta amiko de Via patro Angel Dadov.",

Vere, la letero iom trankviligis Lina, sed nenion novan ĝi diris al ŝi. Pri tiu ĉi vilaĝo ŝi tre bone sciis. Ankaŭ aliaj diris, ke ŝia patro verŝajne pereis tie kaj eble ie tie estas lia tombo, sed jam antaŭe ŝi skribis kelkajn leterojn al la vilaĝa konsilio kaj kelkfoje ricevis afablajn respondojn, ke en la regiono de la vilaĝo ne estas tomboj de pereintaj dum la milito bulgaraj soldatoj.

"Tio estis la lasta letero, kiun mi ricevis" - meditis Lina.

Eĉ la anonco en la ĵurnalo ne alportis ion novan. Ŝi deziris trankviliĝi kaj plu ne pensi pri tio, sed foje ŝia amikino ekhavis strangan ideon.

- Ĉu vi scias, ke mi estas esperantistino - diris Mila.

- Ni skribu leteron al iu esperantisto, kiu loĝas en proksima urbo kaj ni petu lin kontroli ĉu en tiu vilaĝo hazarde ne estas tombo de pereinta bulgara soldato.

Skeptike Lina alrigardis ŝin.

- Ja, kelkfoje el la vilaĝa konsilio oni respondis, ke tie ne estas tomboj de pereintaj bulgaraj soldatoj.

- Tamen ni provu - insistis Mila.

- Ĉu vi persone konas la homon, al kiu vi skribos la leteron? - Ne, sed li aŭ ŝi estas esperantisto.

- Mila, kiel vi naivas. Oficialaj instancoj faris nenion kaj hazarda homo nepre respondos al nia stulta letero.

- Vi ne pravas! - reagis Mila kaj provis konvinki ŝin, sed vane. Lina jam nenion kredis. Neniu komprenis ŝian doloron. La filinoj, la edzo kaŝe primokis ŝin, kaj ĉu tute nekonata homo, el fora lando, lasos sian ĉiutagan laboron por serĉi tombon, kiu eble ne ekzistas aŭ neniam ekzistis.

Tamen en Mila kvazaŭ ekbrulus ia fanatika ambicio. Ŝi decidis pruvi al Lina ion, kio aspektis tiel naiva, ridinda, ke eĉ infano ne kredus je ĝi.

Iun vesperon Mila alportis poŝformatan libreton.

- Jen la jarlibro - iel fiere diris Mila. - Ĝi enhavas la adresojn de la Esperanto-delegitoj el diversaj landoj de la mondo. Lina ne tre bone komprenis kion signifas "jarlibro", "Esperanto-delegitoj", sed ŝi ne demandis. Ŝin nur mirigis la neordinara emocio en la vortoj de Mila.

- Do, mi trovis adreson de delegito, kiu loĝas en urbo, proksima al la vilaĝo, pri kiu vi parolas - daŭrigis Mila. - Lia nomo estas Imre Csatlos, kvindekjara inĝeniero kaj tuj ni skribos al li leteron.

- Kaj tuj li respondos... - aldonis Lina ironie.

- Kompreneble!

- Ho kara mia, kiu inĝeniero trovos tempon por respondi al stultulino aŭ naivulino kiel mi.

- Mi plu ne parolos - ofendiĝis Mila. - Donu paperon kaj diktu la leteron! Dum duonhoro la letero pretis. La enhavo estis preskaŭ la sama, kiun Lina jam multfoje skribis bulgare, hungare, eĉ germane. Post la subskribo de Lina, Mila atente faldis la paperon kaj antaŭ ol ŝovi ĝin en la koverton, aldonis iun verdan bileton.

- Kio ĝi estas? - scivolis Lina.

- Respondkupono - lakone diris Mila.

Ankaŭ tiun vorton Lina ne bone komprenis, sed ŝi konjektis, ke eble ĉi bileto estis iaspeca rekompenco aŭ io simila.

- Jen la letero triumfe diris Mila. - Morgaŭ sendu ĝin kaj atendu la respondon.

- Dankon - skeptike ekridetis Lina kaj metis la leteron sur la tablon.

La sekvan tagon la letero jam flugis al Hungario, sed Lina sendis ĝin tute senespere. Ŝi certis, ke same ĝi malaperos senspure, kiel malaperis tiom da ŝiaj leteroj, petoj, esperoj. Ŝi jam sciis, ke dum vivos, ŝi ne povos plenumi la lastan peton de sia patrino.

Tamen la respondo venis. La eksterlanda koverto estis adresita al ŝia nomo kaj Lina haste malfermis ĝin. La unupaĝa letero estis diligente skribita, per trankvila, eĉ bela skribmaniero. Lina provis ĝin tralegi, sed el la tuto komprenis nur la vorton "sinjorino". Verŝajne la nekonata esperantisto komencis la leteron per la vortoj "estimata sinjorino" aŭ iel simile.

Malgraŭ ke ŝi havis laboron, ŝi lasis ĉion kaj tuj ekiris al la domo de Mila. Kiam Lina montris la leteron, la okuloj de Mila tiel ekbrilis, kvazaŭ la letero estus skribita kaj adresita ne al Lina, sed al Mila. Ĉio, la gesto, per kiu Mila prenis la leteron, la ekscito, per kiu ŝi komencis legi ĝin, emfazis nur solan frazon:

- Ĉu vi vidis, nekredema Tomaso?

Subite febra malpacienco obsedis Lina kaj malgraŭ ke ĝis ĉi momento ŝi estis trankvila kaj certa, ke nenion gravan enhavas la letero, ŝi komencis tremi kaj preskaŭ plore ekpetis:

- Bonvolu traduki, traduki...

Triumfe, malrapide Mila komencis traduki. La nekonata inĝeniero skribis, ke li estis en Szentmiklos, detale kontrolis ĉion, sed bedaŭrinde li trovis nenion. Tamen li ne perdas esperon. Proksime al Szentmiklos situas alia vilaĝo, kies nomo estas simila Alsoszentmiklos kaj venontsemajne li kontrolos tie, ĉar ŝajnas al li, ke tie pli eblas trovi ion. Fine li petis ankoraŭ iom da pacienco kaj elkore salutis ŝin, Lina.

Lina ne kredis al siaj oreloj. Ne eblis. Nekonata persono ne povis skribi similan leteron. Aŭ tiu mistera inĝeniero trompe trankviligas ŝin aŭ Mila ne tradukas ĝuste por ne senrevigi ŝin.

- Ĉu finfine vi kredas? - demandis Mila triumfe.

- Jes - respondis Lina seke kaj prenis la leteron.

Ne, ŝi ne kredis al la traduko de Mila kaj reveninte hejmen, ŝi tuj iris serĉi iun Esperantan vortaron. Ne estis facila afero. En preskaŭ ĉiuj urbaj librovendejoj ne troviĝis simila vortaro, sed Lina firme decidis mem kontroli la enhavon de la letero. Finfine ne restis alia solvo, krom serĉi la vortaron en la urba biblioteko. Feliĉe tie estis sola ekzemplero kaj iom malfacile la bibliotekistino konsentis por kelkaj tagoj prunti ĝin al Lina.

La traduko okazis ŝvita laboro, sed Lina sukcesis deĉifri la leteron. Ne estis dubo. La nekonata viro asertis, ke li kontrolis ĉion kaj denove skribos al ŝi. Tamen iel Lina nepre devis respondi al li kaj almenaŭ danki lin pro la afableco. Ŝi ne deziris plu ĝeni Mila, sed por la respondo la vortaro ne sufiĉis. Bezonata estis lernolibro.

La sekvan tagon matene Lina denove vizitis la bibliotekon. Nun la bibliotekistino estis pli afabla kaj tuj pruntis al ŝi lernolibron.

Kelkajn tagojn Lina febre trafoliumis la lernolibron. Evidente tiu ĉi lingvo ne estis tre malfacila. Finfine, post kelkaj provoj, la respondo pretis. Vere, ke ĝi konsistis nur el kvar frazoj, sed Lina sentis sin senlime feliĉa. Sola, sen iu ajn helpo ŝi sukcesis kompili la respondon kaj mem danki al la nekonata afabla persono.

La dua letero ne malfruis. Imre Csatlos skribis, ke pasintsemajne li ne havis tempon kontroli en Alsoszentmiklos, sed denove li petis paciencon. Ankaŭ nun Lina leterdankis al li, uzante preskaŭ la samajn frazojn, sed aldonis al ili ankoraŭ du novajn, kiujn dume ŝi ellernis.

Tamen atendante la respondojn, iel nesenteble ŝi eklernis la novan lingvon. Io alioga estis en ĝi kaj profunde en si mem Lina komencis senti fortan inklinon al ĝi.

Senpacience ŝi atendis la leterojn de Imre Csatlos, sendepende de la novaĵoj, kiujn ili alportis al ŝi. Iel strange tiu nekonata viro eniris ŝian vivon kaj jam Lina ne povis imagi kiel ŝi vivus sen liaj leteroj. Kio li estis? Kiel tiel forte li deziris helpi al ŝi? Ja, al ĉiuj ŝiaj antaŭaj leteroj oni respondis nur per kelkaj sekaj oficaj frazoj. Ŝi ne sciis kiel aspektas tiu hungara inĝeniero, sed ŝi kvazaŭ vidus lian vizaĝon, liajn okulojn kaj ŝajnis al ŝi, ke li iom similas al sia patro - kun samaj tatarformaj okuloj, brilaj kiel karbetoj, kun samaj densaj lipharoj kaj rideto, kiu aludas pri lia ĉiama bonhumoro.

Nokte Lina pli ofte vekiĝis kaj vere ŝi ne sciis kiun fakte ŝi vidas - ĉu la patron aŭ Imre Csatlos? Apud ŝi trankvile dormis ŝia edzo kaj ege mallaŭte Lina flustris al si mem:

- Dio mia, kiel okazis tio? Ja, mi estas kvindekjara, mi havas edzon, du aĝajn filinojn. Ĉu vere eblas tio? Neniam mi vidis lin, sed kvazaŭ tutan vivon mi estus kun li, eĉ ŝajne mi jam pli scias pri li ol pri mia edzo, kun kiu tridek jarojn ni loĝas kune.

Foje, kiam ŝi kombis sian hararon antaŭ la spegulo, ŝi surprize konstatis, ke io en ŝi ŝanĝiĝis. Mola lumo radiis el ŝiaj bluaj okuloj kaj ia profunda laga trankvilo videblis en ŝia rigardo. Varmigis ŝin la penso, ke ie malproksime, tute nekonata viro vivas kun ŝiaj problemoj, kun ŝia doloro. La filinoj delonge jam ne interesiĝis pri ŝi, la edzo nur silente kaj moke rigardis kiel ŝi ĝis noktomezo lernas la lingvon kaj skribas la leterojn... Kaj li, Imre Csatlos, ne nur respondis al ŝiaj leteroj, sed trovis tempon por diri kelkajn vortojn pri si mem, pri sia laboro. Nur tion Lina ne supozis, nur tion ŝi ne atendis. Ofte obsedis ŝin febro. En tiuj momentoj ŝi deziris tuj ĉesigi la korespondadon, kiu jam aspektis kiel malfideleco al la edzo, sed post la ricevo de nova letero, ŝi ne havis forton kaj tuj eksidis por skribi la respondon.

Estis suna maja mateno, kiam alvenis la plej atendita letero. Maltrankvile Lina malfermis ĝin. Post la tralego de la unuaj du frazoj, ŝiaj manoj ektremis.

"Kara Lina,

Hodiaŭ mi trovis la tombon de Via patro..."

Varmaj larmoj nebuligis ŝiajn okulojn kaj plu nenion ŝi vidis. Senforta, pala ŝi sidiĝis sur la seĝon apud la tablo.

Post kelkaj minutoj ŝi daŭrigis la legadon. Imre detale klarigis kie kaj kiel li trovis la tombon, kion li faris kaj fine li proponis al ŝi tuj ekveturi al Hungario. La varma nebulo denove vualis ŝian rigardon kaj antaŭ si Lina kvazaŭ vidus viron kun ridantaj tatarformaj okuloj kaj densaj lipharoj, sed kiu li estis - ĉu la patro aŭ Imre Csatlos?

vilaĝo Pisanica, la 14-an de aŭgusto 1987.

편지 주고받기

세월은 지나가지만 리나의 고통은 더 깊이 더 심하게 커진다. 자주 밤에 깨어나 오래도록 침대에 가만히 누워 있다. 밖에는 바람이 살랑거리고 보리수꽃잎은 조용히 속삭여서 잠들려고 눈을 감을 수 없다. 그런 조용하고 달빛 비추는 밤에 달빛은 조심스럽게 문을 열고 조심스럽게 방에 들어와 그녀 머리 위로 고개를 숙이고 언젠가 아주 오래전에 그녀가 겨우 일곱 살이었을 때처럼 그렇게 간신히 입맞춤할 것처럼 보였다. 리나가 아버지를 거의 기억하지 못할 정도로 그렇게 오래된 일이다. 지금 그는 키가 크고 갈색 머릿결에 콧수염이 있었다고 보인다. 그녀의 어린 시절 눈에 그가 멋지게 보였다고 항상 말할 순 없지만 그의 사진을 바라볼 때 그는 정말 잘 생겼다고 보았다. 그의 타타르 형태의 눈은 두 개의 작은 석탄처럼 검게 빛났고 코는 조금 평평했으며 얼굴은 고집스럽고 모든 표정에서는 따뜻한 어루만짐이 빛났다. 사진기 앞에서 그는 분명히 진지하게 보여 주려고 했지만 진한 콧수염위의 미소를 보아 그가 자주 웃는 것을 숨길 수 없이 기억하도록 남는다.

사진을 바라보면서 리나는 사람이 태어나고 살다가 마치 여기에 한번도 있지 않은 것처럼, 갑자기 사라지는 것이 어떻게 생기는지 절대 이해할 수 없다. 그리고 몇 장의 누런 사진이 남자 않았다면 그가 살았고, 아버지였음을 믿을 수 없을 텐데 모든 것이 그렇게 이상하고 이해할 수 없는 것처럼 보인다. 정말 그녀 속에 아버지 목소리의, 웃음의, 호흡의 뭔가를 가지고 있는가? 어떤 그녀의 태도나 눈빛이 아버지에 관해 무언가를 다시 기억나게 하는가? 그러나 끝없는 길을 떠나기 전 그는 그녀에게 무엇을 남겼는가? 리나가 어렸을 때 거의 아버지에 관해 생각한 적이 없다. 그때 모든 것은 평범하고 보였다. 집에서 거리에서 이상한 단어 전쟁을 반복했다. 그는 떠났는데 떠나기 전에 그녀가 아버지에게 입맞춤을 했는지 안 했는지 기억이 나지 않는다. 그가 돌아오지 않고 그녀 어머니에게 아버지가 언제 어디서 정확히 죽었는지 그 누구도 말할 수 없다는 것이 더 중요하다.

그의 친구 중 누구도 삶의 마지막 전쟁에서 그를 보지 못했다. 누구는 말하기를 어느 밤에 아버지는 작은 정찰대와 함께 나가서 그 모든 무리가 돌아오지 않았다고 하고 어떤 사람들은 폭탄이 그의 살을 뜯어냈다고 기억하고 세 번째 사람은 그를 어느 격리된 병원에서 마지막으로 보았다고 말했다. 네 번째 사람, 다섯 번째 그의 친구나 같이 싸운 전우도 벌써 말하는 내용이 똑같았다. 마침내 어떤 이상한 논리에 따라 모든 이야기들은 녹아지고 서로 섞어졌다. 그들 중 분명한 시작, 긴 역사적 이야기, 마찬가지로 분명한 마침이 있는 완전히 새로운 이야기가 있었다. 그는 흔적 없이 어떤 신호도 없이 사라졌고 그에게 편지, 옷, 먼 모르는 나라의 무덤조차 없다. 아마 어느 정도 어머니는 아버지가 살아 있다고 믿었지만 몇 년 뒤 그녀는 재혼했다. 리나도 어렸을 때 아버지가 살아 있다고 믿었지만 조금씩 비가 오는 9월 아침에 거의 항상 끝없이 남아 있는 길을 출발했다고 이해하기 시작했다. 그래, 그때 모든 것이 정상이고 분명하게 보였다. 리나는 전쟁이라는 이상한 단어를 가장 잘 이해하는 그런 어린이가 되어야했다. 평생 어머니는 아버지가 정확히 어디에서 죽었는지 알려고 노력했다. 그렇지만 소용이 없었다. 그것 때문에 괴로워하다가 죽기 전에 어머니는 유언하길 '네 아버지의 무덤을 찾아서 가 봐라!' 아마 그때 죽기 마지막 순간에 어머니는 평생 사는 동안 사랑하고 함께 산 남편의 무덤을 찾으려고 애썼지만 충분하지 않았다고 알았다. 그것을 딸에게 유언했다. 그때 리나는 자기 인생에서 그렇게 중요하게 생각하지 않았는데 지금은 그 신비라고 이름붙인 인생을 더 자주 묵상하고 그녀에게 그것보다 더 중요한 의무는 없다고 깨달았다. 아버지는 자기에게 거의 낯선 사람이고 많은 사람들처럼 똑같이 태어나서 살다가 운명에 의해 딸을 낳았으니 자기는 의무적으로 그의 무덤이 적어도 어디에 있는지는 알아야 한다고 그녀는 알았다. 그녀는 찾고 질문하고 편지쓰기 시작했다.

그녀는 제2차 세계대전 불가리아 군대의 모든 역사를 거의 다 조사했다. 외국 지역, 싸움과 공격의 지방 보병중대와 지역대의 이름, 장군, 대령, 보통 군인들의 이름을 외울 정도로 알았다. 여기 헝가리 도시와 마을에 계속 편지를 썼다. 하지만 답장이 오지 않았고 우연히 어떤 답장이 오기도 했다. 짧거나 공식적인 몇 자의 타자기로 쓴 내용이 설명한다. 그 군인에 대한 어떤 정보도 없다. 아래 서명이나 도장도 불분명했다. 그렇다. 그런 세월이 지나 모든 사건이 의미 없고 헛된 것임을 나타냈다. 리나의 딸들은 몰래 놀리기 시작했다. 남편은 처음에 놀랐지만 나중에는 그녀를 내버려 두고 누구에게 편지를 쓰든 무엇을 받든 전혀 관심을 두지 않았다. 정말 그는 그것이 그녀에게 그 나이또래 다른 여자의 책읽기, 실 뜨개질이나 산책 같은 그런 종류의 일이라고 주장했다. 맞다. 딸들과 남편에게 그것은 바보스런 일이었지만 그녀에게는 딸의 의무였다. '정말 그 누구도 흔적없이 사라질 순 없어!' 리나는 희미하게 묵상했다. 어딘가에 그가 살았고 있었다고 표현하는 땅에 적어도 돌이나 나무라도 남아 있어야 한다. 내 뒤에는 누구도 아버지에 관해 무엇도 알 수 없으니 내가 무덤을 반드시 찾아야 한다. 한 번은 지인이 어느 신문에 광고를 내라고 그녀에게 조언했다. 리나는 오래 주저했다. 하지만 마지막 가능성일 수 있다. 누가 혹시라도 광고를 살펴보고 그녀에게 편지를 할 수 있다.

몇 주 뒤에 광고를 했다. 정말 그것은 두 줄 짜리지만 분명히 2차세계대전중 1연대 13대대에서 군 복무했다면 이반 키포로브의 죽음에 대해 뭔가를 안다면 그의 딸에게 편지를 해 주세요. 광고 밑에는 리나의 주소와 이름을 읽을 수 있다. 여러 달이 지났다. 겨울이 가고 봄도 끝을 향해 가고 있다. 어떤 반응도 없었다. 정말 광고가 나온 신문 홋수도 벌써 누구도 기억하지 못했다. 오직 리나만 이 오래된 홋수를 조심스럽게 살폈다. 때로 책상 서랍에서 그것을 꺼내 조용히 짧은 2줄짜리 딱딱한 문장을 읽었다. 왜 그런지 알지 못했지만 이 작은 광고 속에 어떤 희망이 숨어 있다고 보였다. 마치 단어들이 무언가가 꼭 누군가가 광고를 반드시 읽을 것이고 그녀는 자기 아버지에 관해 무언가 새로운 것을 알게 되리라고 암시하는 듯했다. 월요일 아침에 우편함에서 편지를 찾았다. 보통 봉투에 조금 구겨졌다. 크고 삐뚤빼뚤한 글자로 쓰인 주소, 분명 쓰는 사람의 손이 떨렸다. 그녀의 이름조차 잘못 적혀 리나 대신 키나라고 수신자 이름이 써 있다. 하나님 덕분에 거리, 호수는 맞았다. 걱정하는 리나는 봉투를 열었다. 다뉴브 옆 먼 시골의 70세 남자가 그녀에게 편지를 썼다. 몇 문장으로 그녀 아버지와 같이 복무했고 3월 16일 밤 적의 매복 때문에 헤어지기 전까지 같은 부대에 있었다고 설명했다. 그녀 아버지가 그때 죽었는지 확실하진 않지만 매복이 헝가리 마을 스젠트미클로스에서 일어났기 때문에 그것을 확인할 수 있을 것이다. 편지는 이름 말로 끝이 났다. 사랑하며, 당신 아버지의 전우 안겔 다도브.

정말 편지는 조금 리나를 안정시켰다. 그러나 새로운 소식을 주지는 않았다. 이 마을 에 관해 그녀는 아주 잘 알았다. 역시 다른 사람이 그녀 아버지는 정말 거기서 죽었고 거기 어딘가에 무덤이 있을 것이라고 말했지만 그녀는 전에 몇 번 마을 위원회에 편지를 썼고 몇 번 마을 지역에 전쟁 중에 죽은 불가리아 군인의 무덤은 없다는 친절한 답변을 받았다. 그것이 내가 받은 마지막 편지다. 리나는 묵상했다. 신문광고조차 뭔가 새로운 것을 가져다주지 못했다. 그녀는 편안히 그것에 대해 더 생각하지 않으려고 했지만 한 번은 여자 친구가 이상한 생각을 냈다. "내가 에스페란티스토인 것을 알지?" 밀라가 말했다.

"우리 근처 도시에 사는 어느 에스페란티스토에게 편지를 써 보자. 그 마을에 우연히 죽은 불가리아 군인의 무덤이 없는지 확인해 달라고 청해보자."

냉소적으로 리나는 그녀를 바라보았다.

"그래, 몇 번 마을 평의회에서 거기에 죽은 불가리아 군인의 묘가 없다고 답장을 보내 왔어."

"그래도 우리 해 보자." 밀라가 말했다.

"편지를 쓸 사람을 개인적으로 알고 있니?"

"아니, 그렇지만 그는 에스페란티스토야."

"밀라, 얼마나 단순하니? 공식적인 조직도 아무것도 하지 않았는데 모르는 사람이 우리 바보같은 편지에 꼭 답장을 할 것이다?"

"맞지 않아."

밀라가 반박하고 그녀를 확신시키려고 했지만 소용이 없었다. 리나는 벌써 아무것도 믿지 않았다. 그녀의 고통을 누구도 이해하지 못한다. 딸, 남편은 몰래 그녀를 놀리고

먼 외국의 전혀 모르는 남자가 아마 존재하지 않거나 결코 있지 않을 무덤을 찾으려고 자기 모든 일을 그만둘까?

그렇지만 밀라에게는 어떤 열정적인 야심이 마치 불타는 듯했다. 리나에게 그렇게 순진하고 웃기게 보이는 어린이조차 믿지 않는 무언가를 증명하기로 마음먹었다. 어느날 저녁 휴대용 소책자를 가지고 왔다.

"여기 연감이 있어."

밀라가 어딘가 자랑스럽게 말했다.

"거기에 세계 여러 나라의 에스페란토 대의원 주소가 들어 있어."

리나는 연감. 에스페란토 대의원이 무엇을 의미하는지 아주 잘 이해하지 못했지만 묻지 않았다. 밀라의 단어에 있는 특별한 감정이 그녀를 놀라게 했다.

"그럼 네가 말한 그 마을과 가까운 도시에 사는 대의원 주소를 찾았어."

밀라가 계속 말했다.

"이름이 임레 싸틀로스로 50세의 기술자야. 즉시 편지를 쓸 거야."

"그럼 즉시 그가 답할 거야?"

리나가 비꼬듯 덧붙였다.

"물론이지!"

"친구야, 나처럼 순진하고 어리석은 여자에게 답장하려고 시간을 낼 기술자가 누구냐?"

"더 말하지 않을게."

밀라가 속상했다.

"메모지를 주고 편지를 불러 줘."

30분 정도에 편지가 준비됐다. 내용은 리나가 벌써 많이 불가리아어, 헝가리어, 독일어로 썼던 것과 거의 같았다.

리나의 서명 뒤 밀라는 조심스럽게 종이를 접어서 봉투에 그것을 넣기 전에 어떤 푸른 표를 덧붙였다.

"그것이 무엇이니?"

리나가 호기심이 생겼다.

"답장 쿠폰이야."

간단하게 밀라가 말했다. 역시 이 말을 리나는 잘 이해하지 못했지만 아마 이 표가 어떤 종류의 보상이거나 비슷한 무엇이라고 짐작했다.

"여기 편지가 있어." 자랑스럽게 밀라가 말했다.

"내일 그것을 보내고 답장을 기다려."

"고마워."

냉소적으로 리나는 미소 짓고 편지를 탁자 위에 두었다. 다음 날 편지는 헝가리로 날아갔지만 리나는 전혀 희망없이 그것을 보냈다. 그녀는 그것도 그녀가 쓴 수많은 편지, 요청, 희망이 사라지듯 흔적 없이 없어질 것이라고 확신했다. 그녀는 사는 동안 어머니의 마지막 유언을 들어줄 수 없다고 이미 알았다.

그런데 답장이 왔다. 외국 봉투에 그녀 이름이 주소와 함께 있어서 리나는 서둘러 그것을 열었다. 한 장짜리 편지는 열심히 써 있고 편안하지만 예쁘기만한 필체로 되어 있다. 무언가를 읽어보려고 했지만 모든 것 중에서 여사님이라는 단어만 알아먹었다. 정말 낯선 에스페란티스토는 사랑하는 여사님이나 그와 비슷하게 단어를 써서 편지를 시작했다. 일이 있음에도 모든 것을 뒤로하고 곧 밀라의 집으로 뛰어갔다. 리나가 편지를 보일 때 밀라의 눈이 그렇게 밝아서 마치 리나에게 써진 것이 아니라 밀라에게 부쳐진 듯했다. 모든 몸짓으로 밀라는 편지를 쥐고 흥분해서 읽기를 시작하며 오직 한 문장만 강조했다.

"보았니? 믿지 못하는 도마 같은 여자야!"

갑자기 희미한 안절부절이 리나에게 생겼다. 이 순간까지 편안했음에도 편지는 중요한 어떤 것도 없다고 확신했음에도 그녀는 떨면서 거의 울 듯 요청했다.

"번역해 줘. 번역을."

승리한 듯 천천히 밀라가 번역했다. 모르는 기술자는 **스젠트미클로스**에 살고 모든 것을 자세히 확인했지만 아쉽게 아무것도 찾지 못했다고 썼다. 그러나 희망을 잃지 않았다. 스젠트미클로스 근처에 비슷한 **알소스젠트미클로스**라는 마을이 있는데 다음 주에 거기를 확인할 것이다. 왜냐하면 거기서 뭔가 찾을 수 있다고 보이니까. 마침내 얼마간 참을성을 가지라고 청하고 진심으로 리나에게 인사했다.

리나는 귀를 믿지 못했다. 불가능했다. 모르는 사람이 이 같은 편지를 쓸 수 없다. 아니면 이 신비한 기술자가 속임수로 그녀를 안정시키거나 밀라가 그녀가 환멸을 갖지 않도록 정확히 번역하지 않았거나.

"마침내 믿니?"

밀라가 의기양양하게 물었다.

"그래."

리나는 퉁명스럽게 대답하고 편지를 쥐었다. 아니다. 그녀는 밀라의 번역을 믿지 못했다. 집으로 돌아와 곧 어떤 에스페란토 사전을 찾으러 갔다. 쉬운 일은 아니었다. 거의 모든 도시 서점에 비슷한 사전도 없었지만 리나는 스스로 편지 내용을 확인하리라 굳게 다짐했다. 마침내 도시 도서관에서 사전을 찾는 것 외에 다른 해결책이 없었다. 다행히 거기에 유일한 한 권이 있어 조금 힘들게 사서가 리나에게 그것을 며칠간 빌려 주기로 동의했다. 번역은 땀이 나는 노동이었지만 리나는 편지를 해독하는데 성공했다. 의심은 없다. 모르는 남자는 그가 모든 것을 확인하고 다시 편지하리라고 단언했다. 그러나 어떻게든 리나는 그에게 친절함에 최소한 감사 인사 답장을 해야 했다. 그녀는 더 밀라를 성가시게 하고 싶지 않았지만 답장을 위해 단어는 충분하지 않았다. 교본이 필요했다. 다음날 아침 리나는 다시 도서관을 찾았다. 이제 도서관 사서는더 친절하게 금세 그녀에게 교본을 빌려줬다. 며칠간 리나는 교본을 펼쳐보았다. 분명히 이 언어는 그렇게 어렵지는 않았다. 마침내 몇 번의 시도 끝에 답장이 마련되었다. 그것은 단지 네 문장으로 되어 있는 것이 정말이다. 그렇지만 리나는 한없는 행복을 느꼈다. 누구의 도움도 없이 혼자서 답장을 편집하고 모르는 친절한 사람에게 감사하는데 성공했다. 두 번째 편지는 늦지 않았다. 임레 싸틀로스는 지난주 알소스젠트미클로스에 확인할 시간이 없었지만 다시 참고 기다려 줄 것을 부탁했다. 지금도 리나는 거의 같은 문장을 사용해서 그에게 감사 편지를 썼다. 그래도 그 편지에 그 동안에 배운 두 가지 새로운 문장을 덧붙였다. 답장을 기다리면서 어떻게 해서 자기도 모르게 새 언어를 배웠다. 뭔가 매력적인 것이 그 안에 있어 그녀 스스로 그 언어에 깊고 강하게 이끌린 것을 느꼈다. 애가 타서 그녀에게 가져다줄 새로운 소식에 상관없이 임레 싸틀로스의 편지를 기다렸다. 어떻게 이상하게도 그 모르는 남자가 그녀 인생에 들어와서 벌써 리나는 그의 편지가 없다면 어떻게 살았을까 상상할 수도 없었다. 그가 누구인가. 어떻게 그렇게 강하게 그녀를 도와주고 싶어 하는가. 정말 그녀가 전에 보낸 모든 편지에 사람들은 오직 딱딱하고 공식적인 문장 몇 개로 답장했다. 그녀는 그 헝가리 남자가 어떻게 생겼는지 알지 못하지만 마치 그의 얼굴, 그의 눈을 본 듯하고 그는 조금 그녀의 아버지와 닮아서 똑같이 타타르인 형태의 눈, 작은 석탄처럼 까맣게 빛나는 똑같이 진한 콧수염, 항상 기분 좋음을 연상시키는 미소가 있다고 그녀에게 보였다. 밤에 리나는 더 자주 깨어나서 아버지인지 임레 싸틀로스인지 사실 누구를 보았는지 모른다. 그녀 옆에서 남편은 조용히 자고 아주 작은 소리로 리나는 혼자 중얼거렸다.

"아이고 참, 무슨 일이 일어났나. 정말 나는 50살이고 남편도 있고 두 명의 나이든 딸이 있다. 정말 그것이 가능한가. 한 번도 그를 본 적이 없지만 마치 평생 그와 함께 있는 것 같고 30년을 같이 산 남편보다 그를 이미 더 잘 아는 듯 보였다. 한 번은 거울 앞에서 머리를 빗을 때 놀라서 자기 안에 무언가 변한 것을 확인했다. 파란 눈에서 부드러운 빛이 나오고 그녀 눈빛에서는 깊은 호수 같은 편안함이 보였다. 어딘가 멀리서 완전히 모르는 남자가 그녀의 문제와 그녀의 고통과 함께 산다는 생각이 자신을 따뜻하게 했다. 딸들은 오래전에 그녀에게 관심이 없고 남편은 오직 조용히 놀리듯 그녀가 한밤중까지 언어를 배우고 편지를 어떻게 쓰는지 쳐다보았다. 그리고 임레 싸틀로스는 그녀 편지에 답장할뿐만 아니라 자신과 자신의 일에 관해 몇 마디 말할 시간도 있었다. 오직 그것을 기다리지 않았다.

자주 희미한 열이 그녀를 장악했다. 이 순간에 그녀는 남편에 대한 불충처럼 벌써 보여 통신을 곧 그만두고 싶었다. 그렇지만 새 편지를 받은 뒤 힘을 갖지 못해 곧 답장을 쓰려고 즉시 앉았다.

가장 기다린 편지가 왔을 때 해가 나온 5월 아침이었다. 불안하게 리나는 그것을 열었다. 첫 두 문장을 읽은 뒤 그녀는 손을 떨었다.

'사랑하는 리나에게! 오늘 나는 당신 아버지의 무덤을 찾았어요.'

따뜻한 눈물이 그녀 눈을 안개에 끼도록 해서 아무 것도 보지 못했다. 힘없이 창백하게 탁자 옆 의자에 앉았다. 몇 분 뒤 편지 읽기를 계속했다. 임레는 자세히 어디서 어떻게 무덤을 찾았고 무슨 일을 했는지 설명했고 마지막에 곧 헝가리로 오라고 제안했다. 따뜻한 안개가 다시 그녀 시선을 가리고 타타르 형태의 눈으로, 무성한 콧수염으로 웃고 있는 그를 눈앞에서 보는 듯했다. 하지만 그는 누구인가? 아버지인가 임레 싸틀로스인가.

LA EDZO, KIU LEVIĜIS

Dorina estis dekokjara, kiam edziniĝis. Iuj el la parencoj opiniis, ke ŝi ankoraŭ ege junas por familia vivo, aliaj pruvis, ke ĝustatempe ŝi edziniĝas. Al Dorina mem ŝajnis, ke ĉio okazis tiel nature kaj rapide, ke ŝi eĉ ne pensis ĉu dekok jaroj estas aĝo normala por edziniĝo aŭ ne. Post la fino de la gimnazio ŝi eklaboris kiel vendistino en librovendejo kaj iom post iom la laboro ege ekplaĉis al ŝi. Unue ŝi ne rimarkis la homojn, kiuj eniris la vendejon por rigardi la librojn aŭ aĉeti iun el ili, sed poste ŝi komencis pli detale observi la aĉetantojn.

La vizitantoj de la librovendejo estis tre diversaj. Iuj el ili nur supraĵe trarigardis la bretojn, kvazaŭ ili atendus vidi sur ili ne librojn, sed tomatojn aŭ pomojn. Aliaj longe streĉis rigardojn, serĉante iun solan libron kaj ne trovinte ĝin sur la bretoj, hezite demandis ĉu ĝi estas aŭ ne. Se la respondo estis "jes", iliaj okuloj ekbrilis, kvazaŭ ili trovus la plej grandan trezoron en la mondo, se la respondo estis "ne", iliaj mienoj velkis kaj tiam Dorina deziris nepre iamaniere helpi al ili. Triaj ne serĉis specialan libron, sed simple deziris vidi kio estas kaj se iu nova libro kaptis ilian atenton, ili tuj aĉetis ĝin. Eble unu el tiu grupo da aĉetantoj estis Kiril, ŝia edzo.

Dorina bone memoris la majan tagon, kiam li unuan fojon venis en la librovendejon. Hezite li trarigardis la bretojn, prenis iun libron kaj proksimiĝis al la vendotablo, malantaŭ kiu staris Dorina.

Dum Dorina pakis la libron, la junulo silente strabis ŝin, kvazaŭ dezirus diveni ĉu ŝiaj okuloj bluas aŭ helverdas. Eble pro la fakto, ke neniu alia estis en la librovendejo, li ekhavis kuraĝon kaj subite demandis ŝin:

- Kiam mi povus vidi vin denove?
- Ĉiam, kiam vi venos ĉi tien - ekridetis Dorina.

La neatendita afabla respondo eble iom konfuzis la junulon, ĉar li nenion plu diris, nur pagis kaj foriris. Post kelkaj tagoj li denove aperis kaj denove aĉetis iun libron. Liaj alvenoj en la librovendejon plioftiĝis kaj plioftiĝis. Kelkfoje li atendis Dorina post la finiĝo de la laboro kaj akompanis ŝin ĝis ŝia loĝejo.

La tagoj pasis kaj Dorina sentis, ke iel malpacience ŝi komencis atendi liajn alvenojn. Li ne avertis ŝin, kiam li venos denove, sed dumtage Dorina ofte, oftege alrigardis la pordon kaj atendis la momenton, kiam ĝi lante malfermigos kaj ĉe la sojlo de la librovendejo ekstaros li, en hela somera pantalono kaj blua ĉemizo. Svelta, ne tre alta, nigrohara li estis kiel ĉiuj dudek tri - dudek kvarjaraj junuloj, sed io en lia rigardo igis lin tute alia. Liaj malhelaj okuloj similis al brilaj olivoj kaj kiam li rigardis

Dorina, ŝajnis al ŝi, ke tiuj du olivoj varmridetas.

La edziĝo okazis fine de aŭgusto kaj komence de septembro. Kiril translokiĝis en la domon de Dorina, kie ŝi loĝis kun siaj gepatroj. Kiam la parencoj kaj konatoj observis la junan familion, al ĉiuj ŝajnis, ke pli feliĉaj geedzoj ol Kiril kaj Dorina ne ekzistas kaj verŝajne tio longe daŭrus, se ne okazis la evento, kies postsekvoj estis strangaj kaj neniel kompreneblaj.

En iu dimanĉa mateno, kiam kutime Dorina ordigis la etan ĉambron, en la libroŝranko ŝi rimarkis la tri librojn, kiujn Kiril aĉetis en la librovendejo, kiam ili ankoraŭ ne estis geedzoj. La libroj silente staris tie kaj nun, unuan fojon, Dorina konstatis, ke Kiril neniam malfermis ilin kaj eĉ vorton ne tralegis el ili. La fakto mem ne tre surprizis Dorina, tamen ĝi iom meditigis ŝin. Du jarojn jam ili vivis kune, sed neniam ŝi vidis Kiril legi. Kiam li revenis el la laborejo, plej ofte li muntis aŭ malmuntis iujn motorojn, mekanismojn aŭ riparis hejmajn elektrajn ilojn, sed neniam li malfermis libron aŭ ĵurnalon.

"Ĉu li entute scipovas legi?" - demandis sin Dorina kaj de tiu tago ŝi komencis pli atente observi sian edzon.

De la laborejo Kiril kutime tuj revenis hejmen, surmetis la hejmajn vestojn, prenis el la ligna kesto ŝraŭbturnilojn, tenajlojn, drotojn, ŝraŭbojn, boltojn kaj komencis munti siajn mekanismojn. Tiu ĉi kesto enhavis skatolojn, skatoletojn, plenajn de ŝraŭboj, boltoj, ŝraŭbingoj, ŝaltiloj, drotoj kaj milo da aliaj metalpecetoj, kies signifon Dorina tute ne imagis, tamen Kiril tiel gardis ilin, kvazaŭ ili estus diamantoj kaj briliantoj.

Kiam li komencis fingrumi siajn mekanismojn, li forgesis ĉion alian kaj dum tiuj horoj Dorina pli kaj pli ofte demandis sin:

"Ĉu li entute scipovas legi?"

Foje ŝi ne eltenis kaj kiam li denove malfermis la keston por elpreni siajn trezorojn, ŝi tenere ĉirkaŭbrakis lin:

- Kiril, kial vi nur fingrumas viajn mekanismojn, ĉu dum la libera tempo vi ne povas fari ankaŭ ion alian?

- Kion? - li strabis ŝin mire.

- Eble vi legu...

- Bone, bone - ekridetis varme liaj olivaj okuloj.

Tamen la semajnoj pasis kaj la fakto, ke lin interesas nek libroj, nek ĵurnaloj komencis maltrankviligi Dorina. Neniam antaŭe ŝi supozis, ke estas homoj, kiuj la tutan vivon tralegis eĉ ne unu libron, sed Dorina ege amis lin.

- Kiril, tralegu iun libron - komencis ŝi insisti. - Jen, "Cent jaroj da soleco"

de Garcia Marquez estas ege interesa.

- Bone, bone mi tralegos ĝin - ridetis li, opiniante ke Dorina ŝercas.

- Kiril, levu vin iomete, leviĝu, ne restu ordinara, simpla teknikisto - insistis
ŝi.
- Bone, bone - konsentis li.
Tamen kiam Dorina pli kaj pli petis, li komencis legi. Unue Dorina opiniis, ke li nur trafoliumas la librojn kaj ŝajnigas legadon, sed baldaŭ ŝi konstatis, ke li vere profundiĝas en la legado. Dume Dorina rimarkis ankaŭ alian trajton de lia karaktero - li estis ege konsekvenca kaj ambicia.
Kiam ili gastis ĉe amikoj kaj konatoj, Kiril ne plu silentis, sed same diskutis pri novaj libroj kaj ĉiuj miris, ke tiu ĉi sinĝena teknikisto tiel multe legas. Dorina brilis pro feliĉo kaj tute ne rimarkis, kiam la varmrideto en liaj oliva okuloj tute malaperis, sed baldaŭ ŝi konstatis ion, kio jam estis stranga kaj nekomprenebla.
Foje, kiam ŝi iris kun Kiril surstrate, ŝi subite eksentis, ke Kiril kvazaŭ estus iom pli alta ol ŝi. Li ĉiam pli altis ol ŝi, sed nun io stranga estis en lia alteco. Kaŝe, sed atente Dorina trarigardis lin. Ne la ŝuoj estis la kialo. Li surhavis la samajn ŝuojn, kiujn ili kune aĉetis antaŭ kvin aŭ ses monatoj. Ridinde estis supozi, ke dum la lastaj tagoj li elkreskis, ja li aĝis jam dudek ses jarojn. Certe la kialo estis alia, sed Dorina ne povis tuj diveni ĝin. Ŝi denove atente trarigardis lin kaj mire ŝi konstatis, ke kiril marŝas, sed li ne tuŝas la stratpavimon. Nekredeble! Ĉu ŝi

dormas aŭ halucinas? Ne! Li marŝis tiel kvazaŭ li paŝus sur la strato, sed fakte li paŝis en la aero. Dorina kaŝe pinĉis sin, eĉ preskaŭ ne ekriis pro doloro, sed vere ŝi ne sonĝis. La fakto estis fakto. Kiril trankvile ŝvebis en la aero kaj evidente eĉ li mem ne konsciis tion, ĉar kiel ĉiam li supraĵe gapis la vitrinojn, kiujn ili preterpasis.

Kelkfoje Dorina turnis sin dekstren kaj maldekstren por vidi ĉu la aliaj ankaŭ rimarkis tion, sed la homoj ĉirkaŭ ili rapidis, okupitaj pri siaj problemoj kaj neniu rimarkis ke iu viro ne iras sur la strato, sed ŝvebas en la aero. Konsternita, konfuzita, Dorina ne sciis kion fari, ĉu diri tion al Kiril aŭ silenti kaj atendi kio plu okazos.

La tagoj pasis kaj ŝajne Kiril pli kaj pli leviĝis. Tamen estis bone, ke li mern nenion sentis aŭ komprenis. Li daŭrigis trankvile legi, eĉ pli ofte li venis en la librovendejon, kie ŝi laboris, kaj li mem elektis la librojn, kiuj interesis lin. Krome li komencis lerni anglan lingvon, kio neimageble ĝojigis Dorina, sed nur tiu stranga aerŝvebado ne lasis ŝin trankvila. Jam ne estis dubo - li daŭre marŝis en la aero.

Iun varman aŭgustan nokton Dorina preskaŭ ne svenis pro miro. La plenluno gvate eklumigis ilian dormĉambron kaj eble tio vekis ŝin subite. En la unua momento ŝajnis al ŝi, ke io ne estas en ordo, sed ŝi ne povis tuj kompreni kio ĝuste. Apud ŝi Kiril dormis kaj trankvile ronkis. Tamen kiam pli atente Dorina alrigardis lin, ŝi preskaŭ ne ekkriegis pro teruro kaj timo. Vere, ke Kiril trankvile dormis kaj kuŝis, sed ne en la lito, tamen duonmetron super ĝi. Ĉion Dorina atendis, nur tion - ne! Li kuŝis en la aero, kvazaŭ cirka iluziisto lerte levis lian korpon, kiu nun horizontale pendis super la lito.

Nekredeble! Tio jam estis skandalo kaj Dorina nepre devis enterpreni ion diri ĉion al Kiril, aŭ urĝe konsulti kuraciston. Ŝi ne povis kompreni ĉu kun Kiril okazis io aŭ kun ŝi mem, sed la fakto estis fakto. Kiril dormis trankvile, pendante mirinde super la lito, kiel stranga eksterterulo. Subite Dorina rememoris la vortojn, kiujn iam ofte ŝi ripetis al li: "Kiril, levu vin iomete, leviĝu, ne restu ordinara, simpla teknikisto."

Kaj jen li leviĝis. Profunde en si mem Dorina eksentis varmondan ĝojon. Ja, ŝi instigis lin al legado kaj dank'al ŝi li leviĝis, kaj longe admire Dorina kontempladis lin. La luno lumigis lian vizaĝon, lian korpon kaj ŝajnis al ŝi, ke en tiu ĉi momento lia tuta korpo glatas, arĝentbrilas, matpezas kaj fragitas, kvazaŭ muldita el rara valora metalo. Estis mirinde bele kaj ŝi ne povis deloki sian rigardon. Tamen observante la dormantan Kiril, subite ŝi demandis sin, ĉu li fakte estas li? Sendube liaj estis la pala bela vizaĝo, la iom agloforma nazo, la krispa nigra hararo, eĉ la eta nevuso, simila al grenero, sur la maldekstra vango, sed nun el lia tuta mieno radiis metala brilo, kiu igis lin aspekti malproksima kaj nekonata.

Subite Dorina ekploris. Ŝi ekploris silente, konvulsie. La varmaj larmoj malrapide ekruliĝis sur ŝiaj vangoj kaj ŝi eksentis ilian amarsalan guston. Se li tiel leviĝas, meditis ŝi, post monato ŝi tute ne povus tuŝi lin, karesi lin, kisi lin. Ĉi-nokte Dorina ne plu ekdormis. Longe, silente kaj amare ŝi ploris. Matene ŝi provis forgesi ĉion, provis pensi, ke ĉio estis nur terura, koŝmara sonĝo, sed la sekvan nokton la koŝmaro ripetiĝis.

Kiril daŭre kondutis tiel kvazaŭ komprenis nenion aŭ eble ŝajnigis, ke li supozas nenion. Kiel ĉiam, li estis kara al ŝi, sed la varma rideto en liaj olivaj okuloj iĝis tute metala. Al neniu Dorina kuraĝis konfesi sian koŝmaron, sed iun matenon, kiam ŝi vekiĝis, ŝi trovis Kiril nek en la lito, nek super ĝi. Tage li aperis nek en la laborejo, nek en la librovendejo, nek posttagmeze li revenis hejmen. Li aperis nek la sekvan, nek la postsekvan tagon.

Lian foreston kompreneble rimarkis la parencoj kaj konatoj kaj kiam ili scivole demandis Dorina kio okazis kun Kiril, ŝi levis ŝultrojn kaj nenion kuraĝis respondi.

Kompate ili kapjesis kaj flustris:

– Bedaŭrinde, tia feliĉa familio! Li finis eĉ universitaton, sed la viroj rapide forgesas la virinojn, kiuj helpis ilin leviĝi!

- Ne! Li tre amis min - balbutis Dorina.

- Jes, jes - multsignife kapjesis la parencoj kaj konatoj.

Vilaĝo Pisanica, la 19-an de aŭgusto 1987.

들려진 남편

도리나는 열여덟 살에 결혼했다. 친척 중 누가 가정생활하기에 너무 어리다고 주장했다. 다른 사람은 그당시 그녀도 결혼했다고 증언했다.

모든 일이 그렇게 자연스럽게 빠르게 도리나 자신에게 진행되는 듯해서 열여덟 살이 결혼하는데 정상적인지 아닌지 그녀는 생각조차 하지 못했다. 고등학교를 마친 뒤 서점에서 판매원으로 일했고 조금씩 일이 아주 마음에 들었다. 처음에는 책을 보려고 하는지 가게에 들어와 사려고 하는지 알아차리지 못했지만 나중에 사는 사람들을 더 자세히 살피기 시작했다. 서점 방문자들은 아주 다양했다. 그들 중 일부는 오직 피상적으로 책장 선반을 훑어보았다. 마치 거기서 책이 아니라 토마토나 사과를 기다리듯이. 다른 사람은 오래도록 시선을 기울인다. 어느 책 한 권을 찾으면서. 선반에서 그것을 찾지 못하고 주저하며 그것이 있는지 없는지 질문했다. 대답이 '예'라면 그 눈은 빛났다. 마치 가장 큰 보물을 세상에서 찾은 것처럼. 대답이 '아니오'라면 그들의 태도는 시들고 그때 도리나는 어떤 식으로든 그들을 돕고 싶었다. 세 번째 부류는 특별한 책을 찾지 않고 단순히 무엇이 있는가 보기를 원하고 어떤 새 색이 주의를 끌면 즉시 그것을 샀다. 아마 그런 구매자 중 한 명이 남편 키릴이었다.

도리나는 그가 처음으로 서점에 온 5월의 한 날을 잘 기억했다. 주저하며 책장을 훑어보더니 어떤 책을 꺼내서 도리나가 서있는 판매대 앞으로 가까이 다가왔다. 도리나가 책을 포장할 때 젊은 이는 조용히 그녀를 곁눈질했다. 마치 그녀 눈이 파란지 붉은 초록색인지 유추하려는 것처럼. 아마 서점에 다른 누구도 없었다는 사실 때문에 그는 용기를 내서 갑자기 그녀에게 물었다.

"다시 아가씨를 언제 볼 수 있나요?"

"여기 오시면 언제나요."

도리나가 살짝 웃었다. 예기치않은 친절한 대답에 아마 젊은이는 당황한 듯했다. 아무 말도 하지 않고 단지 돈을 계산하고 나가는 것을 보니. 며칠 뒤 그는 다시 나타나서어떤 책을 샀다. 서점에 그가 오는 것이 잦아지고 더 많아졌다. 일이 끝난 뒤 여러 번 그는 도리나를 기다렸다. 그녀 집까지 그녀를 동반했다.

날들이 지나가고 도리나는 어떻든 안절부절못하며 그의 방문을 기다리고 있다고 느꼈다. 그는 언제 다시 올 것인지 그녀에게 알리지 않았다. 하지만 낮에 도리나는 자주 아주 자주 문을 바라보고 문이 천천히 열리고 밝은 여름용 바지와 파란 셔츠를 입고 서점 입구에 서는 순간을 기다렸다. 날씬하지만 그렇게 키는 크지 않고 검은 머릿결의 그는 숨을 보통 스물 셋이나 스물 넷의 젊은이였다.

하지만 그 눈빛 속에 무언가가 그를 아주 다르게 했다. 그의 어두운 눈동자는 빛나는 올리브 같고 도리나를 바라볼 때 그 두 개의 올리브가 따뜻하게 웃는 듯했다. 결혼식은 8월 말에 치러졌고 9월 초에 키릴은 부모님과 살고 있는 도리나의 집으로 이사했다. 친척과 지인들이 젊은 가정을 살필 때 키릴과 도리나보다 더 행복한 부부는 없는 것 같았고 정말 그것은 오래 계속될 것이다. 그 일이 일어나지 않았다면. 그 일의 후유증이 이상하고 결코 이해할 수 없는 것이기에.

어느 일요일 아침에 보통 도리나는 작은 방을 정리할 때 책장에서 키릴이 결혼하기 전에 서점에서 산 책 3권을 알아차렸다. 책은 조용히 거기 꽂혀 있고 이제 처음으로 키릴이 그것을 한 번도, 그것의 단 한 단어도 펼쳐보지 않았음을 도리나는 확신했다.

그 사실이 도리나를 아주 놀라게 하지는 않았지만 그녀를 조금 생각하게 만들었다. 벌써 2년간 함께 살지만 키릴이 책 읽는 것을 한 번도 본 적이 없었다. 직장에서 돌아오면 어떤 모터나 기계장치를 아주 자주 설치하거나 해체하고 가정의 전기기구를 수리 했지만 책이나 신문을 한 번도 열어 보지 않았다.

"그는 읽을 수 있나?"

도리나는 완전히 궁금했다.

그날부터 도리나는 자기 남편을 더 꼼꼼히 살폈다. 직장에서 보통 키릴은 금세 집으로 돌아와서 가정복으로 갈아입고 나무 상자에서 드라이버, 집게, 철사, 나사, 볼트를 꺼내 기계장치를 설치하기 시작했다. 이 상자는 다양한 상자, 나사, 볼트, 나사꽂이, 스위치, 철사, 도리나가 전혀 의미도 상상할 수 없는 수천개의 다른 금속 부품들로 가득 차 있다. 그래도 키릴은 그것이 다이아몬드나 보석인 듯 잘 시켰다. 기계장치를 손으로 만지기 시작할 때 그는 다른 모든 것을 잊었다. 여러 시간 도리나는 점점 궁금해졌다. '그는 완전히 읽을 수 있나?'

한 번은 참지 못하고 키릴이 보물을 꺼내려고 상자를 다시 열 때 그녀는 부드럽게 그를 껴안았다.

"키릴, 왜 당신의 기계장치를 손으로 만지기만 하나요? 쉬는 시간에 다른 무언가를 할 수 없나요?"

"무엇을?"

그는 놀라서 그녀를 곁눈질했다.

"아마 책을 읽거나…"

"좋아, 좋아."

그의 올리브 같은 두 눈이 따뜻하게 미소를 지었다. 하지만 일주일이 지나도 책이나 신문에 흥미를 갖지 않는다는 사실 때문에 도리나는 걱정이 됐다.

전에 그녀는 평생 한 권의 책도 읽지 않은 사람이 있다고 짐작도

하지 못했다. 그러나 도리나는 그를 아주 많이 사랑했다.

"키릴, 어떤 책을 읽어 봐요."

그녀가 재촉하기 시작했다.

"여기 가르시아 마르케스가 쓴 『백년간의 고독』이 아주 재밌어요."

"좋아, 좋아."

그는 도리나가 농담한다고 생각하면 빙긋 웃었다.

"키릴, 당신을 조금 들어 올려요. 들어 올려. 보통의 평범한 기술자로 머물지 말고."

그녀가 우겼다.

"좋아, 좋아."

그가 동의했다. 하지만 돌리다가 계속 부탁하자 그는 읽기 시작했다. 처음엔 도리나는 그가 단순이 책을 뒤적인다고, 읽는 척한다고 생각했지만 곧 그는 정말 독서에 깊이 빠졌다고 확신했다. 그러는 동안 그의 성격의 다른 특징을 알아차렸다.

"그는 아주 언행일치하고 야심이 있어."

그들이 친구나 지인 집에 초대받을 때 키릴은 이제 조용하지 않고 새 책에 관해 같이 토론해서 모두 놀랐다. 이 불안한 기술자가 그렇게 많이 읽어서. 도리나는 행복해서 빛이 났다. 그의 올리브 눈동자에서 따뜻한 미소가 언제 완전히 사라지는지 전혀 알아차리지 못했다. 하지만 금세 이상하고 이해할 수 없는 무언가를 확인했다.

한 번은 키릴과 함께 길을 걸을 때 그녀는 키릴이 마치 그녀보다 조금 더 키가 크다고 갑자기 느꼈다. 그는 항상 그녀보다 조금 컸지만 지금 뭔가 그의 키에 이상한 점이 있었다. 숨어서 그러나 주의해서 도리나는 그를 살펴보았다. 이유는 신이 아니었다. 그는 오륙 개월 전에 같이 산 똑같은 신을 신었다. 지난 며칠 사이에 키가 컸다고 짐작하는 것은 웃기다. 정말 그는 벌써 스물 여섯이었다. 분명히 이유는 다른 것이지만 도리나는 금세 그것을 유추할 수 없었다. 그녀는 다시 주의해서 그를 살펴봤다. 그리고 놀랍게도 키릴이 걷고 있지만 도로 포장된 부분을 접촉하지 않다고 확신했다. 아니다. 도로 위를 산책하듯 앞으로 나아가지만 사실 공중에서 걷고 있다.

도리나는 몰래 자기를 꼬집었다. 고통 때문에 거의 소리칠 수도 없었지만 정말 그녀는 꿈을 꾸고 있지 않았다. 사실은 사실이다. 키릴은 조용히 공중에서 떠다녔다. 분명히 그조차도 그것을 알지 못했다. 지나가면서 진열창을 피상적으로 늘 보기에.

여러 번 도리나는 다른 사람이 그 사실을 알아차렸는지 보려고 좌우를 두리번거렸다. 하지만 그 주변 사람들은 자기 문제에 빠져서 서두르느라 어떤 남자가 길 위로 걸어 가는 것이 아니라 공중에서 떠다니는 것을 아무도 눈치채지 못했다. 놀라고 당황해서 도리나는 키릴에게 그것을 말해야 하나 아니면 조용히 무슨 일이 일어날지 기다려야 하나 무엇을 할지 알지 못했다.

날들이 지나가고 키릴은 점점 더 들어 올려지는 것 같았다. 하지만 그 스스로는 아무것도 느끼지 않고 알지 못 해서 다행이다. 그는 계속 조용히 책을 읽고 그녀가 일하는 서점에 자주 와서 흥미있는 책을 직접 골랐다. 게다가 상상할 수 없을 만큼 도리나를 기쁘게 하는 영어 배우기를 시작했다. 그 이상한 공중에서 떠다니는 것만 그녀를 편안하게 두지 않았다. 이미 의심이 아니다.

그는 계속해서 공중에서 걸어 다닌다. 어느 따뜻한 8월 밤에 도리나는 거의 놀라서 기절할 뻔 했다. 보름달이 그들 침실을 몰래 비치고 있는데 아마 그래서 갑자기 그녀가 깼다. 처음에 뭔가 제대로 되지 않고 있는 것처럼 보였지만 정확히 무슨 일인지 즉시 알 수 없었다. 그녀 곁에서 키릴은 잤다.

조용히 코를 골았다. 하지만 도리나가 더 주의해서 그를 볼 때 공포와 두려움 때문에 거의 소리칠 뻔 했다. 정말이다.

키릴이 조용히 자고 누워 있지만 침대에서가 아니라 침대 50㎝ 위에서. 모든 것을 기대했지만 오직 그것은 아니었다. 그는 공중에 누워 있고 마치 곡마장의 요술사가 능숙하게 그의 몸을 든 것처럼 그 몸이 지금 수평으로 침대 위에 걸려 있다. 믿을 수 없다. 그건 정말 추문이다. 도리나는 꼭 뭔가를 해야 한다.

'키릴에게 모든 것을 말하거나 서둘러 의사와 상담을 해야.'

그녀는 키릴에게 아니면 그녀 자신에게 무슨 일이 일어났는지 이해할 수 없었다.   하지만 사실은 사실이다. 키릴은 편안히 잤다. 침대 위에 놀랍도록 걸린 채 이상한 외계인처럼.

갑자기 도리나가 언젠가 자주 그에게 반복한 그 단어가 떠올랐다.

"키릴, 당신을 조금 들어요. 들어 보세요. 평범하고 단순한 기술자로 머물지 말고."

그리고 이제 그는 들어 올려졌다. 그녀 자신에게 깊이 도리나는 따뜻한 기쁨의 물결을 느꼈다. 정말이다. 그녀는 그에게 독서를 강요했다. 그녀 덕분에 그는 들어 올려졌다. 그리고 오래도록 칭찬하듯 그를 바라보았다. 달이 그의 얼굴, 그의 몸을 비추고 이 순간에 그의 모든 몸은 은빛으로 빛나고 가벼워지고 희귀하고 가치 있는 물질에서 주조한 것처럼 깨질듯하고 매끈하게 느껴졌다. 놀랍도록 아름답다. 그녀는 시선을 옮길 수가 없었다. 하지만 자고 있는 키릴을 살피면서 갑자기 그가 진짜 키릴인가 궁금했다. 의심 할 것 없이 그런 희미하고 예쁜 얼굴, 조금 독수리형 코, 검은 색 곱슬머리, 왼쪽 뺨에 곡식 낟알 같은 작은 반점, 하지만 그의 모든 태도에서 그를 멀고 낯설게 하는 금속의 빛이 비쳤다. 갑자기 도리나는 울음을 터뜨렸다. 그녀는 조용히 경련하듯 울었다. 뜨거운 눈물이 천천히 그녀 뺨에 흘러내렸다. 눈물의 쓰디쓴 소금 맛을 느꼈다. 그가 그렇게 들어 올려졌다면 그녀는 묵상했다. 한 달 뒤 그를 만지거나 쓰다듬거나 입맞춤을 할 수 조차 없을 것이다. 오늘 밤에 도리나는 더 잠이 들지 않았다. 길게 조용히 쓰라리게 그녀는 울었다. 아침에 그녀는 모든 것을 잊으려고 했고 모든 것은 오직 무섭고 악몽이라고 생각하려고 했지만 다음 밤에도 악몽이 반복했다. 키릴은 계속해서 아무 것도 이해하지 않은 듯 아무것도 짐작하지 않은 듯 보이게 행동했다. 언제나처럼 키릴은 그녀에게 친절했지만 그의 올리브 눈동자의 따뜻한 미소를 완전히 금속이 되었다. 누구에게도 그녀의 악몽을 고백할 용기가 없었지만 어느 날 아침 깼을 때 키릴이 침대에도 그 위에도 없다는 걸 알았다.

낮에 그는 직장에도 서점에도 없었고 오후에 집으로 돌아오지도 않았다. 그는 다음날도 그 다음날도 없었다. 그가 없어진 것을 물론 친척과 지인이 알아차렸다. 그들이 호기심을 가지고 도리나에게 '무슨 일이 일어났냐'고 물었을 때 그녀는 어깨를 들면서 뭐라고 대답할 용기도 없었다. 동정하듯 그들은 고개를 끄덕이고 속삭였다.

"아쉽게도 그런 행복한 가정이!"

그는 대학조차 마쳤고 남자들은 그들이 들어 올리도록 도와줄 여자들을 빠르게 잊어버린다.

"아닙니다. 그가 나를 아주 많이 사랑했어요"

도리나가 더듬거렸다.

"예, 예."

친척과 지인이 여러 의미를 담아 머리를 끄덕였다.

ETA ŜERCO

Friskis la oktobra mateno. Fred vekiĝis kun la sento, ke sonĝis belegan sonĝon, sed tute ne memoras ĝin. Iom da tempo li senmova restis en la lito. Inter la du kurtenoj de la fenestro singarde enŝteliĝis en la ĉambron soleca sunradio kaj lumigis la bildon sur la kontraŭa muro. Estis akvarela, pentraĵo, kiu prezentis unu el la malnovaj stretaj stratoj de la urbo. La pentristo sukcesis fiksi la efemeran momenton inter la tago kaj la nokto, kaj nun el la bildo radiis la violkolora laceco de la tago kaj la blua jubilo de la alvenanta nokto.

Fred leviĝis, malfermis la fenestron kaj profunde enspiris la friskan aeron. Sur la fenestrojn de la kontraŭaj domoj la matena suno lude gluis grandegajn kuprajn monerojn. La tago promesis esti bela kaj Fred denove rememoris la multajn farendaĵojn, kiuj atendis lin hodiaŭ. Rapide li banis sin, vestiĝis kaj eliris.

La griza konstruaĵo de la urba tribunalo ne estis malproksime, sed antaŭ la giĉeto por ricevo de la verdiktoj tumultis homoj kaj almenaŭ duonhoron Fred devis atendi. Finfine li ekstaris antaŭ la eta fenestro.

- Kion bonvolus la sinjoro? - demandis la metala

voĉo de la oficistino. Fred klarigis afable kaj koncize.

- La 20-an de majo ĉi-jare mi eksedziĝis kaj mi ŝatus ricevi la verdikton pri la divorco.
- Via nomo?
- Fred Long - respondis Fred soldatece.
- Kiu juĝisto eldiris la verdikton?
- Sabina Blunderbuz.
- Momenton.

La oficistino prenis la glason de kafo, kiun ĵus ŝi trinkis kaj ien malaperis. Fred postrigardis ŝin. Ne pli ol dudekjara, ŝi estis nigrohara, svelta, kun gracia irmaniero.

Pasis dek minutoj, poste ankoraŭ dek, sed la nigroharulino ne revenis.

"Eble ŝi iris ien por pli trankvile eltrinki la kafon" - meditis Fred, strabante ofte-oftege sian brakhorloĝon.

Finfine la oficistino aperis kaj ŝajne iom kolere ŝi sciiĝis:

- Ne estas verdikto.
- Sed...
- Bonvolu veni post semajno - ordonis ŝia metala voĉo.
- Tamen, dufoje mi venas...
- Mi jam diris - kaj ŝi turnis sin al la sekva atendanto ĉe la giĉeto.
- Kion bonvolus la sinjoro?

Minuton Fred staris senmova. Antaŭ monato oni diris, ke pro la somerferioj li venu por la verdikto en la komenco de oktobro. Hodiaŭ estis la kvina de oktobro, verŝajne laŭ iuj la monato ankoraŭ ne komenciĝis. Aliaj farendaĵoj atendis Fred hodiaŭ kaj kure li forlasis la tribunalon.

Nerimarkeble pasis la semajno. Lunde matene Fred denove ekstaris ĉe la longa vico antaŭ la giĉeto de la nigrohara oficistino. Eble ŝi ekkonis lin, ĉar ŝajne ŝi apenaŭ ridetis, denove iom metale prononcis "momenton" kaj malaperis. Ĉifoje Fred atendis nur dek minutojn. La belulino rapide revenis kaj afable diris:

- Ne estas verdikto.
- Sed kiel eblas? - konsterniĝis Fred.
- Mi ne scias - ridetis ŝi.
- Tamen ĉu mi venu denove? - demandis embarase li.
- Se vi deziras...

Ĉi lakonaj kaj nebulaj respondoj tute konfuzis Fred.

- Sed mi petas Vin, bonvolu klarigi, kvarfoje mi jam venas...
- Sinjoro, verdikto ne estas. Laŭ la dokumentoj sinjorino Blunderbuz ne gvidis divorcproceson la 20-an de majo ĉijare.

Tio sonis kiel malbona ŝerco, kiu stuporigis Fred.

- Sed kiel eblas? Kion mi faru?
- Mi ne scias - kare respondis la junulino kaj turnis

sin al la sekva atendanto ĉe la giĉeto.

La giĉeto antaŭ Fred komencis lante balanciiĝi, sed li provis trankvile restarigi ĉiujn pli gravajn momentojn el sia vivo dum la lastaj kelkaj monatoj. Unue kun Emilia ne eblis plu kunvivi. Jam en la komenco de ilia familia vivo, ŝi estis kolerema kaj kaprica, sed dum la lastaj jaroj Fred malfacile eltenis ŝin. La familiaj skandaloj iĝis tiel oftaj, ke li preferis posttagmeze plu resti en la oficejo ol ĝustatempe reveni hejmen. Eble unu el la kialoj pri la nervozeco de Emilia estis, ke ili ne havis infanon, sed finfine Fred decidis forlasi tiun familian inferon kaj tute sincere li diris al Emilia, ke li deziras divorci. Emilia kuraĝe akceptis la sciigon, kvazaŭ delonge ŝi atendus ĝin. Ili kune aranĝis la formalaĵojn kaj la 20-an de majo, en sufiĉe solena etoso, la juĝistino Sabina Blunderbuz eldiris la verdikton, kiu ĉesigis la kvinjaran familian vivon de Fred kaj Emilia

Do, la divorco estas fakto kaj ĝin povis pruvi ne nur la juĝistino Sabina Blunderbuz, sed same la du advokatoj: tiu de Fred kaj tiu de Emilia, kaj kompreneble Emilia mem.

Iom da tempo Fred meditis kion entrepreni, ĉu unue serĉi sinjorinon Blunderbuz aŭ sian advokaton Klod Ezok. Pro la fakto, ke li troviĝis ankoraŭ en la tribunalo, li ekiris serĉi la juĝistinon, sed bedaŭrinde nenie li trovis ŝin. Evidente la morgaŭan tagon li denove devis viziti tiun ĉi grizan konstruaĵon.

En la komerca kontoro, kie Fred laboris, li ne ĉesis mediti pri la verdikto, kiu senspure malaperis. Vere Fred ne tre bezonis ĝin, sed jam duonjaron li ne vivis kun Emilia kaj li devis havi iun dokumenton, ke li plu ne estas ŝia edzo kaj ŝi plu ne havas familiajn pretendojn al li.

Post la fino de la laboro Fred ekiris al la urba teatro, kie ĉivespere li kun Marianna spektos la dramon "D-ro Braun vivas en ni" de Julian Modest. La oktobra posttagmezo sunis, varmetis, la stratoj silentis kaj Fred nevole rememoris la trankvilan violkoloran lacecon, kiu radiis el la akvarela pentraĵo en lia fraŭla ĉambro.

En la parko, antaŭ la teatro, Marianna jam atendis lin. Ne tre alta, vestita en nova tegolkolora mantelo, ŝi similis al sciureto, kiu haltis por momento sub la altas kaŝtanujoj.

Fred rememoris bone la tagon, antaŭ kelkaj monatoj, kiam li renkontis ŝin. Eble estis du semajnoj post la divorco. Iam li kun Marianna laboris kune, tamen delonge Marianna forlasis la kontoron, kaj kiam Fred renkontis ŝin hazarde sur la strato, li preskaŭ ne ekkonis ŝin. Post la ordinaraj salutvortoj li intencis adiaŭi ŝin, sed subite lin haltigis la petolaj briloj en ŝiaj avelaj okuletoj kaj Fred mem ne komprenis kiel li invitis Mariannan en la plej proksiman kafejon. Tiel komenciĝis liaj oftaj rendevuoj kun Marianna, kiu same delonge estis eksedzinita.

En la obskura teatra salono Fred denove rememoris la malbenitan verdikton, sed li provis rapide forpeli ĉi penson, kiu simile al globa fulmo ŝvebis jam ĉirkaŭ lia kapo kaj minacis lin per subita ektondro.

Post la spektaklo Marianna kare subbrakis Fred kaj en la friska vespero ili ekrapidis al lia loĝejo. Dumvoje, babilante pri la dramo, kelkfoje Fred demandis sin ĉu li diru al Marianna pri la verdikto, sed fin-fine li decidis, ke tio ne gravas kaj morgaŭ li renkontos la juĝistinon, kiu certe enmanigos al li la verdikton.

Lia eta fraŭla ĉambro brakumis ilin varme kaj trankvile, kaj denove Fred eksentis la senliman ĝojon reveni hejmen kun amata virino. Ie malproksime, en la pasinteco, restis la skandaloj kun Emilia, ŝia grumblemo kaj eterna malkontento pri ĉio. Obsedita de la sentoj Fred ĉirkaŭbrakis Mariannan kaj demetis tenere ŝian novan tegolkoloran mantelon. La "sciureto" alpremis sin fideme al lia brusto.

Ŝajne ĉivespere pli varmis ŝiaj kisoj kaj pli molis siaj polmoj, kiuj karesis lante, longe liajn vangojn, ŝultrojn, brakojn. Ŝiaj haroj ravodoris junipere kaj Fred deziris kredi, ke lia vivo komenciĝas nun, ke ĉio, kion li travivis, okazis kun alia, kiun Fred supraĵe konis. Senvoĉe li ripetis "Marianna" kaj la melodio de la nomo verŝis en lian korpon kontentecon kaj trankvilon. Ĉimomente la vivo estis tiel simpla, ke Fred entute ne komprenis kial necesas juĝprocesoj kaj verdiktoj, ja la amo nek edziĝas, nek divorcas. Neniam li povis plu imagi sin en la ĉirkaŭbrakoj de Emilia kaj eĉ ne komprenis kiel tiom da jaroj li kisis karesis ŝin.

En la obskuro Fred longe restis kun fermitaj okuloj kaj jam la dormo lulkaresis lin, kiam la flustra voĉo de Marianna revenigis lin el la fora lando de nirvano.

- Kiam ni edziĝos? - la demando eksonis tiel simple kaj nature, ke en la mallumo Fred nevole ekridetis.

Ja, kelkfoje li mem sin demandis, sed ne eldiris voĉe ĉi demandon, ĉar atendis, ke Marianna same aludu pri tio.

- Baldaŭ - flustris li kaj kisis ŝian glatan ŝultron por pruvi, ke eĉ nun li pretas fari tion, sed ŝajne Marianna ne tiel komprenis la kison, ĉar ŝi denove pli flustre, sed pli akcentite ripetis la demandon:

- Tamen kiam?

Nun Fred reagis ŝerce kaj respondis:

- Morgaŭ

- Morgaŭ eble ne, sed ĝis la fino de la monato - nepre! - serioze rimarkis Marianna, jam ne flustre.

- Kial tiel urĝe? - ne komprenis Fred.

- Mi estas graveda kaj eble trian monaton.

- Bonege - preskaŭ ne ekkriis ĝoje Fred. Morgaŭ ni priparolos la detalojn...

Sed subite li rememoris la verdikton kaj la fakton, ke laŭ la oficialaj dokumentoj, laŭ la persona legitimilo, li ankoraŭ estas edzo de Emilia kaj li ne rajtus denove edziĝi, se li ne havus iun dokumenton pri la eksedziĝo.

Iel hezite Fred komencis klarigi al Marianna tion, sed verŝajne ŝi ne komprenis bone pri kio ĝuste temas, ĉar abrupte ŝi ĵetis la dormokovrilon, staris kaj lumigis la ĉambron, por ke eble pli bone ŝi vidu lin.

- Bonege! - diris Marianna kaj ŝiaj avelaj okuletoj fulme ekbriletis. - Bonege vi elpensis ĉion, sed kial - mi tute ne komprenas?

Fred provis diri ion, tamen ŝi ne lasis lin eĉ sonon eligi.

- Kaj kial vi mensogis, ke vi divorcis, ke vi deziras denove edziĝi kaj tiel plu? Ni povis simple kaj nuntempe solvi la problemon.

- Sed Marianna...

- Jes, jes, mi komprenas, vi amas min, sed bedaŭrinde vi ne povas eksedziĝi. Vidu, kara Fred, mi same amas vin, tamen ni ne devis komplikigi nian vivon, ĉu ne?

Haste ŝi komencis vestiĝi. Fred senmova restis en la lito kun la turmenta kaj altruda penso, ke tiu globa fulmo, kiu jam de semajno ŝvebis ĉirkaŭ lia kapo, ektondris en la plej bela momento. Kaj nun lastfoje li vidas la facilmovan nudan korpon de Marianna, ŝiajn glatajn femurojn, mamojn, similajn al du aromaj persikoj, ŝiajn ŝultrojn, sur kiujn falas la juniperodoraj haroj kaj ŝian etan ventron, en kiu eble nun kuŝas pri kio li revis dum kvin longaj jaroj, dum la kunvivado kun Emilia.

- Marianna, restu, mi klarigos ĉion - vespiris Fred.

Sed ŝi jam surmetis la tegolkoloran mantelon, kiu hodiaŭ tiel ekplaĉis al li kaj en kiu tiel ŝi similis al fidema sciureto, kaj per glacia ironio ŝi fiksrigardis lin.

- Ne, Fred, nur tiam, kiam vi ricevos la verdikton - ŝi emfazis la vorton "verdikto", eble por aludi, ke neniam estis kaj estos verdikto, ĉar verŝajne neniam li intencis eksedziĝi.

La pordo, malantaŭ ŝi, forte brufermiĝis kaj tuj en la ĉambro tiel eksilentis, kvazaŭ Fred subite trovus sin sur la oceana fundo. Ne, li ne povis ŝin kulpigi. Marianna pravis. Ŝi estis graveda, li mem deziris havi infanon, sed kiel li edziĝu, se laŭ dokumentoj li ankoraŭ ne eksedziĝis.

Tutan nokton Fred ne dormis. Matene laca, kun nigraj ombroj ĉirkaŭ la okuloj, li ektrenis sin al la tribunalo.

Sabina Blunderbuz estis en sia kabineto kaj tio iom trankviligis lin.

- Kion bonvolus, la sinjoro? - rigore alrigardis lin la juĝistino, malantaŭ siaj okulvitroj.

Fred detale klarigis ĉion, rakontis pri siaj kelkfojaj

vizitoj en la juĝejan administracion kaj finis per la vortoj:

- La oficistino supozas, ke Vi ankoraŭ ne subskribis la verdikton kaj ne sendis ĝin en la administracion.

Tiuj vortoj kvazaŭ pikus sinjorinon Blunderbuz, ĉar ŝi preskaŭ ne saltis de la sego:

- Ĉu mi ne sendis la verdikton en la administracion? Estimata sinjoro, Vi devas scii, ke tuj post la fino de ĉiu proceso, mi propramane subskribas la verdikton kaj senprokraste sendas ĝin en la administracion.

- Tamen, sinjorino Blunderbuz, ne mi asertas tion, sed la oficistino de la administracio - provis senkulpigi sin Fred.

- Jes, perfekte mi scias. Tiuj pigrulinoj tie nur kulpigas la aliajn. Tamen bonege mi memoras Vian divorcproceson demone, kaj minace ridetis sinjorino Blunderbuz.

- Ĝuste pri tio temas - ekĝojis Fred.

- Jes! Nenion mi forgesas! Detale mi memoras eĉ procesojn, kiujn mi traktis antaŭ dudek jaroj! Via divorcproceso okazis la 20-an de majo ĉijare, cu ne?

- Jes, vere! - miris Fred.

- Dum la proceso Vi surhavis malhelbluan kostumon, blankan ĉemizon kaj ĉerizkoloran kravanton, ĉu ne?

- Jes, ĝuste! Vi absolute pravas.

- Jen, kaj tiuj el la administracio konstante klaĉas ke mi jam maljunas, ke nenion mi memoras triumfe konkludis sinjorino Blunderbuz.
- Ne! Neniu diris tion.
- Mi petas Vin. Bonege mi scias kion ili klaĉas malantaŭ mia dorso! Evidente sinjorino Blunderbuz emociiĝis, ĉar kiel pilko ŝi saltis de la seĝo kaj komencis energie promeni antaŭ sia granda skribotablo. Kvindek jara, ne tre alta, sed masiva, ŝi similis al ŝtona kubo, Ŝia griza hararo minace superstaris kiel erinacpikiloj. Malantaŭ la okulvitroj brilis ŝiaj grajlaj okuletoj.
- Tamen kiamaniere mi ricevus la verdikton? Ĉu vi ne povas doni al mi kopion de la verdikto? Certe ĉe Vi troviĝas la dokumentacio de la divorcproceso - hezite demandis Fred.
- Kion Vi opinias? Se tiuj pigrulinoj el la administracio ne laboras, ĉu mi senĉese donu cent verdiktojn pri unu sama divorcproceso?
- Sed bonvolu kompreni min - preskaŭ ne ekĝemis Fred. - Mi devas nepre ricevi tiun ĉi verdikton.
- Kompreneble. Vi iros en la administracion kaj Vi diros, ke nepre oni trovu kaj donu al Vi la verdikton.

Sinjorono Blunderbuz denove sidis ĉe la skribotablo kaj tiamaniere ŝi sufiĉe klare montris al Fred, ke por ŝi la konversacio finiĝis.

Fred apenaŭ eligis "ĝis revido" kaj forlasis masivan

kabineton de Blunderbuz.

En la administracio la nigroharulino estis senkompromisa. Tuj, kiam ŝi rimarkis Fred, kiel difektita gramofono ŝi komencis ripeti unu saman frazon:

- Ĉu vi ne komprenis, ke ĉi tie ne troviĝas la verdikto de Via divorcproceso kaj kiel Vi petas kopion, se eĉ la originalo ne estas ĉi tie. Ĉu vi ne diris al tiu stultulino Blunderbuz ke ŝi konstante forgesas sendi en la administracion la dokumentaciojn de la juĝprocesoj kaj la verdiktojn.

Fred vere jam ne sciis kion fari. La sola ebleco restis konsulti sian advokaton Klod Ezok. Verŝajne nur la advokato povos trovi eliron el tiu ĉi konfuza situacio. La kabineto de Ezok troviĝis proksime al la tribunalo kaj Fred ekiris tien.

- Ho, kara sinjoro Long, mi tre ĝojas vidi Vin denove. Bonvolu sidiĝi kaj rakonti kio gvidas Vin al mi?

Fred sidis en la fotelon, antaŭ la skribotablo de Ezok, kaj kelkajn minutojn ne sciis de kie komenci la rakonton pri ĉi komplika kaj malklara historio.

Kontraŭ li la advokato kuraĝige ridetis. Antaŭ ses monatoj, kiam Fred ofte-oftege vizitis la kabineton de Ezok, ŝajnis al li, ke Ezok estas la sola homo en la mondo, kiu ne havas problemojn aŭ pli ĝuste kiu kapablas rapide kaj bonege solvi ĉiujn problemojn. Neniam Fred vidis Ezok malafabla aŭ kolera. La advokato ĉiam estis bonhumora kaj lia brila rideto montris blankajn fortajn dentojn, similajn al porcelanaj bidoj. Liaj lipharoj kiel du nigraj mincaj penikoj estis ĉiam zorge tonditaj.

Ankaŭ nun Ezok surhavis elegantan ĉokoladkoloran kostumon, veŝton, el kies eta poŝo pendis ora horloĝkordono. Inter liaj montrofingro kaj mezfingro fumis cigaro, kies agrabla aromo iom narkotis Fred.

- He, kara amiko, kio gvidas Vin al mi - senpacience ripetis Ezok kaj liaj nigraj musaj okuletoj scivole fiksrigardis Fred.

Malorde Fred komencis rakonti siajn lastsemajnajn travivaĵojn en la tribunalo.

- Hm, - prononcis Ezok, plezurfumante la cigaron, - la problemo vere komplikas.

- Sed kion oni povas fari, ja ne mi kulpas ke la verdikto kaj la tuta dokumentacio pri la divorcproceso malaperis - levis ŝultrojn Fred.

- Vi eraras, kara sinjoro Long, ni ĉiuj ĉiam estas potencialaj kulpuloj - filozofie kaj profundsence rimarkis Ezok. - El sia vidpunkto ĉiu absolute pravas, sed antaŭ la leĝo ni ĉiuj egalas!

Ezok apogis dorson al la alta seĝapogilo kaj atente fiksrigardis iun nevideblan punkton sur la plafono. En la kabineto estiĝis silento. Nur aŭdeblis la incita zumado de muŝo, kiu baraktis inter la du fenestraj vitroj, serĉante vane elirvojon.

Post tri minutoj la advokato elblovis lante la bluecan

fumon de la cigaro kaj aferece ekparolis:

- Do, mankas ne nur la verdikto sed la tuta divorcprocesa dokumentacio. El tio jure sekvas, ke estas nenia dokumento, kiu pruvu, ke vi fakte eksedziĝis - li akuze direktis sian longan montrofingron kaj Fred eksentis malvarman ŝviton sur sia dorso.

- Sed Vi estas atestanto kaj pruvanto, ke mi vere eksidziĝis - provis senkulpigi sin Fred.

- Tamen sen iu ajn dokumento kiamaniere mi pruvu tion? - demandis severe Ezok, emfazante la vorton "dokumento".

Fred gapis lin stupore.

- Do, Vi komprenas, kara Long, en la justico ja 'honesta parolo ne sufiĉas. Necesas dokumentoj! - kaj frapante la skribotablon per sia dekstra polmo Ezok aldonis. - Kaj ni prezentos tiujn dokumentojn!

La okuloj de Fred esperplene ekbrilis. Ne hazarde oni konsideris Ezok unu el la plej lertaj advokatoj kaj onidire ĝis nun li ne havis malsukcesan juĝproceson.

- Kiel? - demandis Fred senpacience.

- Ni denove komencos divorcproceson kaj ni gajnos ĝin! triumfe konkludis Ezok.

- Ĉu eblas tio...? - komencis balbuti Fred.

- Kompreneble! Por la sperta advokato ĉio eblas, kara Long - aplombe trankviligis lin Ezok.

- Se mi bone komprenis Vin, ni devas komenci ĉion

denove...

- Ĝuste kaj ni brile sukcesos! Kredu al mi, amiko!
Fred ne tute certis kiu ĉimomente malbone fartis; ĉu li aŭ Ezok?

- Eble mi devas sciigi mian eksedzinon, pardonu, mian nunan edzinon, ke ni ankoraŭ ne divorcis, kaj ni denove devas doni oficialajn petojn por eksedziĝo.

- Kompreneble!
Fred moroze alrigardis Ezok sed la advokato estis kategoria. Kiel en koŝmara sonĝo Fred ekstaris. En lia konscio kaose aperis apartaj vortoj kiel "Emilia", "Marianna", "graveda", "infano" kaj li ne sciis pri kiu el ili unue li pensu. Simile al somnambulo li paŝis al la pordo, sed rimarkis, ke Ezok strange observas lin. Subite Fred rememoris, ke li ne pagis la konsulton.

- Mi petas pardonon, sinjoro Ezok, sed mi apenaŭ ne forgesis pagi al Vi - senkulpigis sin Fred kaj elprenis la monujon.

- Ne gravas, ne gravas, ni estas malnovaj amikoj kaj evidente estonte pli ofte ni renkontiĝos.

- Jes, jes - balbutis Fred kaj foriris.
Sur la strato li ekstaris senpova kaj senhelpa kiel kvarjara knabo, kiu perdis siajn gepatrojn en grandega metropolo kaj ne povas reveni hejmen. Nun li devis viziti Emilian, sed la penso pri ŝi igis lin konvulsie ektremi. Emilian li ne vidis plu ol

duonjaron kaj tute li ne emis, renkonti ŝin, sed alia solvo ne estis. Leĝe ili ankoraŭ estis geedzoj kaj se li volus edzinigi Mariannan, li devis unue eksedziĝi, kiel eble pli rapide, ĉar la infano ne-atendos.

En la kontoro tutan tagon Fred havis la inkuban senton, ke hazarde li eniris frenezulejon, el kiu ne eblis eskapi. Centfoje li ripetis al si mem, ke la 20-an de majo ĉijare li oficiale kaj leĝe divorcis kaj centfoje li ne komprenis, ke leĝe tamen li ankoraŭ estas edzita. Estis io, kio troviĝis ekster la sfero de lia logiko kaj neniamaniere li povis percepti ĝin, malgraŭ ke tre bone li konsciis, ke ĉio tiel klaras kaj nur necesas normale percepti ĝin kaj alkutimiĝi al ĝi.

Vespere, kiel ebria Fred ekstaris antaŭ la pordo de la domo, en kiu kvin jarojn li loĝis kun Emilia. Eĉ la akra sonoro de la sonorilo ne povis konsciigi lin. Nur daŭre li sentis, ke la planko sub liaj piedoj jam de horoj balanciĝas.

La pordon malfermis Emilia mem kaj iom konsternite ŝi strabis lin. Eble ŝi ne intencis inviti Fred en la loĝejon, sed senvorte li transpaŝis la sojlon kaj direktis sin al la gastĉambro. Enirinte la ĉambron li tuj sidis en la plej proksiman fotelon, sen demti la pluvmantelon kaj ĉapelon.

Emilia staris kontraŭ li demandsilente kiel rigora ŝtona monumento. Iamaniere Fred devis klarigi kial li venis, sed li ne sciis kiel. Finfine profunde li enspiris kaj pene ekparolis.

Unue Emilia aŭskultis lin arogantsilente, simile al tigrino, kiu tuj saltos kaj diskarnigos lin per siaj longaj skarlatruĝaj ungoj. Nun ĉio en ŝi aspektis nekonata kaj timis lin. Nekonataj estis ŝiaj pajlokoloraj haroj, hirtaj kiel dorna arbustaro, ŝiaj venenverdaj okuloj, suspekteme kaj pikeme observantaj lin, nekonata estis eĉ ŝia longa ruĝa hejmrobo, kiun li mem donacis al ŝi, okaze de ŝia naskiĝtaga festo antaŭ du jaroj. Ĉimomente Fred ne povis imagi ke antaŭ nur duonjaro tiu ĉi nekonata virino estis lia edzino, tamen ne estis, sed daŭre estas lia edzino.

Fred parolis kaj konsternite rimarkis kiel rapide ŝanĝiĝas la rigardesprimo de Emilia. Unue ŝiaj okuloj orgojle brilis, poste ne komprenebla miro enŝteliĝis en ilin, evidente Emilia komencis pensi, ke Fred grave malsaniĝis kaj nun li fantazias historiojn, en kiuj mankas iu ajn logiko. Post kelkaj minutoj eble Emilia jam tute certis, ke Fred malbone fartas, ĉar ŝi triumfe kaj profete diris:

- Jes, mi sciis, ke vi revenos, ke vi pentos kaj petos min, ke ni denove edziniĝu.

- Ne, ni devas denove eksedziĝi, ĉar perdiĝis la dokumentoj pri la divorcproceso - korektis ŝin Fred.

Eble finfine Emilia komprenis pri kio ĝuste temas, ĉar ŝi eksaltis kaj el ŝiaj okuloj ekfajreris fulmoj.

- Kion vi opinias? - komencis krii ŝi. - Ĉu tio estas

cirko? Ĉu mi devas centfoje divorci?

- Tamen... - provis klarigi Fred.

- Tamen ne mi deziris divorci, sed vi kaj nun nenio plu interesas min. Faru kion vi deziras. Mi ne intencas denove edziniĝi kaj se vi deziras ludi kun mi kiel kun semio - vi profunde eraras! Ĉu vi komprenis?!

Ŝtonstarante ŝi nur okule montris la pordon kaj Fred ne havis alian eblecon, krom ekstari kaj direkti sin al la pordo.

Ekstere malvarmis. Alte en la ĉielo glacie rikanis la steloj kaj ŝajnis al Fred, ke dum la lastaj semajnoj li tute perdis sian realan imagon pri la mondo kaj pri ĉio, kio lin ĉirkaŭas. Se iu nun dirus al li, ke steloj ne ekzistas kaj ili estas nur produkto de la homa imago kaj fantazio, Fred pretus tuj ekkredi al li. Same li jam dubis pri si mem, ĉu li vere ekzistas kaj ĉu ĉio okazis ĝuste kun li.

Du semajnojn Fred ne kuraĝis telefoni al Marianna, tamen sabate vespere iu eksonoris ĉe lia loĝejo kaj kiam Fred malfermis la pordon li preskaŭ ne svenis pro surprizo - ĉe la sojlo staris Marianna.

Kelkajn minutojn ili senvorte observis unu la alian. Poste Marianna trankvile eniris la loĝejon, demetis sian tegolkoloran mantelon, ĵetis ĝin sur la kanapon, oportune sidis en la fotelon kaj bruligis cigaredon. Fred rigardis ŝin, kvazaŭ neniam en sia vivo li vidus ŝin.

- Eble mi ege timigis vin, Fred, ĉu ne? - kare demandis Marianna.

- Kial? - balbutis Fred.

- Ja, du semajnojn jam vi ne telefonis al mi.

- Jes, jes - kulpkonfuze asertis Fred.

- Ĉu vi ricevis la verdikton? - ekridetis Marianna.

- Vi eĉ ne povas imagi la burokracion...

- Jes, jes, lasttempe ni ĉiuj senkulpigas nin per la burokratio. Ĝi sola estas nevidebla, nepalpebla, sed ĉiopova.

- Sed Marianna... - elspiris Fred kaj provis ĉirkaŭbraki ŝin, tamen delikate ŝi puŝis lin.

- Ne estu sentimentala, Fred. Fakte mi venis trankviligi vin. Ĉio estis eta ŝerco. Mi neniam gravedis kaj vi trankvile povas daŭrigi vian duoblan vivon, tamen ne plu kun mi!

Marianna ekstaris, surmetis la mantelon kaj foriris. Fred restis en la mezo de la ĉambro.

- Ĉio estis eta ŝerco - ripetis malrapide li. - Ĉu same la vivo, kiun ni vivas?

Sofio, la 4-an de novembro 1987.

작은 웃음거리

10월의 화창한 아침이었다. **프레드**는 좋은 꿈을 꾼 느낌으로 깨어났지만 내용은 전혀 기억나지 않았다. 얼마동안 그는 가만히 침대에 누워 있었다. 창문의 두 커튼 사이에 방으로 한 줄기 햇살이 몰래 스며들어와 반대편 벽에 걸린 그림을 비추었다.

도시의 작고 오래된 거리 중 하나를 그린 수채화였다. 화가는 밤과 낮 사이에 일시적인 순간을 고정하는데 성공해서 지금 그림에서 낮의 보라색 피곤함과 오고 있는 밤의 파란 환희가 빛났다.

프레드는 일어나서 창문을 열고 깊이 시원한 공기를 들이마셨다. 건너편 집의 창문에 아침해가 아주 거대한 구리빛 동전을 장난하듯 갖다붙였다. 낮은 아름답기로 약속하고 프레드는 오늘 그를 기다리는 해야만 할 일을 다시 기억했다. 서둘러 몸을 씻고 옷을 갈아입고 나갔다. 시 법원의 회색 건물은 멀지 않지만 판결문을 받는 창구는 소란스러워 거의 30분이나 프레드는 기다려야만 했다. 마침내 작은 창구 앞에 섰다.

"신사분께서는 무엇을 원하시나요?"

여자 사무직원의 금속성 목소리가 물었다. 프레드는 친절하고 정확하게 설명했다.

"5월 20일 올해 이혼해서 이혼판결문을 받고 싶습니다."

"성함은요?"

"**프레드 로그**입니다."

프레드가 씩씩하게 대답했다.

"무슨 판사가 판결했나요?"

"**사비나 블룬데부즈**입니다."

"잠깐만요."

사무원은 방금 마시던 커피 잔을 들고 어딘가로 사라졌다. 프레드는 그녀 뒷모습을 보았다. 스무살이 넘지 않은 그녀는 곱슬머리에 날씬하고 차분한 걸음걸이로 걸었다. 10분이 지나고 다시 10분이 지났지만 검은머리 여자는 돌아오지 않았다.

"아마 더 차분하게 커피를 마시려고 어딘가로 갔군."

프레드는 자주 손목시계를 곁눈질하면서 생각했다.

마침내 사무원이 나타나서 조금 화난 듯 알렸다.

"판결문이 없습니다."

"그러면,"

"다음 주에 와 주세요."

금속성 목소리로 명령했다,.

"하지만 두 번이나 왔는데요."

"벌써 말씀 드렸습니다."

그리고 그녀는 창구의 다음 기다리는 사람에게 몸을 돌렸다.

"신사분은 무엇을 원하시나요?"

1분간 프레드는 가만히 서 있었다. 한 달 전 여름 휴가 때문에 10월 초에 판결문을 받으러 오라고 사람들이 말했다. 오늘이 10월 5일이었다. 정말 그 사람들 말에 따르면 10월이 아직 시작되지 않았다. 프레드는 오늘 다른 해야 할 일이 기다렸다.

뛰어서 법원을 떠났다. 어느새 일주일이 지났다. 월요일 아침에 프레드는 다시 검은머리 여직원의 창구 앞 긴 줄에 섰다. 아마 그녀는 그를 알아차렸다. 왜냐하면 다시 조금 금속성으로 ' 잠깐만요' 라고 말하고 사라질 것으로 보아. 이번에 프레드는 오직 10분간 기다렸다. 예쁜 아가씨는 서둘러 돌아와 친절하게 말했다.

"판결문이 없습니다."

"그런데 왜 그런 일이 생겼나요?"

프레드가 놀랐다.

"저도 모릅니다."

그녀가 살짝 웃었다.

"그럼 다시 와야 하나요?"

당황해서 물었다.

"원한다면."

이 간결하고 안개 같은 대답에 완전히 프레드는 혼란스러웠다.

"그렇지만 부탁합니다. 설명하는데 벌써 네 번이나 왔습니다."

"신사분, 판결문이 없습니다. 서류에 의하면 블룬데부즈 여사는 올해 5월 20일에 이혼공판을 진행하지 않았습니다."

그것이 나쁜 농담처럼 들려서 프레드는 정신이 없었다.

"그런데 어떻게 그런 일이 가능한가요? 내가 무엇을 해야 하나요?"

"모릅니다."

아가씨가 친절하게 대답하고 창구의 다음 기다리는 사람에게 몸을 돌렸다. 프레드 앞 창구는 천천히 흔들리기 시작했지만 그는 편안하게 지난 몇 달 동안 인생에서 모든 중요한 순간을 다시 떠올렸다. 처음에 **에밀리아**와 더 같이 살 수 없었다. 가정 생활 초기에 그녀는 화를 잘 내고 변덕스러웠다. 지난 세월 동안 프레드는 힘겹게 참았다. 가정 추문은 그렇게 자주 생겨 프레드는 정시에 집에 돌아오기보다 오후에 사무실에 더 머물기를 좋아했다. 에밀리아의 짜증 난 이유 중 하나는 그들이 자녀가 없었는데 결국 프레드는 가정의 지옥을 떠나려고 마음 먹고 이혼하고 싶다고 에밀리아에게 아주 진지하게 말했다. 에밀리아는 마치 오래전부터 그것을 기다린 것처럼 용기있게 그 통보를 받아들였다. 그들은 함께 서류를 작성해서 5월 20일 충분히 엄숙한 분위기에서 사비나 블룬데부즈 판사는 프레드와 에밀리아의 가정생활을 그만두라고 판결문을 읽었다. 그렇게 해서 이혼은 사실이고 사비나 블룬데부즈 판사뿐만 아니라 프레드와 에밀리아의 변호사 두 명 그리고 물론 에밀리아 자신도 그것을 증명할 수 있다. 얼마동안 프레드는 무엇을 해야하지 생각했다.

먼저 블룬데부즈 판사를 찾거나 자기 변호사 **클로드 에조크**를 만나야 하는데 아직 법원에 있다는 사실 때문에 그는 판사를 찾으러 갔다. 유감스럽게도 어디서도 찾을 수 없었다. 분명 내일 이 회색 건물을 다시 방문해야 했다. 프레드가 일하는 상가 사무실에서 그는 흔적 없이 사라진 판결문에 관해 생각하는 것을 멈추지 않았다. 정말 프레드는 그렇게 그것을 필요하지 않지만 벌써 반년 에밀리아와 같이 살고 있지 않은데 그가 더는 그녀 남편이 아니고 그녀는 그에게 가정인 체 할 수 없는 어떤 서류를 가져야 했다.

일이 끝난 뒤 시내 극장으로 갔다. 오늘 밤에 **마리아나**와 함께 율리안 모데스트의 '브라운 박사는 우리 안에 산다' 영화를 볼 것이다. 10월 오후에 해가 빛나고 따뜻했다. 거리는 조용하고 프레드는 자기도 모르게 자기 독신 방 수채화 그림에서 빛나는 편안한 보라색 피곤함을 기억했다.

공원에서 극장 앞에서 마리아나는 벌써 그를 기다렸다. 그리 크지 않고 타일색 새 외투를 입은 그녀는 높은 참나무 아래 잠시 멈춘 다람쥐 같다. 프레드는 몇 달 전에 그녀를 만난 날을 잘 기억했다. 아마 이혼하고 2주 때였다. 언젠가 마리아나와 함께 일했지만 오래전에 사무실을 떠나 우연히 길에서 그녀를 만났을 때 그는 거의 그녀를 알아보지 못했다.

평범한 인사말을 나눈 뒤 그녀에게 잘 가라고 하려는데 그녀의 개암나무 열매 같은 눈에서 장난스런 빛이 그를 잡아서 가장 가까운 카페로 마리아나를 어떻게 초대했는지 프레드 자신도 이해하지 못 했다. 오래전에 이혼한 마리아나와 자주 만남이 그렇게 시작되었다. 어두컴컴한 극장 홀에서 프레드는 저주받은 판결문을 기억했지만, 그는 서둘러 벼락 같이 머리를 둘러싸고 돌면서 갑작스러운 천둥으로 위협하는 이 생각을 쫓아내려고 했다. 영화가 끝난 뒤 마리아나는 사랑스럽게 프레드의 팔짱을 끼고 활기찬 저녁에 그들은 집으로 급히 갔다. 길에서 드라마에 관해 수다를 떨고 여러번 프레드는 마리아나에게 판결문에 관해 말할까 궁금했다. 그렇지만 마침대 그것은 중요하지 않고 내일 분명히 자신에게 판결문을 손에 쥐어줄 판사를 만날 것이라고 결심했다 그의 작은 독신 방은 그들을 따뜻하고 조용히 받아줬다. 다시 프레드는 사랑하는 여자와 집에 돌아와서 끝없는 기쁨을 느꼈다. 어디선가 멀리서 과거에 에밀리아와 함께했던 모든 것에 불평하고 끝없이 불만했던 추문이 남아 있다.

느낌에 젖어 프레드는 마리아나를 껴안고 부드럽게 그녀의 새 타일색 외투를 벗겼다. 다람쥐는 믿고 그의 가슴에 푹 안겼다. 정말 이 저녁에 그녀의 입맞춤은 더욱 따뜻했고 그의 뺨, 어깨, 팔을 길게 천천히 어루만지는 그녀의 손바닥은 더욱 부드러웠다. 그녀의 머리에서는 노간주나무의 매혹적인 냄새가 나서 프레드는 자기 삶이 이제 시작되고 자기가 전에 겪은 모든 일이 피상적으로 알던 사람과 일어났다고 믿고 싶었다. 소리 없이 '마리아나'를 반복하고 이름의 리듬이 그 마음속에 만족과 편안함을 쏟아 부었다. 이 순간에 삶은 그렇게 단순해서 법절차나 판결문이 사랑에 결혼이나 이혼이 왜 필요한지 전혀 이해하지 못했다. 에밀리아를 껴안을 때는 자신을 절대 상상할 수 없고 그가 얼마나 오랜 세월 그녀에게 입맞춤하고 어루만졌는지 알지 못했다. 어둠속에서 눈을 감고 오래 누워 있었다. 벌써 잠이 그를 달래며 어루만졌다. 그때 마리아나의 속삭이는 목소리가 그를 열반의 먼 나라에서 되돌아오게 했다.

"우리 언제 결혼 할까요?"

질문이 너무 단순하고 자연스러워 프레드는 어둠 속에서 자기도 모르게 살짝 웃었다. 정말 몇 번 그는 속으로 질문했다. 하지만 이 질문을 말로 하지 못했다. 마리아나가 그것에 관해 암시를 주리라고 기대했기에. "금방." 그는 속삭이고 지금이라도 그것을 준비할 수 있다고 증명하려는 듯 그녀의 매끈한 어깨에 입맞춤했다. 하지만 마리아나는 입맞춤을 그렇게 이해하지 않은 듯했다. 다시 더 속삭이듯 그렇지만 더 강조해서 질문을 되풀이한 것을 보니까.

"그럼 언제?"

이제 프레드는 농담처럼 반응하고 대답했다.

"내일."

"내일은 아마 안 될거야. 그러나 이달 말까지 꼭."

마리아나가 진지하게 말하고 더 속삭이듯 하지 않았다.

"왜 그렇게 서둘러?"

프레드는 이해하지 못했다.

"나는 임신했어. 아마 석 달쯤 되었어."

"아주 좋아."

프레드는 기뻐서 거의 소리칠 뻔했다.

"내일 자세한 것을 이야기하자."

그렇지만 갑자기 판결문을 기억했다. 공식적인 서류에 따르면, 개인증명서에 따르면 그가 아직 에밀리아의 남편이고 그가 이혼 서류를 갖지 않는다면 다시 결혼할 수 없다는 사실을.

어떻게든 우물쭈물하며 프레드는 마리아나에게 그것을 설명하기 시작했다.

그렇지만 정말 마리아나는 무슨 말인지 잘 이해하지 못하는 듯했다. 갑자기 이불을 걷어 차더니 일어나서 아마 그의 얼굴을 더 잘 보려고 방 불을 켰다.

"아주 좋아."

마리아나는 말하고 개암나무 열매 같은 눈은 번개처럼 빛났다.

"아주 모든 것을 잘 말했어요. 하지만 왜 나는 전혀 이해가 안

가죠?"

프레드는 무언가 말하려 했지만, 그녀는 한 마디도 못 꺼내게 했다.

"왜 당신이 이혼해서 다시 결혼하고 싶다는 거짓말을 했나요? 지금 우리는 단순하게 문제를 해결할 수 있어요."

"그래도 마리아나."

"그래요, 그래. 나는 이해해요. 당신은 나를 사랑해요. 그렇지만 아쉽게도 당신은 이혼할 수 없어요. 보세요, 사랑하는 프레드, 나도 당신을 사랑해요. 그래도 우리 인생을 복잡하게 하면 안 되죠, 그렇죠?"

서둘러 그녀는 옷을 입기 시작했다. 프레드는 가만히 침대에 남았다.

고통스럽게 일주일 전부터 머리 주변에서 빙빙 돌며 떠다니는 번개같이 가장 좋은 순간에 천둥치는 강요하는 생각을 하며.

그리고 지금 마지막으로 마리아나의 잘 빠진 맨 몸을 본다. 매끄러운 허벅지, 향기로운 복숭아 같은 가슴, 노간주나무 냄새가 나는 머리카락이 드리워진 어깨, 에밀리아와 같이 산 5년의 긴 시간 동안 꿈꿔왔던 그 자신의 무언가가, 아마 지금 아직 누워 있는 그녀의 작은 배가 보인다.

"마리아나, 기다려요. 모든 것을 설명할게요."

프레드가 한숨을 내쉬었다.

그렇지만 그녀는 벌써 오늘 그렇게 프레드 마음에 들고, 믿을 만한 작은 다람쥐 같게 만드는 타일색 외투를 걸치고 얼음 같은 차가운 미소로 그를 뚫어지게 쳐다보았다.

"아니오, 프레드. 당신이 판결문을 받을 그때까지만."

그녀는 판결문이라는 단어를 강조했다. 정말 그가 이혼을 하려는 의도가 없어서 결코 있거나 있을 수도 없다는 것을 아마 암시하려고 그녀가 문을 나서며 세게 소리나게 닫고 방에는 그렇게 정적이 흘러 프레드는 자신이 큰 바다 밑에 있는 거 같았다. 아니다 ‚. 그는 그녀에게 잘못이 있다고 말할 수 없다. 마리아나가 맞다. 그 녀는 임신했다. 그 자신도 자녀를 갖기 원했다. 하지만 서류에 따르면 그가 아직 이혼이 안 되었다면 어떻게 결혼하나. 밤새도록 프레드는 잠을 이루지 못했다. 아침에 피곤한 채, 눈 주위에 검은 그림자가 낀 채 법원으로 갔다. 사비나 블룬데부즈는 사무실에 있어 조금 다행스러웠다.

"신사분은 무엇을 원하나요?"

여판사가 안경 너머로 엄격하게 그를 바라보았다. 프레드는 자세히 모든 것을 설명하고 법원행정부서에 여러 번 찾아 온 것을 이야기하고 말을 마쳤다.

"여직원은 판사님이 아직 판결문에 서명하지 않고 행정부서에 보내지 않았다고 짐작합니다." 그 말이 블룬데부즈 판사를 마치 찌르는 듯해서 거의 의자에서 뛰어 일어날 뻔했다.

"제가 행정부서에 판결문을 보내지 않았다고요? 친애하는 신사분은 아셔야 해요. 모든 공판절차가 끝난 즉시 나는 내 손으로 판결문에 서명해서 지체없이 그것을 행정부서에 보내요."

"그렇지만 블룬데부즈 판사님, 그것을 주장하는 것은 제가 아니라 행정부서의 여직원입니다."

프레드가 자신을 변명하려고 했다.

"예, 정확히 알아요. 그 느림보 아가씨가 다른 잘못이 있죠. 나는 신사분의 이혼공판 과정을 아주 잘 기억해요."

다시 위협하듯 블룬데부즈 판사가 웃었다.

"바로 그것이 주제입니다." 프레드가 기뻐했다.

"예, 나는 아무 것도 잊지 않아요. 20년 전에 취급한 공판조차 자세히 기억합니다. 신사의 이혼공판은 올해 5월 20일에 열렸죠, 그렇죠?"

"예, 맞아요." 프레드가 놀랐다.

"절차 중에 신사분은 어두운 정장에 하얀 셔츠, 체리색 넥타이를 맸죠, 그렇죠?"

"예, 정확합니다. 완전히 맞습니다."

"여기 행정부서의 일부 직원은 끊임없이 내가 벌써 늙었다고 흉보지요. 내가 아무것도 기억하지 못한다고"

자랑스럽게 블룬데부즈 판사는 결론을 지었다.

"아닙니다. 누구도 그것을 말하지 않았습니다."

"부탁합니다. 그들이 내 등 뒤에서 나를 흉보는 것을 나는 아주 잘 알아요."

분명히 블룬데부즈 판사는 감정적이었다. 공처럼 의자에서 뛰더니 힘차게 커다란 책상앞에서 걷기 시작했다. 50살이고 그렇게 키는 크지 않지만 정육면체 돌처럼 몸은 비대했다. 그녀의 회색 머릿결은 고슴도치 가시처럼 위협하듯 위로 섰다. 안경 너머에서 우박 같은 작은 눈이 반짝였다.

"그렇지만 언제나 판결문을 받을 수 있을까요? 판결문의 복사본을 제게 줄 수 없습니까? 분명 판사님께는 이혼공판 서류가 있을 겁니다."

주저하며 프레드가 질문했다.

"무슨 말이에요? 그 행정부서의 느림보 아가씨가 일하지 않으면 나는 계속해서 같은 이혼공판에 관해 100개의 판결문을 주나요?"

"그래도 저를 이해해 주세요."

거의 프레드는 한숨쉬는 듯했다.

"저는 반드시 이 판결문을 받아야 합니다."

"물론이죠. 행정부서에 가세요. 사람들에게 찾아 신사분에게 판결문을 주라고 말할게요."

블룬데부즈 판사는 다시 책상에 앉아 그런 식으로 자기와 대화가 끝났다고 분명하고 충분히 표현했다.

프레드는 간신히 "안녕히 계세요" 인사하고 블룬데부즈의 큰 사무실을 나왔다. 행정부서의 검은 머리 아가씨는 타협이 없었다. 그녀가 프레드를 알아차리고 금세 고장난 축음기처럼 하나의 같은 문장만 되풀이했다.

"여기에 신사분의 이혼공판 판결문이 없다고 이해하지 못 하나요? 원본이 없다면 어떻게 사본을 요구하나요? 재판절차 서류나 판결문을 행정부서에 보내는 것을 계속해서 잊어버린다고 바보같은 블룬데부즈 판사에게 말 하지 않았나요?"

프레드는 정말 무엇을 할지 알지 못했다. 유일한 가능 방법은 자기 변호사 클로드 에조크와 상담하는 것이다. 에조크의 사무실은 법원 근처에 있어 거기로 갔다.

"오, 사랑하는 로그 씨. 다시 만나게 되어 아주 기쁩니다. 여기 앉으셔서 왜 내게 왔는지 말해 주세요"

프레드는 에조크의 책상 앞 안락의자에 앉아 몇 분간 이 복잡하고 불분명한 이야기를 어디서부터 시작할지 알지 못했다. 그의 건너편에는 용기가 넘친 변호사가 웃고 있다.

6개월 전 프레드가 에조크의 사무실을 자주 찾았을 때 에조크는 세상에서 문제가 없거나 더 정확히 모든 문제를 빠르게 잘 해결할 수 있는 유일한 사람처럼 보였다. 프레드는 에조크가 불친절하거나 화내는 걸 본 적이 없다. 변호사는 항상 기분이 좋고 빛나는 미소는 도자기로 만든 주판알 같이 하얗고 센 이를 보였다. 그의 수염은 검고 가느다란 붓같이 항상 잘 면도가 되어 있다. 역시 지금도 에조크는 우아한 초콜릿 정장에 황금색 시곗줄이 호주머니에 걸려 있는 옷을 입었다. 그의 가운데 손가락과 검지 손가락 사이에 담배는 상쾌한 냄새로 프레드를 약간 취하게 했다.

"아이고, 친절한 친구는 왜 여기 오셨나요?"

참지 못하고 에조크가 되풀이했다. 그의 검고 쥐 같은 눈동자는 호기심으로 프레드를 고정했다. 두서없이 프레드는 법원에서 지난주 겪은 일을 말했다.

"흠." 에조크는 발음했다. 담배를 기쁘게 연기뿜으면서.

"문제가 정말 복잡하군요"

"판결문과 이혼공판 서류가 사라지는데 내 잘못이 아니라면 무엇을 할 수 있나요?"

프레드가 어깨를 들었다.

"선생님이 잘못입니다. 사랑하는 로그 씨. 우리 모두 항상 잠재적인 죄인입니다."

철학적으로 깊은 의미를 가지고 에조크는 말했다.

"자기 관점에서 모두 완전히 옳습니다. 법 앞에 모든 우리는 평등합니다."

에조크는 등을 의자 등받이에 기대고 주의깊게 천장의 어떤 보이지 않는 점을 뚫어지게 쳐다보았다. 사무실에 침묵이 흘렀다. 두 창문 유리 사이에 헛되이 출구를 찾으며 싸우고 있는 파리의 자극하는 윙윙 소리가 들렸다.

3분 뒤 담배의 파르스름한 연기를 천천히 내뱉으면서 사무적으로 말을 꺼냈다.

"그럼 판결문뿐만 아니라 모든 이혼절차 서류가 없어졌습니다. 그것으로 실제 이혼했다고 증명해 줄 서류는 법적으로 어디에도 없습니다."

그는 고발하듯 긴 검지 손가락을 가르키고 프레드는 등 뒤에서 식은땀을 느꼈다.

"그러나 선생님은 증인이고 내가 정말 이혼했다고 증명하는 사람입니다."

프레드가 변명하려고 했다.

"하지만 어떤 서류도 없이 어떻게 그것을 증명하나요?"

에조크가 엄격하게 질문했다. 서류라는 단어를 강조하면서. 프레드는 정신을 못차리고 그를 보았다.

"그럼 이해하시죠. 사랑하는 로그 씨? 사법부의 말에 정직한 말은 충분하지 않고 서류가 필요합니다."

그의 오른쪽 손바닥으로 책상을 두드리며 에조크는 덧붙였다,

"그리고 우리가 그 서류를 제공할 겁니다."

프레드의 눈은 희망에 차서 빛났다. 사람들이 에조크를 가장 유능한 변호사의 하나로 여기는 것이 우연은 아니었다. 사람들 말에 따르면 지금껏 그는 공판에서 실패한 적이 없었다.

"어떻게요?"

프레드는 참지 못하고 물었다.

"이혼절차를 다시 시작해서 그것을 받을 겁니다."

자랑스럽게 에조크가 결론지었다.

"그것이 가능한가요?"

프레드가 더듬거렸다.

"물론이죠. 노련한 변호사에게 모든 것이 가능합니다. 친절한 로그 씨."

에조크는 침착하게 프레드를 안정시켰다.

"선생님 말을 제대로 이해했다면 우리는 다시 모든 것을 시작해야 하군요"

"정확히. 그리고 우리는 빛나게 승리할 겁니다. 저를 믿으세요 친구."

프레드는 이 순간 누가 잘못 지냈는가 전혀 확신할 수 없다. 그인가 에조크인가?

"아마 나는 내 전 부인에게 아니 지금 부인에게 우리는 아직 이혼하지 않았으니 다시 이혼을 위한 공식적인 요청을 주어야 한다고 알려야겠군요"

"물론이죠"

프레드는 퉁명스럽게 에조크를 바라보았지만 변호사는 단호했다.

악몽에서 한 것처럼 프레드는 일어섰다. 의식 속에 혼란스럽게 에밀리아, 마리아나, 임신, 아이 같은 여러 단어가 나타나고 그것 중 무엇을 가장 먼저 생각할지 알지 못했다. 몽유병 환자 같이 그는 문으로 걸어갔다. 에조크가 이상하게 그를 보고 있는 것을 깨달았다. 갑자기 프레드는 상담료를 내지 않은 것을 기억했다.

"죄송합니다. 에조크 씨. 상담료 내는 것을 거의 잊을 뻔했습니다."

프레드는 변명하고 지갑을 꺼냈다.

"상관없습니다. 문제없습니다. 우린 오랜 친구고 분명 다음에 더 자주 만날 테니까요."

"예, 알겠습니다."

프레드는 더듬거리고 나갔다.

거리에서 힘없이 도와줄 사람도 없이 혼자 서 있었다. 마치 4살 남자아이가 대도시에서 부모를 잃고 집에 돌아갈 수도 없는 것처럼. 이제 그는 에밀리아를 찾아가야만 했다. 하지만 그녀 생각만 해도 경련을 일으키는 듯 떨렸다. 반 년이상 보지 않았다. 전혀 만나고 싶지 않았다. 하지만 다른 방법이 없었다. 법에 따르면 그들은 아직 부부이고, 그가 마리아나와 결혼하려면 먼저 가능한 빨리 이혼해야 한다. 왜냐하면 아이가 기다리지 않으니까.

사무실에서 하루 종일 프레드는 우연히 정신병원에 들어가서 도망칠 수 없는 악몽 같은 느낌을 가졌다. 백 번이나 자신에게 반복했다. 올해 5월 20일 그는 공식적으로 법적으로 이혼했지만 법적으로 아직 혼인 상태라고 하니 백 번 이해하지 못했다. 그의 논리 밖의 뭔가가 분명히 있다. 결코 그것을 인식할 수 없다. 모든 것이 그렇게 분명해서 아주 잘 알고있음에도.

오직 보통으로 그것을 인식하고 익숙해질 것이 필요하다고.

저녁에 술 취한 사람처럼 프레드는 5년 간 에밀리아와 같이 산 집 문 앞에 섰다. 출입문의 날카로운 초인종 소리조차 그를 정신차리게 하지 못 했다. 오직 계속해서 발밑의 마루가 여러 시간 흔들리고 있다고 생각했다. 에밀리아가 스스로 문을 열고 조금 놀라서 그를 곁눈질했다. 아마 그녀는 그를 집 안으로 들여보내고 싶지 않은 듯 했다. 하지만 말 없이 그는 문턱을 넘어서 응접실로 향했다. 방에 들어가고나서 가장 가까운 안락의자에 앉았다. 비옷과 모자를 벗지 않은 채. 에밀리아는 딱딱한 돌비석처럼 의문을 품은 채 그의 앞에 섰다. 어떻게든 프레드는 자신이 온 이유를 설명해야 했지만 방법을 몰랐다. 마침내 그는 심호흡을 하고 어렵게 말을 시작했다.

처음에 에밀리아는 달려들어 긴 주홍 발톱으로 갈기갈기찢으려는 암호랑이처럼 거만한 침묵으로 그의 말을 들었다. 이제 그녀의 모든 것이 낯설어 보였고 그를 두렵게 했다. 가시덤불처럼 뻣뻣한 짚색 머리카락, 의심하며 꿰뚫어 바라보는 독기가 서린 푸른 눈도 낯설고, 2년 전 그녀 생일 파티 때 그가 직접 사 준 붉은색 평상복도 낯이 설었다. 이 순간 프레드는 불과 반년 전만 해도 이 낯선 여성이 그의 아내였다는 것을 상상할 수 없었지만 그녀는 그렇지 않고 여전히 그의 아내였다.

프레드는 말을 하고나서 에밀리아의 표정이 얼마나 빨리 변하는지 알아차리고 깜짝 놀랐다. 처음에는 그녀의 눈이 자부심으로 빛났고, 그 다음에는 이해할 수 없는 놀라움에 자기도 모르게 젖어 들어 분명 에밀리아는 프레드가 중병에 걸려 아무런 논리도 없는 이야기를 상상하고 있다고 지금은 생각했다. 몇 분 후, 에밀리아는 프레드가 잘 지내지 못한다고 확신했다. 그녀는 의기양양하고 예언적으로 이렇게 말하는 것을 보니.

"네, 돌아와서 회개하고 다시 결혼하자고 하리라고 알았어요"

"아니요, 이혼 절차에 관한 문서가 분실되었기에 다시 이혼해야 해요." 프레드가 그녀 말을 수정했다.

그녀는 아마도 그것이 무슨 뜻인지 마침내 이해했다, 벌떡 일어나 눈에서 번갯불이 번쩍이는 것을 보니.

"무슨 말이예요?" 그녀는 소리를 질렀다. "여기가 서커스장입니까? 백 번 이혼해야 하나요?"

"하지만..." 프레드는 설명하려 했다.

"그러나 이혼을 원한 것은 내가 아니라 당신이고 나는 이제 더 이상 당신에게 관심이 없어요. 원하는 대로 하세요. 나는 다시 결혼할 생각이 없고, 원숭이와 놀 듯 저와 놀고 싶다면 큰 착각이예요! 이해하나요?!"

가만히 서서 그녀는 눈으로 문을 가리킬 뿐이었다. 프레드는 일어서서 문으로 향하는 것 외에 다른 방법이 없었다.

밖은 추웠다. 하늘 높이 떠 있는 별들은 빙긋 웃었고 프레드는 지난 몇 주 동안 세상에 대하여 그를 둘러싼 모든 것에 대하여 진정한 이미지를 완전히 잃어버린 것 같았다. 지금 누군가 그에게 별은 존재하지 않으며 인간의 상상과 환상의 산물일 뿐이라고 말한다면 프레드는 즉시 그 말을 믿을 것이다. 마찬가지로 그는 자신이 실제로 존재하는지, 모든 것이 그와 함께 제대로 된 것인지 이미 자신을 의심했다.

2주 동안 프레드는 감히 마리아나에게 전화를 걸 수 없었는데, 토요일 저녁에 누군가가 그의 아파트에서 초인종을 울려 프레드가 문을 열었을 때 마리아나가 문지방에 서 있었다어 놀라서 거의 기절할 뻔 했다.

몇 분 동안 그들은 말없이 서로를 바라보았다. 그런 다음 마리아나는 침착하게 집 안으로 들어와 타일 색 외투를 벗고 소파에 던진 다음 안락의자에 편안하게 앉아 담배에 불을 붙였다. 프레드는 평생 그녀를 한 번도 본 적이 없는 것처럼 바라보았다.

"아마 내가 당신을 정말 무섭게했지요, 프레드, 그렇죠?" 마리아나가 사랑스럽게 물었다.

"왜?" 프레드가 말을 더듬었다.

"네, 2주 동안 저에게 전화를 하지 않았잖아요."

"예, 그래." 프레드가 잘못이라고 확인했다.

"판결문은 받았나요?" 마리아나는 미소를 지었다.

"관료주의는 상상조차 할 수 없어..."

"예, 예, 최근 우리 모두는 관료주의에 대해 변명하죠. 그것만이 눈에 보이지 않고 만질 수 없지만 전능해요."

"하지만 마리아나..." 프레드가 숨을 내쉬고 그녀를 안아보려 했지만 그녀는 그를 미묘하게 밀었다.

"감상적이지 말아요, 프레드. 사실, 나는 당신을 안심시키기 위해 왔어요. 모두 작은 농담이었어요. 나는 임신한 적이 없으며 당신은 편안하게 이중 생활을 계속할 수 있지만 더 이상 나와는 함께하지 말아요!"

마리아나는 일어나 외투를 입고 떠났다. 프레드는 방 한가운데에 머물렀다.

"그것은 모두 작은 농담이었어." 그는 천천히 반복했다.

"우리가 사는 삶이 똑같은가?"

SUDLANDA RENKONTO

La koncerto finiĝis kaj Karina iom laca fermis sin en la ŝminkejo. Malgraŭ ke de la vasta salono ankoraŭ aŭdiĝis aplaŭdoj, ŝajnis al Karina, ke ankaŭ ĉi koncerto havis duonsukceson.

Ŝi sidis ĉe la tualetotablo, antaŭ la spegulo, kaj kelkajn minutojn restis senmova. Dum la lastaj tri monatoj io nekomprenebla okazis al ŝi. La publiko malpliiĝis kaj ĝia entuziasmo kvazaŭ vaporigus. Ne estis jam tiaj koncertoj kiel antaŭ du jaroj, kiam la salonoj detruiĝus pro la alkurinta amaso aŭ la plafonoj falus pro la tondraj aplaŭdoj.

Karina strabis sian rigardon al la spegulo. Ŝiaj grandaj ametistaj okuloj aspektis lacaj kaj la vizaĝhaŭto ŝajnis al ŝi kiel minca pergamento. Ĉu tio ne estis la unua signo de la maljuneco? Malgraŭ ke Karina estis dudekjara, ŝi terure timis la maljuniĝon, kiu signifis finon de ŝia kariero, finon de ĉiu belega en la vivo.

Subite la pordo de la ŝminkejo malfermiĝis kaj la ĉambron eniris Mark, ŝia impresario. Ankaŭ ĉivespere li spektis la koncerton sen averti ŝin. Li deziris ĉiam ĝuste scii kiel sukcesas ŝiaj koncertoj.

Iom lante Mark trapasis la distancon de la pordo ĝis la tualetotablo, ekstaris antaŭ la spegulo kaj estingis ŝian cigaredstumpon en la cindrujon. Nenion li diris. Evidente li same estis malkontenta de la duonsukcesa koncerto. Karina deziris ekparoli kaj klarigi, ke ŝi faris ĉion eblan, sed Mark ne riproĉis ŝin. Ŝajne li pripensis ion. Karina bone sciis, ke Mark bezonas monon, multe da jam estis klare, ke ŝiaj koncertoj ne plu alportos tiun ĉi monon.

En ĉi momento okazis io, kio nek Karina kaj eble nek Mark bone komprenis. Post eta frapo al la pordo, la ŝminkejon enkuris sesdekjara viro, elegante vestita kun nigra rondĉapelo, kiun li rapide demetis. Ordinare Mark al neniu permesis maltrankviligi Karinan post la koncertoj, kaj li mem zorgis, ke neniu el la publiko havu aliron al ŝia ŝminkejo, sed evidente la nekonata ulo sukcesis lerte transpaŝi ĉiujn barojn.

- Kion Vi bezonas? - fridvoĉe demandis Mark.

- Mi deziras saluti sinjorinon Blum.

- Ĉu oni ne diris al Vi, ke la salutojn ŝi akceptas antaŭ la koncerthalo?

- Sed mi deziras same paroli kun ŝi.

- Paroli, pri kio?

La nekonata ulo kvazaŭ ne aŭdis la demandon de Mark kaj turnis sin al Karina.

- Vi estas ege talenta, sinjorino Blum. Vi kantas france, itale, hispane, ĉu Vi parolas tiujn ĉi lingvojn?

- Fraŭlino Blum posedas tiujn ĉi lingvojn -

respondis Mark anstataŭ Karina. - Vi havas belegan prononcon, fraŭlino Blum, kaj mi deziras proponi ion al Vi.

Mark streĉis orelojn, simile al ĉashundo, sed nek per rigardo, nek per gesto montris tion. Li restis senmova kiel ĝis nun, apenaŭ apogante sian dorson al la rando de la tualetotablo.

- Do, - daŭrigis la nekonata ulo - mi okupiĝas pri internacia lingvo Esperanto. Ĉijare en la tuta mondo oni festas ĝian centjaran jubileon... Karina ne povis kaŝi sian miron kaj tinte ekridis:

- Ĉu temas pri la artefarita lingvo?

Tamen Mark averte fiksrigardis ŝin kaj Karina eksentis kiel la subita rido tuj dronis en ŝia brusto.

- Mi aŭskultas Vin, sinjoro... - serioze diris Mark.

- Krak - aldonis la nekonata viro.

- Dankon. Mi estas Mark Mont, impresario de fraŭlino Blum kaj tio interesas ankaŭ min.

- Bonege - entuziasmiĝis Krak. - Mi deziras proponi kelkajn Esperantajn kantojn al fraŭlino Blum, kiujn ŝi kantu en diversaj landoj.

Mark demande alrigardis lin:

- La kondiĉoj?

- Jes, mi organizos la turneojn, la koncertojn, la honorariojn... - komencis klarigi Krak.

- Kaj Via maklerajô? - interrompis lin Mark.

- Tridek procentojn plus ĉiuj elspezoj.

- Multe, sed pri tio ni eble interkonsentos. Kie estos

la unua koncerto?

- En Sudlando.

- En Sudlando? - ne eltenis Karina. - Ĉu tie iu parolas ĉi lingvon?

- En la tuta mondo iuj parolas ĉi lingvon - rimarkis sinjoro Krak iom ofendite.

- Bone, en Sudlando - ripetis Mark. - Morgaŭ je la deka horo mi atendos Vin en kafejo "Astoria", por ke ni priparolu la detalojn.

Krak foriris adiaŭante ilin afable. Mark demandsilente postrigardis lin.

- Ĉu vi serioze pensas tion, Mark? - ekparolis Karina.

Mark ne respondis.

- Sed vi bonege scias, ke mi parolas nek francan, nek hispanan, nek italan. - Jes - konsentis Mark.

- Kaj nun mi devas kanti en tiu lingvo, kiel oni nomis ĝin, ho jes Esperanton.

- Jes.

- Sed tio estas stultaĵo. Mi ne deziras kanti en lingvo, kiun nenie iu parolas. - Vi devas kanti!

- Kial?

- Ĉar jam de tri monatoj viaj koncertoj okazas en duonplenaj salonoj.

- Ĉu mi kulpas pri tio? Kulpas vi kaj la fuŝa reklamo.

- Eble, sed post monato la salonoj estos tute malplenaj kaj vi devas forlasi la estradon.

- Mi preferas tuj forlasi ĝin ol fari kompromisojn.

- Tamen, laŭ mi, ne gravas en kiu lingvo vi kantas, gravas, ke vi kantu, sed ni iru jam, morgaŭ mi havos multan laboron.

Estis dudek tria kaj duono, kiam Mark kaj Karina forlasis Kanzonteatron. La stratoj de Brizurbo jam silentis kaj dezertis. Mark ŝoforis rapide. Kiam li haltis antaŭ la loĝejo de Karina, li ne eliris el la aŭto, li nur kisis ŝin kaj tuj post ŝia ekiro al la luma enirejo de la domo, la aŭto haste ekis, rapide giris kaj post sekundoj tute malproksimiĝis al la fino de la strato.

Iom da tempo Karina senmove rigardis la ruĝajn brilojn de la postlampoj. Eble Mark pravis. Pli juna ol ŝi, li provis diversajn profesiojn kaj nun li firme decidis elteni sin kiel impresarion. Li ne estis naiva, krom tio li ŝatis la bonajn aŭtojn, la komforton kaj nur Karina aŭ iu simila al ŝi povis certigi al li tion. Karina ironie ekridetis. En ŝiaj okuloj Mark similis al infano, kiu kuras al granda kaj rapida gajno kiel post bunta kaj alloga papilio.

La vasta apartamento iom fremde kaj malvarme akceptis Karinan. Ŝi trapasis la antaŭĉambron kaj ĵetis sian malpezan mantelon sur la kanapon en la salono. Ŝi estis laca kaj laŭ sia malnova infana kutimo eksidis sur la tapiŝo, apogante dorson al la kanapo. La silento en la salono iom trankviligis ŝin kaj denove ŝi rememoris la konversacion en la ŝminkejo. Sed, Dio, kiu estas tiu sinjoro Krak, kiu estas Mark kaj kiu komisiis al ili trakti pri ŝi kvazaŭ pri iu aŭtomobilo aŭ maŝino. Ĉu ili ne scias aŭ ne komprenas, ke se ŝi ne volas kanti, ŝi ne kantos, aŭ ili opinias, ke ili povas decidi ŝian sorton kaj vivon. Karina deziris tuj salti kaj piedfrapi la blankan kafotablon antaŭ la kanapo, sed ŝi estis tiel laca, ke ŝi ne havis forton eĉ moviĝi.

* * * *

Sinjoro Krak okazis preciza kaj postulema homo. Ĉiutage je la oka horo li aperis en la koncerthalo kaj atente aŭskultis la provripetojn. Aparte sentema li estis al la prononco. Sufiĉis, ke Karina malbone prononcu unu nuran sonon kaj sinjoro Krak jam nervoze saltis de la sego:
- Ne. Ne. Ĉiun sonon Vi devas prononci klare. Esperanto estas muziko kaj ege gravas la prononco.
Iom sendezire Karina ripetis la kantojn kaj kaŝe ŝi observis la mienon de sinjoro Krak. Foje-foje liaj okuloj ekbrilis kaj ŝi komprenis, ke li estas kontenta. Kompreneble, Karina tute ne havis emon lerni Esperanton, kaj malgraŭ ke sinjoro Krak donacis al ŝi lernolibrojn, vortarojn, Karina eĉ ne malfermis ilin. De tempo al tempo sinjoro Krak parolis al ŝi Esperante aŭ li uzis la paŭzojn, inter la provripetoj, por konvinki ŝin kiel bonege estus, se ĉiuj homoj en

la mondo parolus tiun ĉi lingvon. Karina ironiridete aŭskultis liajn prelegojn kaj ŝi ege deziris aldoni ion pikeman rilate Esperanton, sed ne kuraĝis, ĉar apud ŝi Mark serioze kaj atente aŭskultis sinjoron Krak.

Karina ne komprenis ĉu Mark ŝajnigas seriozecon kaj interesemon al Esperanto, aŭ aliaj pensoj kaj planoj gvidas lin kaj tial antaŭ sinjoro Krak li aspektis tiel kvazaŭ same por li Esperanto estas grava kaj necesa.

* * * *

Ĉisabate sinjoro Krak invitis Karina kaj Mark vespermanĝi en Korea Restoracio. Evidente la maljunulo havis bonhumoron, ĉar enigma, kara rideto lumigis lian brunecan vizaĝon. La flamo de la kandelo, kiu staris sur la tablo, igis lian arĝentan hararon metalbrila.

Post la abunda vespermanĝo sinjoro Krak plezure bruligis cigaredon kaj patrece alrigardis Karinan kaj Mark, kiuj sidis kontraŭ li.

- Mi ĝojas, ke vi komprenis min - diris sinjoro Krak. - Viaj koncertoj en Sudlando, Karina, estos evento en Esperanto-kulturo.

Nun liaj malhelaj okuloj reveme brilis kaj Karina provis kaŝi sian mokrideton.

- Delonge mi volis - daŭrigis Krak, ke talenta kantistino kantu en Esperanto. Vi eĉ ne povas imagi, karaj geamikoj, kiel gravas tio. La lingvo vivas en la arto, kiun ĝi kreas. Viaj Esperanto-kantoj, Karina, iĝos ege popularaj kaj baldaŭ ni aperigos gramofondiskojn.

Mark atente alrigardis Krak-on.

- Jes, gramofondiskojn - ripetis Krak. - Via turneo en Sudlando estas preta. Post dek tagoj ni veturos.

Sinjoro Krak malfermis sian valizeton kaj elprenis el ĝi iun revuon, kiun li etendis al Karina.

- Jen, ĉi tie aperis informo pri Via unua Esperanto-turneo en Sudlando. Oni detale priskribas Vian brilan karieron kaj salutas Vian decidon kanti en Esperanto. Karina, tie niaj samideanoj jam atendas Vin kaj estus bone, se almenaŭ iom Vi parolus Esperanton.

- La muziko estas internacia, ĉu ne? - ridetis Karina kaj ĵetis rigardon al la paĝo, dediĉita al ŝi.

Krak elektis belan foton, tamen Karina nenion komprenis el la longa Esperanta teksto sub la foto.

- Nun, karaj geamikoj, mi lasos Vin. Mi ne dubas en Via sukceso, Karina. Jen Viaj flugbiletoj.

Krak donis la biletojn al Karina kaj Mark, poste li vokis la kelneron, pagis la vespermanĝon kaj mankisinte Karinan li adiaŭis ilin.

Ankoraŭ iom da tempo Karina kaj Mark restis en la restoracio. La brulantaj kandeloj sur la tabloj estigis iun hejmecon kaj Karina ne havis emon forlasi la restoracion.

- Mark, ĉu vi ankoraŭ serioze pensas pri la koncertoj en Sudlando? Ĉu tio ne estas via sekva aventuro?

Mark silentis, sed eble la riza brando igis Karinan pli parolema kaj ŝi daŭrigis:

- Ĉu vi opinias, ke la koncertoj en Sudlando alportos la necesan monon aŭ eble Krak esperas, ke bone gajnos el miaj koncertoj?

Mark alrigardis la kandelflamon kaj kvazaŭ al si mem dirus:

- Mi ne scias. Krak ne pensas pri la gajno.

Tiu frazo surprizis ŝin:

- Kial?

- Li estas sufiĉe riĉa, ke povas aĉeti vin, min kaj ĉion, kion li deziras.

- Diru finfine kion vi interkonsentis kun li? Kiu li estas kaj kial necesas tiu tuta cirko?

- Kiu li estas? - ripetis Mark. - Mi ne scias. Eble iu el tiuj mecenatoj, kiuj delonge jam ne ekzistas.

- Sed kion li celas?

- Dio scias.

- Aŭ eble maljuna romantikulo, al kiu mi ekplaĉis - singarde diris Karina.

- Eble ankaŭ tio, sed gravas, ke vi kantos!

Karina atente alrigardis Mark. Dum la lastaj du monatoj li kvazaŭ ŝanĝiĝus. Li, kiu sciis ĉion, li, kiu estis ege memfida, nun aspektis embarasita el la stranga konduto de Krak. Kaj fakte, kiu estis tiu sinjoro Krak, kiu tiel mistere eniris ilian vivon kaj kiu tiel lerte konvinkis Mark entrepreni ion pri kies fina rezulto nenion li povis supozi.

- Estas malfrue - diris Mark kaj preparis sin ekstari.
- Ni iru.

Mark malŝatis la noktan vivon. Li preferis pli frue enlitiĝi kaj al sia laboro li rigardis ege serioze. Eĉ la tempon, kiun li pasigis ĉivespere en la restoracio, li konsideris labortempo, kiu delonge jam finiĝis.

- Mark, ĉu vi ne komprenas, ke de kiam mi konas vin, mi ne havas personan vivon. Mi ĉiam devas konsideri kontraktojn, koncertojn, programojn.
- Bedaŭrinde ne ĉiam ni povas servi al niaj personaj kapricoj kiel iuj, kiel sinjoro Krak, ekzemple - ridetis Mark.

Ili staris kaj ekiris al la elirejo.

Estis sesa horo vespere, kiam la aviadilo surteriĝis sur la flughavenon de Torento, la sudlanda ĉefurbo. Granda grupo da homoj kun floroj kaj verdaj flagetoj atendis ilin. La renkontiĝo inter ili kaj sinjoro Krak estis impresa. Tuj ili ekparolis en Esperanto kaj al Karina ŝajnis, ke tiuj homoj estas parencoj al sinjoro Krak, kiuj delonge ne vidis lin. Ili superŝutis lin per ĝojkrioj, demandoj, klarigoj.

Vespere, kiam Karina enlitiĝis en la hotela lito, ŝi ne deziris kredi, ke tiel mallonga estis la hodiaŭa tago kaj tiel rapide ĝi pasis. La sekvan tagon vespere estos la unua koncerto kaj ĉinokte Karina devis bone dormi, por ke morgaŭ ŝi estu freŝa kaj bonhumora, sed bedaŭrinde longe ŝi ne povis ekdormi. Ŝi sentis sin maltrankvila kiel dum la unuaj tagoj de sia kariero. Ĉu ŝi sukcesos? Ĉu ŝiaj kantoj vere plaĉos al tiu fremdlanda publiko, kun kiu ŝi nun unuan fojon renkontiĝos? ĉu tiuj strangaj Esperantaj kantoj vekos iun intereson aŭ ili restos fremdaj kaj nekompreneblaj al la aŭskultantoj? Iom trankviligis ŝin la fakto, ke ŝi kantos ne nur Esperante, sed ankaŭ france.

Nesenteble Karina ekdormis, tamen ŝi sonĝis malagrablan sonĝon. Ŝi vidis sin sur vasta estrado. Antaŭ ŝi la salono estis plenŝtopita da homoj, sed kiam ŝi malfermis buŝon por ekkanti, nenia sono eliĝis el ŝia gorĝo. Ŝiaj polmoj ŝvitis kaj mane ŝi tenis ne mikrofonon, sed glaciglatan serpenton, kiu minace siblis kaj penis volvi sin ĉirkaŭ ŝia varma, ŝvita korpo.

Eble sonĝe Karina ekkriis, ĉar ŝi vekiĝis kaj saltis de la lito. Longe ŝi staris ĉe la fenestro kaj rigardis la nekonatan fremdan urbon, kiu nun trankvile kaj profunde dormis.

La unua koncerto en Toronto brile sukcesis. La plenŝtopita halo similis al ondigita maro. La aplaŭdoj estis kvazaŭ senfinaj. Ebria kaj feliĉa pro la neatendita sukceso, Karina danke riverencis al la publiko. Impresis ŝin la fakto, ke en la vastega halo estis ne nur gejunuloj, sed same aĝaj viroj kaj virinoj. El iliaj okuloj radiis ia nekomprenebla ekstazo, kiun Karina unuan fojon rimarkis ĉe plenkreskuloj.

Mark kaj Krak same kontentis. Evidente, ankaŭ ili ne atendis tian sukceson, ĉar ambaŭ silentis kaj ne sciis kion diri al Karina.

En Toronto devis okazi tri sinsekvaj koncertoj kaj Karina bezonis tempon por ripozi. Post ĉiu koncerto ŝi kutimis ŝlosi sin en la ĉambro kaj resti nur kun si mem. Ankaŭ ĉivespere, post la koncerto, ŝi revenis en sian hotelĉambron kaj longe kuŝis senmova en la lito. Mark bone konis tiun ŝian kutimon kaj faris ĉion eblan, ke neniu maltrankviligu ŝin.

Ankaŭ la sekva koncerto okazis en halo "Universal". Eble ĝi estis la plej granda kaj la plej fama koncerthalo en la sudlanda ĉefurbo. Iu eĉ menciis, ke sur la estrado de "Universal" kantis iuj el la plej popularaj mondaj kantistoj. Ankaŭ ĉivespere la halo estis plenplena. Post la unuaj akordoj de la orkestro kaj post la vortoj de la anoncisto:

"Por Vi Karina Blum kantos france, hispane kaj Esperante", la salono ektondris pro aplaŭdoj.

Karina ne eksentis kiel aperis sur la estradon kaj denove komenciĝis por ŝi tiu ebriigo kaj sinforgeso, kiu obsedis ŝin hieraŭ vespere. Kvazaŭ mirakla forto levis ŝin super la publikon kaj ŝi sentis sin malpeza kiel birda plumo. La melodio fluis el ŝi kaj ŝi mem estis melodio.

Antaŭ ŝi la homoj silentis kaj atente sekvis ŝiajn leĝerajn paŝojn sur la estrado. Kantante Karina flirteme observis la publikon. Subite ŝi rimarkis, ke la sinjoro, kiu sidis je la unua vico, dekstre, ĉeestis ankaŭ la hieraŭan koncerton. Jes, ŝi ne eraris. Hieraŭ vespere li sidis same tie, je la unua vico, dekstre kaj estis same tiel vestita, en blanka moda kostumo.

Ĉivespere la ĉeesto de tiu ĉi viro iom konfuzis Karinan kaj de tempo al tempo ŝi kaŝrigardis lin. Alta kaj svelta, li ne estis pli ol tridekjara. Liaj haroj, mode tonditaj, havis ŝtalgrizan koloron kaj eble pro tio liaj okuloj brilis safire.

Karina rimarkis, ke kiam ŝi komencis kanti la Esperantan kanton "La maro", la brovoj de la nekonata viro iom ektremis kaj li atente fiksrigardis ŝin. Evidente li bone konis la tekston de tiu ĉi kanto, ĉar dum Karina kantis, liaj lipoj apenaŭ moviĝis.

La plej impresa estis la fakto, ke la nekonata viro aperis ankaŭ dum la tria koncerto en Toronto kaj li sidis sur la sama loko, kie li sidis dum la unua kaj la dua koncertoj, eĉ al Karina ŝajnis, ke li tute ne forlasis la koncerthalon kaj restis tie la tutan tagon kaj nokton ĝis la komenciĝo de la koncerto.

Post la tri koncertoj en la ĉefurbo, Karina devis gastroli en kelkaj provincaj urboj de Sudlando, sed ŝia miro ne havis limojn, kiam dum la unua koncerto en urbo Montario ŝi vidis en la koncerthalo la strangan viron, kiu denove sidis je la unua vico, dekstre.

Karina jam certis, ke ŝiaj koncertoj en Sudlando allogis frenezulon, sed tiu juna viro, ĉiam elegante vestita, kun saĝa profunda rigardo, tute ne similis al frenezulo.

Lia ĉiama ĉeesto komencis ĝeni Karinan, sed antaŭ ĉiu koncerto ŝi atente trarigardis la salonon kaj ŝi sentis sin maltrankvila, se ŝi tuj ne vidis lin inter la publiko.

Iom post iom Karina komencis pensi, ke ŝiaj koncertoj ne havus sukceson, se la juna viro ne ĉeestus ilin kaj nevole ŝi preĝis, ke li nepre ĉeestu ĉiun koncerton en Sudlando.

Mark kaj Krak realigis sian planon. La sudlandaj koncertoj de Karina estis sukcesaj. La radio, televido kaj ĵurnaloj dediĉis al ŝi la necesan atenton, sed tio jam ne tre interesis Karinan. Pli ofte kaj pli ofte ŝi pensis pri la stranga juna viro. Ĉu vere al li tiel plaĉas ŝiaj kantoj?

La turneo en Sudlando daŭris. Karina kantis en diversaj urboj, en diversaj salonoj kaj ĉiam kvin minutojn, antaŭ la komenco de la koncerto, aperis li kaj sidis je la unua vico, dekstre. Verŝajne li veturis kune kun ili. Li restis en la samaj hoteloj, en kiuj ili restis, li tagmanĝis aŭ vespermanĝis en la samaj restoracioj, en kiuj ili tagmanĝis aŭ vespermanĝis, sed neniam Karina rimarkis lin tie, malgraŭ ke ofte-oftege detale ŝi trarigardis la restoraciojn.

Karina ne sciis ĉu Mark aŭ Krak rimarkis tiun junan viron, sed ŝi tute ne deziris mencii al Mark pri li. Ŝi opiniis, ke se ŝi dirus almenaŭ unu vorton al Mark pri li, la stranga juna viro tuj malaperus kaj kune kun li malaperus ŝia bela iluzio.

Ofte vespere, kiam Karina restis sola en sia hotelĉambro, ŝi kvazaŭ vidus lin, sidantan en la fotelo, antaŭ ŝi. En tiaj minutoj nevole ŝi etendis manon en la obskuro por kvazaŭ karesi lian ŝtalgrizan hararon. Ŝajnis al ŝi, ke delonge jam ŝi atendis lian aperon, delonge ŝi sciis, ke nepre li devis aperi en ŝia vivo. Neniam ĝis nun Karina havis tiajn romantikecajn imagojn, sed la stranga juna viro jam ne lasis ŝin trankvila.

Nokte Karina sonĝis, ke kantas kaj anstataŭ mikrofonon, ŝi premas mane sangruĝan rozon, kies akraj dornoj subite pikas ŝiajn fingrojn. Koralaj sangaj gutoj rosigas la estradon. Ekscitita Karina saltas de la lito kaj en la malluma ĉambro febre ŝi flustras:

"Kiu vi estas? Kio estas Via nomo? Kion Vi deziras de mi?"

La turneo proksimiĝis al sia fino. De urbo Grandriver ili revenis en la ĉefurbon kaj post unu tago ili devis forveturi hejmen. Karina certis, ke kune kun ili la ĉefurbon revenis la nekonata juna viro.

La lastan tagon en Torento Karina ne havis koncerton kaj ŝi decidis iom promeni. Ŝi trarigardis la urbocentron, eniris kelkajn grandajn luksajn vendejojn, enpaŝis imponan katedralon. Sen direkto ŝi vagis de strato al strato. Ordinare dum sia restado en nekonataj urboj, Karina evitis viziti muzeojn aŭ artgaleriojn, ŝi preferis promeni sencele kaj sola, por ke ŝi eksentu la atmosferon de la urbo. Ŝi observis la domojn, stratojn, homojn kaj tio donis al ŝi grandegan plezuron.

Iel nesenteble Karina trafis grandan parkon. Verŝajne, tio estis la urba parko. La belegaj altaj arboj aludis, ke ĝi ege malnovas. Nun, en la komenco de la somero, agrable estis promeni ĉi tie, sur la ombraj silentaj aleoj. Proksime videblis kafejo kun kelkaj tabloj sub masivaj kaŝtanujoj. Karina sidis ĉe libera tablo kaj mendis kafon. Apud la proksima lago ludis infanoj, junaj patrinoj promenis kun infanveturiloj, sur la benkoj maljunuloj enue trafoliumis ĵurnalojn. La suno karesis ŝian vizaĝon kaj nevole Karina fermis okulojn. Subite ŝi eksentis, ke iu observas ŝin. Malfermante okulojn ŝi rimarkis, ke al ŝi proksimiĝas la nekonata juna viro. Hodiaŭ li surhavis someran helbluan kostumon kaj sukcenkoloran ĉemizon sen kravato.

Ŝia spiro haltis kaj la piedoj ektremis. La junulo staris apud ŝi kaj afable demandis ĉu li povus sidi ĉe la tablo aŭ ion similan. Evidente li parolis Esperante kaj Karina nenion komprenis. Nur ridete ŝi kapjesis kaj ĝojmiene li sidis apud ŝi. Liaj lagbluaj okuloj rigardis ŝin amike kaj karese. Io magia estis en tiuj helaj profundaj okuloj kaj Karina sentis, ke lante ŝi dronas en ili. Varma ondo enfluis ŝian bruston.

La junulo obtuze ekparolis Esperante. Li havis veluran voĉon kaj Karina sentis, ke li eldiras belegajn karajn vortojn, sed ŝi tute ne komprenis ilin: Silente ŝi aŭskultis kaj de tempo al tempo ŝi kapjesis, kvazaŭ ĉion ŝi komprenus. La junulo ridis kaj ŝajnis al Karina, ke eterne ŝi povus ĝui liajn ravajn okulojn.

Subite li demnandis ion, sed kion Karina tute ne komprenis. Kelkajn sekundojn ili silentis. La junulo demande kaj atente fiksrigardis ŝin.

- Do you speak English? - diris nevole Karina.

La junulo mire strabis ŝin, kvazaŭ li ne bone aŭdus ŝiajn vortojn. Post sekundo la miro en liaj okuloj transformiĝas en suspekton kaj embarasite li diris:

- Sed Vi tute ne parolas Esperanton?

Ĉu en tiu ĉi frazo eksonis miro aŭ senreviĝo Karina ne komprenis, tamen klare ŝi vidis kiel estingiĝis la brilo en liaj helaj okuloj.

- Vi tute ne parolas Esperanton - ankoraŭfoje lante ripetis la junulo kaj ekstaris de la seĝo.

Karina nevole gestis por haltigi lin, sed ŝi nur diris:

- I am sorry.

La junulo turnis sin kaj rapide ekiris. Karina postrigardis lin, sed lia svelta dorso jam rapide malproksimiĝis al la lago. Ĉimomente dolore Karina komprenis, ke kun tiu junulo ŝi ne trovis komunan lingvon, malgraŭ ke ŝi volis paroli kun li. Ŝi deziris diri al li, ke longe ŝi atendis lin, ke ŝi pensis pri li, ke ŝi eĉ multfoje sonĝis lin, ke ŝi ĝojis, kiam ŝi vidis lin dum ĉiuj siaj koncertoj, ke ŝi sincere deziris danki al li...

"Ĉu nia vivo estas nur vico de fiaskitaj renkontoj" - pensis Karina.

Ŝia rigardo glitiĝis al la lago, sed de tie nur du bluaj okuloj konfuzite kaj mire strabis ŝin kaj embarasita voĉo apenaŭ ripetis: "Sed vi tute ne parolas Esperanton."

Sofio, la 31-an de januaro 1988.

남쪽나라의 만남

음악회가 끝나고 **카리나**는 조금 지쳐 분장실에 몸을 숨겼다. 넓은 홀에서 여전히 박수가 들렸음에도 불구하고 카리나에게는 이번 음악회도 절반의 성공인 것 같았다.

그녀는 거울 앞 화장대에 앉아, 몇 분 동안 움직이지 않았다. 지난 3개월 동안 그녀에게 이해할 수 없는 일이 일어났다. 관중은 줄어들고 열정은 식어가는 것 같았다. 2년 전처럼 인파에 홀이 무너지거나 우레와 같은 박수소리에 천장이 무너지는 음악회는 더 이상 없었다.

카리나는 시선을 거울로 슬그머니 돌렸다. 그녀의 커다란 자수정 눈은 피곤해 보였고 안색은 민트 양피지처럼 보였다. 그게 늙어가는 첫 신호가 아닌가? 카리나가 스무 살이라는 사실에도 경력의 끝, 인생에서 아름다운 모든 것의 끝을 의미하는 노화를 몹시 두려워했다.

갑자기 분장실의 문을 열고 그녀의 대표인 **마크**가 방으로 들어왔다. 또 그는 그녀에게 알리지 않고 오늘밤 음악회를 보았다. 그는 그녀의 음악회가 얼마나 성공적인지 항상 정확히 알고 싶었다.

마크는 문에서 화장대까지 거리를 조금 천천히 걸어 거울 앞에 서서 재떨이에 담배 꽁초를 껐다. 그는 아무 말도 하지 않았다. 분명히 그도 반쯤 성공한 음악회에 만족하지 못했다. 카리나는 가능한 모든 것을 했다고 이야기를 시작해 설명하고 싶었지만 마크는 그녀를 탓하지 않았다. 무언가에 대해 생각하는 듯했다. 카리나는 마크에게 돈이 필요하다는 것을 아주 잘 알고 있었고, 그녀의 음악회가 더 이상 그 돈을 벌지 못할 것이라는 것은 이미 많은 사람들에게 분명했다.

이 순간 카리나도 아마 마크에게도 잘 이해하지 못하는 일이 발생했다. 검은색 둥근 모자를 우아하게 쓴 예순 살의 남성이 문을 살짝 두드린 후, 분장실 안으로 달려와서 재빨리 모자를 벗었다. 일반적으로 마크는 음악회가 끝난 후 아무도 카리나를 방해하도록 허용하지 않았으며, 그 자신도 관객 중 누구라도 카리나의 분장실에 접근할 수 없도록 신경썼으나 분명히 이 낯선 사람이 모든 장벽을 능숙하게 넘어 섰다.

"뭐가 필요하십니까?" 마크가 차갑게 물었다.

"블룸 씨에게 인사를 하고 싶소."

"공연장 앞에서 인사를 받는다고 하지 않았습니까?"

"하지만 그녀와 말할 게 있소."

"무엇에 대해 말입니까?

낯선 남자는 마크의 질문을 듣지 않는 듯 카리나에게 시선을 돌렸다.

"아가씨는 매우 재능이 있소, 블룸 양. 아가씨는 프랑스어, 이탈리아어, 스페인어로 노래해요. 아가씨는 이러한 언어를 사용하나요?"

"**블룸** 양은 이 언어를 구사하고 있습니다." 카리나 대신 마크가 대답했다.

"발음이 아름답네요, 블룸 양. 그리고 내가 할 말이 있어요."

마크는 사냥개처럼 귀를 쫑긋했지만 표정도 몸짓으로는 알 수 없었다. 그는 지금까지 그러하듯 움직이지 않고 화장대 가장자리에 간신히 등을 기대고 있었다.

"그래서," 낯선 남자가 계속했다. "나는 국제 언어 에스페란토에 관여하고 있소. 올해로 전 세계가 100주년을 축하해요."

카리나는 놀라움을 감추지 못하고 폭소를 터뜨렸다.

"인공 언어에 관한 것입니까?"

그러나 마크는 그녀를 경고하듯 바라보았고 카리나는 자기 가슴에 갑자기 웃음이 잠기는 것을 느꼈다.

"듣고 있습니다. 어르신." 마크가 진지하게 말했다.

"**크락**이라고 해요." 낯선 사람이 덧붙였다.

"감사합니다. 저는 블룸 양의 대표인 **마크 몽트**입니다. 저도 거기에 흥미가 있습니다.

"좋아요." 크락은 아주 좋아했다. "블룸 양에게 여러 나라에서 불러야 할 에스페란토 노래를 제안하고 싶소"

마크는 그를 질문하듯 바라보았다.

"조건은요?"

"그럼, 내가 순회공연, 음악회, 사례를 짜겠소" 크락이 설명하기 시작했다.

"그럼 선생님의 수수료는?" 마크가 그를 가로막았다.

"30퍼센트에 모든 비용을 더한 금액이오."

"많지만 우리는 그것에 대해 동의할 수 있습니다. 첫 음악회는 어디에서 합니까?"

"남쪽나라에서요."

"남쪽나라에서요?" 카리나는 참을 수 없었다. "거기서 이 언어를 구사하는 사람이 있습니까?"

"전 세계적으로 어떤 사람들은 이 언어를 사용해요." 크락 씨는 약간 기분이 상했다.

"좋습니다, 남쪽나라에서." 마크는 반복했다. "내일 10시에 카페 "아스토리아"에서 세부 사항을 논의하려 선생님을 기다리겠습니다."

크락은 상냥하게 작별 인사를 하고 떠났다. 마크는 의문을 품은 채 그 사람 뒤를 바라보았다.

"그것을 진지하게 생각하니, 마크? - 카리나가 말을 꺼냈다.

마크는 대답하지 않았다.

"그렇지만 내가 프랑스어도, 스페인어도, 이탈리아어도 못한다는 것을 아주 잘 알잖아."

"그래요." 마크는 동의했다.

"그리고 이제 사람들이 에스페란토라고 부르는 그 언어로 노래를 불러야만 해."

"맞아요."

"하지만 그건 말도 안되는 소리야. 나는 아무도 말하지 않는 언어로 노래하고 싶지 않아."

"누나는 노래해야해요!

"왜?"

"벌써 3개월 전부터 누나 음악회가 관객이 반쯤 찬 홀에서 열렸기 때문이죠."

"내 탓인가? 그것은 너와 엉터리 광고가 잘못이지."

"그럴지도 모르지만, 한 달 안에 홀이 완전히 비고 무대를 떠나야 해요."

"타협하기보다 즉시 떠나는 것이 더 좋아."

"하지만 제 생각에는 어떤 언어로 노래를 부르는지는 중요하지 않고 노래를 부르는 것이 중요해요. 하지만 서둘러 갑시다. 내일 할 일이 많아요."

마크와 카리나가 **칸존** 극장을 떠난 것은 밤 11시 반이었다. **브리즈**시의 거리는 이미 고요하고 황량했다. 마크는 빠르게 운전했다. 그가 카리나의 아파트 앞에 멈췄을 때 그는 차에서 내리지 않고 그녀에게 키스만 했고 그녀가 집의 밝은 입구를 향해 출발하자마자 차는 급하게 출발했고 빠르게 방향을 틀고 몇 초 만에 거리의 끝으로 완전히 멀어졌다.

잠시 동안 카리나는 자동차 뒷전등의 붉은 빛을 꼼짝도 하지 않고 응시했다. 어쩌면 마크가 옳았을 수도 있다. 그녀보다 어린 그는 다양한 직업을 시도했고 이제 그는 대표로 견디기로 굳게 결심했다. 그는 순진하지 않았고, 좋은 차와 편안함을 좋아했고 카리나나 그녀와 같은 사람만이 그에게 그런 것을 확실하게 줄 수 있었다. 카리나는 비꼬듯 웃었다. 그녀의 눈에 마크는 화려하고 매력적인 나비를 쫓는 것처럼 크고 빠른 이익을 향해 달려가는 어린아이 같았다.

널찍한 아파트가 조금은 낯설고 차갑게 카리나를 맞이했다. 그녀는 복도를 지나쳐 거실 소파에 가벼운 외투를 던졌다. 그녀는 피곤했고 어린 시절의 습관에 따라 소파에 등을 기대고 양탄자에 앉았다. 거실의 침묵이 그녀를 조금 진정시켰고, 그녀는 분장실에서 했던 대화를 다시 떠올렸다. 그러나 신이시여, 그 크락 씨는 누구이며 마크는 누구인가. 누가 그녀를 마치 자동차나 기계처럼 취급하도록 그들에게 위임했나. 그들은 그녀가 노래하기를 원하지 않으면 노래하지 않는다는 것을 모르거나 이해하지 못하고 또 그들이 그녀의 운명과 삶을 결정할 수 있다고 생각하나. 카리나는 얼른 벌떡 일어나 소파 앞 하얀 커피용탁자를 발로 차고 싶었지만 너무 피곤해서 움직일 힘도 없었다.

크락 씨는 정확하고 까다로운 사람이었다. 그는 매일 8시에 공연장에 나타나 예행연습을 주의 깊게 들었다. 그는 특히 발음에 민감했다. 카리나가 잘못 발음하는 것은 한 소리만으로 충분했고 크락 씨는 이미 신경질을 내며 의자에서 일어섰다.

"아니. 아니. 각 소리를 명확하게 발음해야 해요. 에스페란토는 음악이고 발음이 매우 중요하거든요."

조금 마지못해 카리나는 노래를 반복했고 몰래 크락 씨의 표정을 관찰했다. 때때로 그의 눈이 반짝였고 그녀는 그가 만족한다는 것을 이해했다. 물론 카리나는 에스페란토를 배우고 싶은 마음이 전혀 없었고, 크락 선생님이 교과서와 사전을 주었음에도 카리나는 열어보지도 않았다. 때때로 크락 씨는 그녀에게 에스페란토로 말을 하거나 예행연습 사이 잠시 쉬는 시간을 사용해 전 세계의 모든 사람들이 이 언어를 사용하면 얼마나 좋을지 그녀를 설득했다. 카리나는 쓴웃음을 지으며 그의 강의를 들었고, 정말로 에스페란토에 대해 비꼬는 말을 덧붙이고 싶었지만, 그녀 옆에 마크가 진지하고 주의 깊게 크락 씨의 말을 듣고 있었기 때문에 감히 하지 못했다.

카리나는 마크가 진지하고 에스페란토에 관심이 있는 척하는 건지, 아니면 다른 생각과 계획이 그를 인도하기 때문에 크락 씨 앞에서 그에게도 마찬가지로 에스페란토가 중요하고 필요한 것처럼 보이게 하는지 이해하지 못했다.

* * * *

이번 토요일 크락 씨는 카리나와 마크를 한국 식당의 저녁 식사에 초대했다. 그 노인은 기분이 좋은 것 같았다. 불가사의하고 사랑스러운 미소가 그의 갈색 얼굴을 비춘 걸 봐서. 탁자 위에 놓인 촛불의 불꽃이 그의 은발을 금속성으로 빛나게 했다.

풍성한 저녁 식사를 마친 뒤 크락 씨는 행복하게 담배에 불을 붙이고 맞은편에 앉아 있는 카리나와 마크를 아버지처럼 바라보았다.

"이해해 줘서 기뻐요." 크락 씨가 말했다. "남쪽나라에서 카리나 양의 음악회는 에스페란토 문화의 이벤트가 될 거예요."

이제 그의 검은 눈이 꿈결같이 빛났고 카리나는 비꼬는 미소를 숨기려 했다.

"오랫동안 나는 재능있는 가수가 에스페란토로 노래하는 것을 원했어요." 크락은 계속 말했다. "사랑하는 친구 여러분, 이것이 얼마나 중요한지 상상조차 할 수 없을거요. 언어는 그것이 만드는 예술에 살아 있어요. 카리나 양, 당신의 에스페란토 노래는 엄청난 인기를 끌 것이며 곧 축음기 레코드를 출시할 거요."

마크는 크락을 유심히 바라보았다.

"예, 축음기 녹음이요." 크락은 반복했다. "남쪽나라 순회공연이 준비되었어요. 10일 후에 우리는 출발할 거요."

크락 씨는 서류 가방을 열고 어떤 잡지를 꺼내 카리나에게 건넸다.

"여기, 남쪽나라에서의 첫 번째 에스페란토 순회공연에 대한 정보가 실렸어요. 아가씨의 화려한 경력이 자세히 설명되어 있으며 에스페란토로 노래하기로 한 아가씨의 결정을 환영하고 있어요. 카리나 양, 동지들이 이미 그곳에서 아가씨를 기다리고 있어요. 에스페란토를 조금이라도 할 수 있다면 좋을 텐데."

"음악은 국제적이죠, 그렇죠?" 카리나는 미소를 지으며 자기 기사가 실린 페이지를 바라보았다.

크락은 예쁜 사진을 선택했지만 카리나는 사진 아래에 있는 긴 에스페란토 문장에서 아무것도 이해하지 못했다.

"이제, 친애하는 친구 여러분, 나는 여러분을 떠날 거요. 여러분의 성공을 믿어 의심치 않아요, 카리나 양. 여기 여러분의 항공권이 있어요."

크락은 카리나와 마크에게 항공권을 주고 종업원을 불러 저녁 식사 비용을 지불하고 카리나와 악수한 후 작별 인사를 했다.

카리나와 마크는 한동안 식당에 머물렀다. 탁자 위의 불타는 초는 어떤 가정적인 분위기를 만들어 냈고 카리나는 식당을 떠나고 싶지 않았다.

"마크, 아직도 남쪽나라 음악회를 진지하게 생각하고 있어? 그것이 너의 다음 모험이 아냐?"

마크는 침묵했지만 아마도 쌀로 빚은 브랜디는 카리나를 더 수다스럽게 만들어 그녀는 계속해서 말했다.

- 남쪽나라의 음악회가 필요한 돈을 가져다 줄 것이라고 생각해, 아니면 크락 씨가 내 음악회에서 돈을 벌기를 바래?

마크는 촛불을 바라보며 혼잣말하듯 이렇게 말했다.

"모르겠어요. 크락 씨는 수입에 대해 생각하지 않습니다."

그 문장은 그녀를 놀라게 했다.

"왜?"

"그는 당신과 나 그리고 그가 원하는 모든 것을 살 만큼 충분히 부자입니다."

"마지막으로, 너는 그와 무엇에 동의 했어? 그는 누구이며 이 모든 서커스가 필요한 이유는 무엇이야?"

"그는 누구인가?" 마크는 되풀이했다. "모르겠어요. 아마도 오래 전에 존재하지 않는 예술후원자 중 하나 일 겁니다."

"근데 그는 무엇을 원해?"

"신만 아시죠."

"아니면 내가 좋아하는 늙은 낭만주의자." 카리나가 조심스럽게 말했다.

"아마 그럴 수도 있지만, 당신이 노래하는 것이 중요합니다!"

카리나는 마크를 유심히 바라보았다. 지난 두 달 동안 그는 변한 것 같았다. 모든 것을 알고 있던 그, 극도로 자신만만했던 그가 이제 크락의 이상한 행동에 당황한 듯 보였다. 그리고 사실, 그토록 신비롭게 그들의 삶에 들어왔고, 마크가 최종 결과에 대해 아무 것도 추측할 수 없는 일을 수행하도록 능숙하게 설득한 크락 씨는 누구일까?

"늦었어요." 마크가 말하고 일어날 준비를 했다. "갑시다."

마크는 밤의 생활을 싫어했다. 그는 일찍 잠자리에 드는 것을 선호했고 자신의 일을 매우 진지하게 받아들였다. 그는 오늘 밤 식당에서 보낸 시간조차 이미 끝난 업무라고 생각했다.

"마크, 내가 너를 알게 된 이후로 나는 사생활이 없다는 것을 이해하지 못해? 나는 항상 계약, 음악회, 순서를 고려해야 해."

"불행히도, 우리는 예를 들어 크락 씨처럼 개인적인 변덕에 항상 부응할 수는 없습니다." 마크는 미소를 지었다.

그들은 서서 출구를 향해 출발했다.

비행기가 남쪽나라 수도 **토렌트** 공항에 착륙한 것은 저녁 6시였다. 꽃과 녹색 깃발을 든 수많은 사람들이 그들을 기다리고 있었다. 그들과 크락 씨의 만남은 인상적이었다. 즉시 그들은 에스페란토로 말하기 시작했고 카리나는 그 사람들이 그를 오랫동안 보지 못한 크락 씨의 친척인 것처럼 보였다. 그들은 그에게 환호, 질문, 설명을 쏟아 부었다.

저녁에 카리나가 호텔 침대에서 잠자리에 들었을 때, 그녀는 오늘이 너무 짧고 너무 빨리 지나간다는 것을 믿고 싶지 않았다. 다음 날 저녁은 첫 음악회가 열릴 예정이고 오늘 밤 카리나는 푹 자야 내일 상쾌하고 기분이 좋았지만 안타깝게도 오랫동안 잠들지 못했다. 그녀는 경력의 첫 날처럼 불안함을 느꼈다. 그녀는 성공할 수 있을까? 그녀의 노래는 이제 그녀가 처음 만나는 외국 관객들 마음에 들까? 그 이상한 에스페란토 노래가 관심을 불러일으킬까, 아니면 청취자에게 낯설고 이해할 수 없는 상태로 남을까? 에스페란토뿐만 아니라 불어로도 노래를 부를 수 있다는 사실에 그녀는 다소 안심이 되었다.

어느새 카리나는 잠들었지만 그녀는 불쾌한 꿈을 꾸었다. 그녀는 넓은 연단에 서 있는 자신을 보았다. 그녀 앞의 홀은 사람들로 북적거렸지만 그녀가 노래를 부르기 위해 입을 열었을 때 그녀의 목에서는 아무 소리도 나오지 않았다. 그녀의 손바닥은 땀에 젖었고 그녀의 손은 마이크가 아니라 위협적으로 쉿 소리를 내며 뜨겁고 땀에 젖은 몸을 감싸려고 애쓰는 얼음처럼 매끄러운 뱀을 쥐고 있었다.

꿈에서 카리나는 비명을 질렀을 것이다. 그녀가 깨어나서 침대에서 뛰쳐나왔으니까. 오랫동안 그녀는 창가에 서서 지금 평화롭게 깊이 잠든 미지의 이국 도시를 바라보았다.

토렌트의 첫 번째 음악회는 눈부신 성공을 거두었다. 꽉 찬 홀은 파도치는 바다를 닮았다. 박수가 끝이 없었다. 뜻밖의 성공에 술취한 듯 행복한 카리나는 감사한 마음으로 관객들에게 고개를 숙였다. 그녀는 넓은 홀에 젊은이들뿐만 아니라 같은 또래의 남녀들이 있다는 사실에 깊은 인상을 받았다. 그들의 눈에서는 카리나가 성인에게서 처음으로 알아차린 일종의 이해할 수 없는 황홀경이 빛났다.

마크와 크락은 똑같이 만족했다. 그들이 모두 침묵하고 카리나에게 무슨 말을 할지 알지 못하기에 그러한 성공을 기대하지 않은 게 분명했다.

토렌트에서 3회 연속 음악회를 치러야 했고 카리나는 쉴 시간이 필요했다. 음악회가 끝날 때마다 그녀는 방에 틀어박혀 혼자 지내곤 했다. 또 오늘밤 음악회가 끝난 뒤 호텔방으로 돌아와 한참을 꼼짝도 하지 않고 누워있었다. 마크는 그녀의 이러한 습관을 잘 알고 있어 아무도 그녀를 방해하지 않도록 최선을 다했다.

다음 음악회도 '유니버설' 홀에서 열렸다. 아마도 그것은 남쪽나라 수도에서 가장 크고 가장 유명한 공연장이었을 것이다. 누군가는 세계에서 가장 유명한 가수 중 일부가 "유니버설" 무대에서 노래했다고 언급하기까지 했다. 오늘 밤에도 홀은 꽉 찼다. 오케스트라의 첫 번째 연주가 끝난 뒤 아나운서의 말 끝에:

"여러분을 위해 카리나 블룸 양이 프랑스어, 스페인어, 에스페란토로 노래할 것입니다." 홀에서 박수가 터져 나왔다.

카리나는 그녀가 무대에 어떻게 등장했는지 깨닫지 못했고, 어제 저녁 그녀를 사로잡았던 술취한 듯한 자아도취가 그녀에게 다시 시작되었다. 기적의 힘이 그녀를 청중 위로 들어올린 것처럼 그녀는 새의 깃털처럼 가벼웠다. 가락이 그녀에게서 흘러나오고 그녀 자신이 가락이 되었다.

그녀 앞에서 사람들은 침묵하고 그녀의 가벼운 발걸음을 주의 깊게 따랐다. 카리나는 노래를 부르면서 두 팔을 흔들며 관객을 살폈다.

갑자기 그녀는 첫 번째 줄 오른쪽에 앉은 신사가 어제 음악회에도 참석했다는 것을 알아차렸다. 예, 그녀는 틀리지 않았다. 어젯밤 그는 똑같이 거기 첫 번째 줄 오른쪽에 앉아 있었고 똑같이 세련된 흰색 양복을 입었다.

오늘 밤 이 남자의 존재는 카리나를 약간 혼란스럽게 했고 때때로 그녀는 그를 엿보았다. 키가 크고 날씬한 그는 서른 살도 채 되지 않았다. 세련되게 자른 그의 머리는 강철 회색이었고 아마도 이것 때문에 그의 눈은 사파이어처럼 빛났다.

카리나는 에스페란토 노래 "바다"를 부르기 시작했을 때 낯선 남자의 눈썹이 약간 꿈틀거리고 그가 그녀를 뚫어지게 쳐다보는 것을 알아차렸다. 분명히 그는 이 노래의 가사를 잘 알고 있었다. 카리나가 노래하는 동안 그의 입술이 조금씩 움직였기에.

토렌트 3차 공연때도 낯선 남자가 와서 1차, 2차 공연 때와 같은 자리에 앉았고 카리나에게 공연장을 한 번도 나가지 않고 음악회가 시작될 때까지 밤낮으로 그곳에 머문 것처럼 보였다는 점이 가장 인상 깊었다.

수도에서 세 번의 음악회를 마친 후 카리나는 남쪽나라의 일부 지방 도시를 순회공연해야 했지만 **몬타리오** 시에서 열린 첫 번째 음악회 공연장에서 다시 첫 번째 줄 오른쪽에 앉은 그 이상한 남자를 보았을 때 그녀의 놀라움은 끝이 없었다.

카리나는 남쪽나라에서 자기 음악회가 미친 사람을 매료시킬 것이라고 이미 확신했지만, 항상 우아한 옷을 입고 깊고 지혜로운 표정을 지닌 이 청년은 전혀 미친 사람처럼 보이지 않았다.

그의 끊임없는 존재가 카리나를 성가시게 했지만 매 음악회 전에 그녀는 조심스럽게 홀을 둘러보고 관객 사이에서 그를 즉시 보지 못하면 걱정했다.

카리나는 청년이 음악회에 참석하지 않으면 자신의 음악회가 성공하지 못할 것이라고 생각하기 시작했고, 무의식적으로 남쪽나라의 모든 음악회에 꼭 참석해 달라고 기도했다.

마크와 크락은 그들의 계획을 깨달았다. 카리나의 남쪽나라 음악회는 성공적이었다. 라디오, 텔레비전, 신문은 그녀에게 필요한 관심을 기울였지만 카리나는 더 이상 거기에 별로 관심이 없었다. 점점 더 자주 그녀는 이상한 젊은이를 생각했다. 그는 정말로 그녀의 노래를 그렇게 좋아할까?

남쪽나라 순회공연은 계속되었다. 카리나는 다른 도시, 다른 홀에서 노래를 불렀다. 그리고 음악회가 시작되기 항상 5분 전에 그는 첫 번째 줄 오른쪽에 나타나 앉았다. 그는 아마도 그들과 함께 탔을 것이다. 그는 그들이 머물렀던 같은 호텔에 머물렀고, 그들이 점심이나 저녁을 먹었던 같은 식당에서 점심이나 저녁을 먹었지만 카리나는 자주, 아주 자주 세밀하게 식당을 보았음에도 거기서 그를 전혀 알아차리지 못했다.

카리나는 마크 또는 크락이 그 젊은이를 알아차렸는지 몰랐지만 마크에게 그를 전혀 언급하고 싶지 않았다. 그녀는 마크에게 그에 대해 한 마디만 하면 이상한 젊은이가 즉시 사라지고 그녀의 아름다운 환상이 그와 함께 사라질 것이라고 생각했다.

종종 저녁에 카리나가 호텔 방에 혼자 있을 때 그녀는 그가 자기 앞 안락의자에 앉아 있는 것을 보는 것 같았다. 이런 순간에 그녀는 무의식적으로 그의 강철 회색 머리를 쓰다듬기 위해 어둠 속으로 손을 뻗었다. 그녀는 오랫동안 그의 등장을 기다려온 것처럼 보였고, 오랫동안 그가 자신의 삶에 나타나야한다는 것을 아는 듯했다.

전에는 카리나가 이렇게 낭만적인 상상을 한 적이 없었지만 이상한 청년은 벌써 카리나를 혼자 편안하게 두지 않았다.

밤에 카리나는 노래하면서 마이크 대신 날카로운 가시가 갑자기 손가락을 찌른 피처럼 붉은 장미를 손에 들고 있는 꿈을 꾸었다. 산호 피 방울이 무대에 이슬처럼 맺혔다.

흥분한 카리나는 침대에서 뛰쳐나와 어두운 방에서 힘없이 속삭였다.

"누구세요? 이름이 뭐예요? 나한테 뭘 바라는 거죠? "

순회공연이 막바지에 다다랐다. **그란드리버** 마을에서 그들은 수도로 돌아와 하루를 보낸 후 집으로 떠나야 했다. 카리나는 무명의 청년이 그들과 함께 수도로 돌아온 것을 확신했다.

토렌트에서의 마지막 날 카리나는 음악회가 없어 산책을 하기로 결정했다. 그녀는 시내 중심가를 둘러보고 대형 명품 매장에 들어가고 인상적인 대성당으로 걸어갔다. 방향 없이 그녀는 거리에서 거리로 방황했다. 평소 낯선 도시에 머무는 동안 카리나는 박물관이나 미술관 방문을 피하고, 도시의 분위기를 느끼기 위해 목적 없이 혼자 걷는 것을 선호했다. 그녀는 집, 거리, 사람을 관찰했고 이것은 그녀에게 엄청난 즐거움을 주었다.

어떻게 해서 자기도 모르게 카리나는 큰 공원을 마주쳤다. 아마도 그곳이 시립공원이었을 것이다. 아름다운 키 큰 나무들로 보아 그것이 아주 오래되었다는 것을 암시했다. 이제 초여름, 그늘지고 고요한 골목길을 걷는 것이 즐거웠다. 근처에는 거대한 밤나무 아래 탁자가 몇 개 있는 카페가 보였다. 카리나는 빈 탁자에 앉아 커피를 주문했다. 근처 호수 옆에는 아이들이 놀고, 젊은 엄마들은 유모차를 밀며 걷고, 노인들은 긴 의자에서 지루하게 신문을 훑어보고 있었다. 태양이 그녀의 얼굴을 비추어 카리나는 무심코 눈을 감았다. 갑자기 그녀는 누군가 그녀를 보고 있다는 것을 느꼈다. 그녀가 눈을 뜨자 정체를 알 수 없는 청년이 자신에게 다가오고 있음을 깨달았다. 오늘 그는 하늘색 여름 양복과 넥타이 없이 호박색 셔츠를 입었다.

숨이 멎고 발이 떨렸다. 그 청년은 그녀의 옆에 서서 탁자에 앉을 수 있는지 아니면 그와 비슷한 것을 친절하게 물었다. 분명히 그는 에스페란토를 말했고 카리나는 아무것도 이해하지 못했다. 그녀는 그저 미소를 지으며 고개를 끄덕였고 그는 즐거운 표정으로 그녀 옆에 앉았다. 그의 호수빛 파란 눈동자는 그녀를 다정히 애무하듯 바라보았다. 그 밝고 깊은 눈에는 마법 같은 것이 있었고 카리나는 자신이 그 눈에 천천히 빠지고 있음을 느꼈다. 뜨거운 파도가 그녀의 가슴을 덮쳤다.

청년은 조근조근 에스페란토로 말하기 시작했다.

그는 부드러운 목소리를 가졌고 카리나는 그가 아름다운 사랑의 말을 하고 있다는 것을 느꼈지만 그 말을 전혀 이해하지 못했다. 그녀는 조용히 귀를 기울이고 때때로 모든 것을 이해한 것처럼 고개를 끄덕였다. 청년은 웃었고 카리나는 그의 매력적인 눈을 영원히 즐길 수 있을 것 같았다.

갑자기 그는 무언가를 물었지만 카리나는 그것을 전혀 이해하지 못했다. 그들은 몇 초 동안 침묵했다. 청년은 그녀를 의문의 눈초리로 바라보았다.

"영어를 하십니까?" 카리나가 무심코 말했다.

청년은 그녀의 말이 잘 들리지 않는다는 듯 놀란 눈으로 그녀를 바라보았다. 잠시 후 그의 눈에 있던 경이로움은 의심으로 바뀌었고 그는 당황스럽게 말했다.

"하지만 당신은 에스페란토를 전혀 말하지 못합니다."

카리나는 이 말이 놀람인지 실망인지 알 수 없었지만, 그의 밝은 눈의 반짝임이 꺼지는 것을 분명히 보았다.

"당신은 에스페란토를 전혀 말하지 못합니다."

청년은 한 번 더 천천히 말을 되풀이하고 의자에서 일어났다.

카리나는 무의식적으로 그를 막으려는 손짓을 했지만 오직 다음과 같이 말했다.

"미안합니다."

청년은 몸을 돌려 재빨리 떠났다. 카리나는 그의 뒤를 보았는데 그의 가느다란 등이 빠르게 호수 쪽으로 멀어지고 있었다. 이 순간 카리나는 그 청년과 대화를 하고 싶었음에도 그 청년과 공통 언어를 찾지 못했다는 사실을 뼈저리게 이해했다. 그녀는 그를 오랫동안 기다렸다고, 그를 생각했다고, 심지어 그를 여러 번 꿈 꿨다고, 모든 음악회에서 그를 보았을 때 기뻤다고, 그에게 진실하게 감사하고 싶었다고 그에게 말하고 싶었다.

"우리 인생은 단지 실패한 만남의 연속인가?"

카리나는 생각했다.

그녀의 시선은 호수로 미끄러져 갔지만 그곳에서 두 개의 파란 눈만이 그녀를 혼란과 놀라움으로 곁눈질하고 있었고 당황한 목소리가 겨우 되풀이했다. "하지만 당신은 에스페란토를 전혀 말하지 못합니다."

LA STRANGA SENDAĴO

Tuj post la fino de la labortempo, Lili ekiris hejmen. Kati, ŝia kolegino, proponis, ke ili trinku kune kafon en kafejo "Astoria", tamen Lili afable evitis la inviton, dirante, ke ŝia kapo doloras kaj ŝi ne bone fartas. Fakte Lili bone fartis kaj ŝia kapo ne doloris, sed ŝi rapidis reveni hejmen, ĉar ĉivespere Alfred vizitos ŝin. Estis la 25-a de novembro, ĝuste antaŭ tri jaroj ŝi kaj Alfred konatiĝis kaj de tiam ĉiujare ili festis kune tiun ĉi datrevenon. Survoje al la domo Lili aĉetis konjakon, vinon, migdalojn. Alfred ege ŝatis migdalojn kaj ĉiam, antaŭ lia alveno, Lili nepre aĉetis migdalojn.

Revenite hejmen, Lili tuj surmetis la antaŭtukon kaj komencis kuiri. Ŝi preparis kotletojn, fritis terpomojn, trancĉis salaton. Feliĉe antaŭ la sesa la vespermanĝo pretis. Ordinare Alfred kutimis veni je la oka, kiam ekstere jam sufiĉe mallumis. Ankoraŭ estis tempo kaj Lili trankvile povis prepari ĉion. Ŝi kovris la tablon per nova sukcenkolora tablotuko, metis la kristalajn glasojn por konjako, la konjakan botelon kaj en malgranda telero - la migdalojn. Je la centro de la tablo staris vazo kun diantoj.

Lili atente observis ĉion. En la ĉambro regis senriproĉa ordo. La tablo estis modele aranĝita. En la laktoblanka vazo la diantoj fajris kiel flamoj. Estis agrable varme kaj odoris je freŝaj pomoj. Nur la ĉambra lumo ŝajnis iom forta. Alfred ne tre ŝatis la abundan lumon. Lili estingis la lustron kaj lumigis la starlampon en la angulo. La ĉambro tuj dronis en mola duonobskuro kun verdaj rebriloj.

Lili lastfoje trarigardis ĉion. Ŝajne jam ĉio estis en ordo. Ŝi iris en la dormoĉambron, demetis sian hejman robon kaj komencis vestiĝi, speciale por Alfred. Lili hezitis ĉu surmeti mamzonon aŭ ne. Ja, ŝiaj mamoj similis al du glataj kaj malmolaj pomoj kaj ŝi decidis ĉivespere esti sen mamzono. Sur sia svelta nuda korpo Lili surmetis blankan silkan subrobon kaj vinruĝan bluzon kun profunda dekoltaĵo. Lili ege ŝatis tiun ĉi bluzon. Antaŭ jaro, okaze de ŝia naskiĝtaga festo, ĝin donacis al ŝi Alfred. Li kutimis fari diversajn donacojn al ŝi. La arĝenta kolĉeno, kiun Lili nun surmetis, estis same donaco el Alfred. Li alportis ĝin el Erevano, kaj antaŭ du jaroj, reveninte el Norvegio, Alfred donacis al ŝi izatisan felon. La eleganta mansaketo, kiu nun kuŝis sur la apuda legotablo, same estis donaco el Alfred.

Lili surmetis nigran jupon, ne tre longan, poste antaŭ la murspegulo, ŝi ordigis la densajn harojn kaj iom ombrumis siajn grandajn malhelajn okulojn.

"Kio logas Alfred al mi" - nevole sin demandis Lili. Alfred havis edzinon, infanojn sed jam tri jarojn Lili konis lin kaj ofte ili estis kune. Regule li vizitis ŝin kaj ĉiam, kiam ŝi vidis lin, ŝi sentis, ke amardolĉa suko plenigas lante ŝian bruston, ŝi iĝas leĝera kiel nubo kaj ebria kiel post enspiro de vaporo el boligitaj drogherboj.

Jam estis sepa kaj douno. La pli longa horloĝmontrilo kvazaŭ apenaŭ moviĝus, sed Lili kredis, ke Alfred nepre alvenos antaŭ la oka. Ofte-oftege ŝi iris al la pordo, spirdetene aŭskultis ĉu ne aŭdeblas paŝoj en la ŝtuparejo, sed ekstere regis silento. Eĉ al la najbaraj pordoj neniu proksimiĝis.

Kelkajn minutojn sencele Lili staris en la ĉambro, gapante la ruĝajn diantojn. Alfred neniam venis sen floroj kaj ŝi provis diveni kiajn florojn li alportos hodiaŭ. Alfred sciis, ke ŝi ŝatas flavajn rozojn kaj Lili preskaŭ kredis, ke li venos kun grandega bukedo el flavaj rozoj.

Je la oka horo maltrankvilo obsedis Lili kaj simile al humida nebulo iom post iom ĝi tute volvis ŝin. Jam Lili emis nek stari, nek promeni, nek aŭskulti ĉe la pordo ĉu iu venas. Senforta ŝi sidis ĉe la granda tablo kaj stulte gapis la konjakon, la diantojn, la malplenajn glasojn, la migdalojn...

Eble io okazis al li, meditis ŝi, sed kiam li estis okupata, li ĉiam avertis ŝin telefone. Ne. Nun alia estis la kialo kaj la ina instinkto komencis senerare sugesti al Lili, ke ĉijara datrevena festo de ilia konatiĝo ne okazos kaj neniam plu ĝi okazos. Ja, same pasintsemajne kaj antaŭpasintsemajne Alfred evitis renkontiĝi kun ŝi, sed tiam Lili naive kredis, ke li estas ege okupata.

Finfine ĉio bela en la vivo havas finon, diris Lili filozofie, sed io en ŝi forte kontraŭstaris kaj terure kriis "ne", "ne". Kial nur por mi estus finoj? Kial nur mia vivo estu ĉenoj el renkontiĝoj kaj disiĝoj. Ja, ĉiu, kiu naskiĝas, devas ami kaj esti amata. Lili sentis, ke larmoj ekbrilos en ŝiaj okuloj, sed ŝi provis esti forta.

- Ne, Alfred, vi ne povas tiel facile eliri el la ludo. Ĉiu ludo havas regulojn kaj tiu, kiu ne konsideras ilin - bedaŭras! - kaj Lili gestis al konjako por plenigi sian glason.

*

Ĉivespere Alfred revenis hejmen iom laca. En la komenco de decembro li ĉiam sentis sin iom nervoza. Proksimiĝis la Kristnaskaj Festoj, necesis pensi pri donacoj, pri surprizoj kaj tio ĉiam lacigis, maltrankviligis, enuigis lin. Hodiaŭ post la fino de la la laboro, li iom promenis tra la vendejoj, sed nenion konvenan li trovis por la edzino kaj por la gefiloj. Ĝis Kristnasko restis du semajnoj kaj tio signifis, ke pli ofte li devas vagi en la vendeja tumulto kaj cerbumi kiajn donacojn li aĉetu.

Dum li demetis la mantelon en la antaŭĉambro, la pordo de la salono malfermiĝis kaj ĉe ĝi ekstaris Rita - lia edzino.

- Bonan vesperon - salutis Alfred.

- Bonan vesperon - respondis Rita, sed ŝajne ŝia voĉo eksonis. Alfred alrigardis ŝin. Strange, ĉivespere ŝia mieno aspektis tre serioza.

Jen, - meditis li, - la homo revenas hejmen laca, kaj anstataŭ kare kaj ridete, oni renkontas lin kun sfinksa seriozeco. Nur Lili kapablas per sola rideto forigi zorgojn kaj lacon. Lili... ripetis en si mem Alfred, - sed neniu ligo devas daŭri senfine. Lili estas kara, tamen tri jarojn sufiĉas.

Alfred provis ne pensi plu pri ŝi kaj ŝajnigante bonhumoron, li eniris la vastan salonon. Ĉi tie ĉio estis kiel kutime. La televido funkciis, la infanoj senzorge spektis ĝin, sed la serioza mieno de Rita maltrankviligis Alfred kaj li ne sciis kion pensi. Tamen Rita ne lasis lin longe cerbumi.

- Vi ricevis poŝtpakaĵon - anoncis ŝi iel solene kaj metis sur la tablon grandan skatolon.

- Eble vi deziras diri, ke ni ricevis poŝtpakaĵon - ekridetis Alfred, ĉar ĝis nun neniu ion sendis persone al li.

- Ne ni, sed vi. La pakaĵo estas adresita nur al vi.

Alfred alrigardis la grandan skatolon kaj vere vidis sur ĝi skribitan sian nomon. Jes, ne estis eraro, sed li tute ne komprenis kiu sendis al li tiun ĉi pakaĵon.

Scivole li turnis ĝin kaj preskaŭ ne falis. Sur la dorsa flanko estis skribita la nomo de la sendinto - Lili Rank.

- Kiu estas tiu Lili Rank? - demandis Rita suspekte, kaj Alfred devis tuj respondi por disigi tiun ĉi suspektemon, kiun li eksentis ne nur en ŝia voĉo, sed same en ŝiaj larĝe malfermitaj okuloj.

- Ho, Lili estas mia kuzino, ĉu vi forgesis? Foje-foje mi parolis al vi pri ŝi. Sufiĉe maljuna, jam de jaroj ŝi loĝas sola kaj eble nun ŝi decidis sendi ion al la infanoj, okaze de la Kristnaskaj Festoj.

La klarigo eble ne estis tre kredinda, sed en tiu ĉi momento Alfred ne kapablis elpensi ion pli bonan.

- Ho, kiel kara ŝi estas - rimarkis Rita, - tamen malfermu la pakaĵon - diris ŝi, kiam ŝi vidis, ke Alfred ŝajne eĉ ne kuraĝas proksimiĝi al la tablo.

- Klara, Teo, venu ĉi tien - vokis Rita la infanojn. - Ni ricevis kristnaskan pakaĵon de onjo Lili, kuzino de paĉjo.

La infanoj ĝojkrie proksimiĝis al la tablo kaj scivole ĉirkaŭis Alfred. Ĉimomente Alfred jam peze spiris, ŝvitis kaj profunde en si mem konjektis, ke tiu ĉi neatendita pakaĵo kaŝas iun malbonan ŝercon.

Per tremantaj fingroj li malnodis la ŝnuron, kiu ligis la pakaĵon, kaj lante komencis malvolvi la paperon. La poŝtpakaĵo estis granda kartonskatolo bone fermita.

La unua aĵo, kiun Alfred elprenis el la skatolo, estis

vinruĝa ina bluzo kun profunda dekoltaĵo. Superfluas eĉ mencii, ke la vizaĝo de Alfred tuj akceptis la koloron de la bluzo kaj li sentis, ke liaj vangoj brulas kvazaŭ iu fajrigus ilin. Tamen la surprizo en la okuloj de Rita kaj la infanoj ne havis limojn kaj ŝajnis al Alfred, ke ankoraŭ longe Rita ne kapablus prononci eĉ vorton. Sed eble li ne bone opiniis, ĉar Rita relative rapide eliris el la stuporstato kaj ŝi komencis elpreni la aĵojn el la skatolo.

Post la vinruĝa bluzo el la skatolo aperis izatisa felo kaj eleganta ina mansaketo. Kiam Rita elprenis arĝentan kolĉenon, ŝi ne povis kaŝi, sian subitan surprizon:

- Ho, ĉi kolĉeno ege similas al tiu, kiun vi donacis al mi, post via reveno el Erevanol

Nun Alfred staris tiel rigide, ke li eĉ ne sukcesis kapjesi. La tablo, antaŭ li, jam similis al brokantista vendejo. Apud la virina vinruĝa bluzo kaj izatisa felo viciĝis braceletoj, ŝaloj, orelringoj, broĉoj, eĉ ombrelo.

- Via kuzino havas tre subtilan humorsenton, ĉu ne? - rimarkis Rita kaj longe, silente ŝi observis Alfred, kvazaŭ ŝi atendus de li iun pli logikan klarigon, tamen Alfred senmove rigardis la aĵojn, ordigitajn sur la tablo kaj provis rememori kiam kion ĝuste kaj je kiu okazo li donacis al Lili.

Sofio, la 3-an de marto 1988.

수상한 택배

근무 시간이 끝난 직후 **릴리**는 집으로 출발했다. 동료 **케이티**는 카페 '아스토리아'에서 함께 커피를 마시자고 제안했지만 릴리는 머리가 아프고 몸이 좋지 않다며 상냥하게 초대를 피했다. 사실 릴리는 멀쩡했고 머리도 아프지 않았지만 오늘 밤 **알프레드**가 방문할 예정이었기에 그녀는 집에 서둘러 갔다. 정확히 3년 전인 11월 25일에 그녀와 알프레드는 만났고 그 이후로 매년 이 기념일을 함께 축하했다. 집으로 가는 길에 릴리는 코냑, 포도주, 아몬드를 샀다. 알프레드는 아몬드를 매우 좋아해서 항상 그가 도착하기 전에 릴리는 아몬드를 꼭 샀다.

집에 도착하자 릴리는 즉시 앞치마를 두르고 요리를 시작했다. 그녀는 커틀릿, 튀긴 감자를 준비하고, 샐러드를 잘랐다. 다행히 저녁은 6시 이전에 준비되었다. 일반적으로 알프레드는 밖이 이미 상당히 어두운 8시에 오곤 했다. 아직 시간이 있어 릴리는 침착하게 모든 것을 준비할 수 있었다. 그녀는 새로운 호박색 식탁보로 탁자를 덮고 코냑 용 크리스탈 잔과 코냑 병과 아몬드를 넣은 작은 접시를 식탁 위에 놓았다. 탁자 중앙에는 카네이션이 꽂힌 꽃병을 두었다.

릴리는 모든 것을 면밀히 살폈다. 방에는 완벽한 질서가 잡혔다. 탁자를 깔끔하게 정리했다. 유백색 꽃병 안에는 카네이션이 불꽃처럼 타올랐다. 그것은 기분 좋게 따뜻했고 신선한 사과 냄새가 났다. 방의 조명만 조금 강한 것 같았다. 알프레드는 밝은 빛을 별로 좋아하지 않았다. 릴리는 샹들리에를 끄고 구석에 있는 복도용 전등을 켰다.

방은 즉시 녹색 반사와 함께 부드러운 반어둠에 잠겼다.

릴리는 마지막으로 모든 것을 둘러보았다. 분명히 모든 것이 이미 정리되어 있었다. 그녀는 침실로 가서 평상복을 벗고 특히 알프레드를 위해 옷을 갈아입었다. 릴리는 브래지어를 할까 말까 망설였다. 실제로 그녀의 가슴은 부드럽고 단단한 사과 두 개를 닮았고 그녀는 오늘 밤 브래지어를 하지 않기로 했다. 그녀의 날씬한 알몸에 릴리는 흰색 비단 속치마와 깊은 목선이 있는 포도주빛 붉은 블라우스를 입었다. 릴리는 이 블라우스를 정말 좋아했다. 1년 전, 그녀의 생일을 맞아 알프레드가 그녀에게 선물로 주었다. 그는 그녀에게 다양한 선물을 하곤 했다. 릴리가 지금 걸고 있는 은목걸이도 알프레드의 선물이었다. 그는 **예레반**에서 그것을 가져왔고, 2년 전 **노르웨이**에서 돌아온 알프레드는 그녀에게 이사티스 모피를 주었다. 지금은 옆 독서대 위에 놓여 있는 우아한 핸드백도 알프레드의 선물이었다.

릴리는 그리 길지 않은 검은색 치마를 입고 벽 거울 앞에서 짙은 머리를 정리하고 크고 검은 눈을 살짝 가렸다.

"무엇 때문에 알프레드가 나에게 끌리는가?" 릴리는 무의식적으로 자문했다. 알프레드는 아내와 자녀가 있었지만 릴리는 그를 3년 동안 알고 지냈고 그들은 종종 함께 지냈다. 그는 그녀를 정기적으로 방문했고 그녀가 그를 볼 때마다 늘 씁쓸한 과즙이 그녀의 가슴을 천천히 채우고, 구름처럼 가벼워지고, 삶은 약초의 수증기를 흡입한 다음처럼 취하는 것을 그녀는 느꼈다.

벌써 일곱시 반이었다. 더 긴 시계 바늘은 거의 움직이지 않는 것 같았지만 릴리는 알프레드가 분명히 8시 전에 도착할 것이라고 믿었다. 종종 그녀는 문으로 가서 계단참에서 발소리가 들리는지 확인하기 위해 숨을 죽이고 귀를 기울였지만 바깥은 조용하기만 했다. 이웃 집 문조차 아무도 접근하지 않았다.

릴리는 몇 분간 방 안에 아무 생각 없이 서서 빨간 카네이션을 바라보았다. 알프레드는 꽃 없이는 한 번도 오지 않았기에 그녀는 그가 오늘 어떤 꽃을 가져올지 추측하려고 했다. 알프레드는 그녀가 노란 장미를 좋아한다는 것을 알았고 릴리는 그가 노란 장미의 거대한 꽃다발과 함께 올 것이라고 거의 믿었다.

8시에 불안이 릴리를 사로잡아 습한 안개처럼 조금씩 완전히 감싸고 있었다. 이미 릴리는 서거나 걷거나, 누가 오는지 확인하기 위해 문 앞에서 귀를 기울이지 않으려고 했다. 힘없이 그녀는 큰 탁자에 앉아 코냑, 카네이션, 빈 잔, 아몬드를 멍하니 바라보았다. 그녀는 그에게 무슨 일이 생긴 것 같다고 생각했지만 그가 바쁠 때면 항상 전화로 그녀에게 미리 알렸다. 아니. 이제 또 다른 이유가 있었고, 여자의 본능이 릴리에게 올해 만남의 기념일 축하 행사는 열리지 않고 다시는 열리지 않을 것이라고 틀림없이 알려주었다. 결국 지난주와 지지난주에 알프레드는 그녀와 만남을 피했지만 릴리는 순진하게 그가 매우 바쁘다고 믿었다.

결국, 인생에서 아름다운 모든 것은 끝이 있다고 릴리는 철학적으로 말했다. 그러나 그녀 내부의 무언가가 강하게 저항하고 몹시 "아니오", "아니오"라고 외쳤다. 왜 나만 마지막이 있을까? 왜 내 인생은 만남과 이별의 연속이어야 합니까? 결국 태어난 사람은 누구나 사랑하고 사랑해야 합니다. 릴리는 눈에서 눈물이 빛날 것 같았지만 강해지려 애썼다.

"아니, 알프레드, 그렇게 쉽게 경기에서 빠져나올 수 없어. 모든 경기에는 규칙이 있고 규칙을 고려하지 않는 자는 후회해!" 그리고 릴리는 잔을 채우기 위해 코냑에 손을 내밀었다.

*

오늘 밤 알프레드는 약간 피곤하여 집에 돌아왔다. 12월 초에 그는 항상 약간의 긴장을 느꼈다. 크리스마스 휴가가 다가오고 있었고 선물, 놀라움에 대해 생각할 필요가 있었고 그것이 항상 그를 피곤하고 걱정스럽고 지루하게 했다. 오늘 일이 끝난 후 그는 가게를 조금 돌아다녔지만 아내와 아이들에게 맞는 물건을 찾지 못했다. 크리스마스까지 2주가 남았고, 그것은 그가 종종 상점의 번잡함 속에서 헤매고 어떤 선물을 살지 머리를 써야 함을 의미했다.

그가 복도에서 외투를 벗는 동안, 거실 문이 열리고 그 옆에 그의 아내 **리타**가 서 있었다.

"안녕." 알프레드가 인사했다.

"돌아오셨네요" 리타가 대답했지만 외적으로 그녀의 목소리만 났다. 알프레드는 그녀를 바라보았다. 이상하게도 오늘 밤 그녀의 표정은 매우 진지해 보였다.

"여기" 그는 생각했다. 남자는 피곤해서 집으로 돌아왔지만 친절하고 웃는 대신 스핑크스 같은 진지함을 만난다. 미소 하나로 근심과 피로를 풀어줄 수 있는 것은 릴리뿐이다. 릴리... 알프레드는 스스로에게 되뇌었지만, 어떤 관계도 영원히 지속되어서는 안 된다. 릴리는 사랑스럽지만 3년이면 충분하다.

알프레드는 더 이상 그녀에 대해 생각하지 않으려고 애쓰며 기분 좋은 척 넓은 거실로 들어갔다. 여기는 모든 것이 평소와 같았다. 텔레비전은 켜져 있었고 아이들은 태평하게 그것을 보고 있었지만 리타의 진지한 표정은 알프레드를 걱정시켰고 그는 무엇을 생각할지 몰랐다. 그러나 리타는 그가 오랫동안 머리를 쓰도록 내버려 두지 않았다.

"당신에게 우편물이 왔어요." 그녀는 엄숙하게 알리고 큰 상자를 탁자 위에 놓았다.

"우리에게 우편물이 왔다고 당신은 아마 말하고 싶겠지." 알프레드는 지금까지 아무도 그에게 개인적으로 아무것도 보내지 않았기 때문에 미소를 지었다.

"우리가 아니라 당신이요. 소포는 당신에게만 왔어요."

알프레드는 큰 상자를 살펴보았고 실제로 그 상자에 자신의 이름이 적힌 것을 보았다. 맞아, 실수는 아니지만 누가 이 소포를 보냈는지 전혀 알 수 없었다. 호기심을 가지고 뒤로 돌렸더니 거의 떨어지지 않았다. 뒷면에는 보낸 사람의 이름 **릴리 랭크**가 적혀 있었다.

"그 릴리 랭크는 누구예요?" 리타가 수상쩍게 물었고, 알프레드는 그녀의 목소리뿐만 아니라 크게 뜬 눈에서도 감지한 의심을 풀기 위해 즉시 대답해야 했다.

"오, 릴리는 내 사촌이야, 잊었어? 때때로 나는 그녀에 대해 이야기했지. 꽤 늙었고, 몇 년 동안 혼자 살고 있고 아마도 이제 크리스마스 휴일을 맞아 아이들에게 무언가를 보내기로 결정했을 거야."

설명이 별로 믿기지 않을지 모르지만, 이 순간 알프레드는 더 나은 것을 생각할 수 없었다.

"오, 그녀는 정말 사랑스럽네요" 리타는 알아차렸다. "그래도 소포를 열어보세요" 알프레드가 탁자에 감히 접근조차 하지 않는 것을 보았을 때 그녀는 말했다.

"**클라라, 테오,** 이리와" 리타가 아이들을 불렀다. "아빠의 사촌인 릴리 고모가 크리스마스 소포를 보냈어."

아이들은 즐겁게 소리치며 식탁에 다가가 호기심 어린 눈으로 알프레드를 둘러쌌다. 이 순간, 알프레드는 이미 가쁜 숨을 몰아쉬고, 땀을 흘리고, 속으로는 이 예상치 못한 꾸러미가 나쁜 농담을 숨기고 있다고 생각했다.

떨리는 손가락으로 그는 꾸러미를 묶고 있는 끈을 풀고 천천히 종이를 열기 시작했다. 우편물 소포는 단단히 닫혀 있는 커다란 판지 상자였다.

알프레드가 상자에서 가장 먼저 꺼낸 것은 깊은 목선이 있는 포도주빛 붉은 여성용 블라우스였다. 알프레드의 얼굴이 즉시 블라우스의 색으로 물들었고, 누가 볼에 불을 붙인 것처럼 화끈거리는 느낌이 들었다. 하지만 리타와 아이들의 눈에는 놀라움이 끝이 없었고 알프레드는 리타가 오랫동안 한 마디도 발음하지 못할 것 같았다. 그러나 리타가 비교적 빨리 정신을 차리고 상자에서 물건을 꺼내기 시작했기에 그는 잘 생각하지 못했을 수도 있다. 상자에서 포도주색 붉은 블라우스에 이어 이사티스 모피와 우아한 여자 핸드백이 등장했다. 리타는 은목걸이를 꺼냈을 때 갑자기 놀라움을 감추지 못했다.

"오, 이 목걸이는 예레반에서 돌아온 후 나에게 준 것과 매우 비슷해요."

이제 알프레드는 고개를 끄덕이지도 못할 정도로 뻣뻣하게 서 있었다. 그의 앞 탁자는 이미 중고품 가게 같았다. 여성용 포도주빛 붉은 블라우스와 이사티스 모피 옆에는 팔찌, 숄, 귀걸이, 브로치, 우산까지 늘어서 있다.

"당신의 사촌은 아주 미묘한 유머 감각을 가졌네요, 그렇죠?"

리타는 알아차리고 알프레드에게 더 논리적인 설명을 기대하는 것처럼 조용히 오랫동안 그를 지켜보았지만 알프레드는 여전히 탁자에 늘어진 물건들을 바라보며 그가 릴리에게 정확히 언제, 어떤 경우에 선물을 줬는지 기억하려고 했다.

SONĜE VAGI

Kiam mi eliris el kafejo "Anĝela", ŝajnis al mi, ke kune kun mi eliris ankaŭ li. Vesperiĝis kaj mola blueco tegolis straton "Ateno", la konstruaĵojn sur ĝi, la nudajn arbojn sur la trotuaro.

Pluvetis. La stratlampoj lumigis la arbojn, sur kies branĉoj, aspergitaj de la pluvo, brilis sennombraj pluvgutoj, similaj al perloj, precize treditaj unu apud la alia. Eĉ la plej multekosta perla kolĉeno ne aspektis tiel rava.

Mi deziris apenaŭ minuton resti kaj observi ĉi perlajn arbokronojn, sed mi sentis, ke li postsekvas min kaj tial mi daŭrigis mian vojon sur la dekstra trotuaro de "Ateno". Malgraŭ ke pluvis, mi ne rapidis, por ke li eventuale antaŭiru min, sed li daŭre malrapide paŝis post mi.

Ĉe la angulo, kie kruciĝas "Ateno" kaj "Belvidejo", minuton mi hezitis ĉu mi daŭrigu rekten laŭ "Ateno" aŭ mi iru dekstren, laŭ "Belvidejo", sed mi decidis iri rekten, ja mi loĝas ne tre malproksime de "Anĝela" kaj post kvin minutoj piedirado laŭ strato "Ateno" mi estos hejme.

Malgraŭ ke mi ne paŝis lante, mi sentis senerare, ke la nekonata ulo post mi tute ne hezitis ĉu iri laŭ "Ateno" aŭ laŭ "Belvidejo" kaj li daŭrigis post mi.

Tio jam komencis maltrankviligi min. Neniam ĝis nun, dum mia tuta vivo, iu ajn postsekvis min. Neniu gvatis min, nek persekutis, nek spionis min. Eble li planis prirabi min, sed strato "Ateno" estis sufiĉe centra kaj luma kaj pro tio li ankoraŭ ne kuraĝis ataki min. Aŭ eble li havis taskon nur atente observi min; kie mi pasigas la liberan tempon, kun kiu mi konversacias, kion mi parolas kaj tiel plu. Mi provis detale rememori miajn lasttagajn agojn, sed nenion suspektindan mi trovis en ili. Kiel kutime ĉiumatene mi vekiĝis je la sesa horo. Mi baniĝis, vestiĝis, matenmanĝis kaj je la sepa kaj duono mi jam estis en la oficejo.

Post la fino de la labortempo foje-foje mi vizitis kafejon "Anĝela", kie mi renkontiĝis kun sinjoroj Montela kaj Rossi, sed niaj konversacioj estis ĉiutagaj kaj banalaj. Aŭ ĉu tiu ulo spionas ne min, sed sinjorojn Montela aŭ Rossi, kaj nun li deziras ekscii ion pri ili, pere de mi? Ne. Ne eblis. Montela kaj Rossi estis honestaj personoj kaj mi ne vidis kialojn, pro kiuj iu spionu ilin. Aŭ eble tiu, kiu marŝas post mi, eraris. Verŝajne, li devas postsekvi iun alian kaj erare li iras post mi. Aŭ mi nur imagas. Eble li estas honesta homo, kiu simile al mi revenas hejmen, kies loĝejo troviĝas proksime kaj tiel hazarde li marŝas post mi, sur la dekstra trotuaro de strato "Ateno". Verŝajne ni estas najbaroj kaj ni multfoje vidis unu la alian, eĉ salutis unu la alian? Tamen mi preskaŭ atingis la enirejon de la domo, en kiu mi loĝas, sed la nekonata ulo daŭre marŝis post mi. Kompreneble, mi ne kuraĝis turni min kaj vidi kiel li aspektis, ĉu li estis forta aŭ malforta, juna aŭ maljuna. Mi nur marŝis kiel eble pli rapide kaj mi tute ne deziris vidi lian vizaĝon aŭ liajn okulojn.

Sur la strato li ne atakis min, sed eble nun, en la enirejo, li atakos min subite kaj provos prirabi mian monon, feliĉe mi ne havis multan monon kaj mi jam pretis sen rezisto doni ĝin al li.

Mi enpaŝis la enirejon de la domo, rapide fermis la pordon post mi kaj tuj lumigis la ŝtuparejon. Poste, preskaŭ kurante, mi komencis ascendi al la kvara etaĝo. Kiam mi atingis la duan etaĝon, mi haltis por momento kaj mi aŭskultis ĉu aŭdeblas post mi la konataj paŝoj, sed silento regis en la ŝtuparejo. Ŝajne neniu post mi malfermis la eksteran pordon de la domo kaj neniu ascendis post mi al la kvara etaĝo. Trankvile kaj profunde mi elspiris. Eble tiu persekuto estis nur imago. Malrapide mi supreniris la kvaran etaĝon, malŝlosis la pordon de mia loĝejo, eniris ĝin, atente ŝlosis de interne kaj kelkajn minutojn senmove mi aŭskultis ĉe la pordo ĉu iu tamen ne venas.

En la vestiblo mi demetis la mantelon, kiu pro la pluvo jam sufiĉe pezis, mi skuis ĝin, por ke la akvo iom falu kaj nur poste mi kroĉis la mantelon al la hokaro. La ŝuojn, kiuj same malsekis mi plezure demetis kaj surmetis la pantoflojn, kiuj atendis min trankvile sub la hokaro.

Jes, mi jam estis en mia domo kaj mi povis eniri mian varman ĉambron. Ĉio malagrabla restis ekstere - la pluvo, la obskuro, la pezaj paŝoj de la nekonata ulo. Mia domo estis mia citadelo. Mi eniris la ĉambron, lumigis ĝin kaj...

Li trankvile sidis en la fotelo kontraŭ mi, kvazaŭ jam de horoj li atendus min. Tuj mi ekkonis lin, sed strange, mi ne ekkriegis, ne timis, ne svenis, eĉ ŝajnis al mi, ke delonge instinkte mi sentis, ke mi trovus lin ĉi tie. Nenion mi diris, nur atente mi observis lin. Verŝajne li ne estis pli ol kvardek kvinjara, mezalta, nigrohara kun malhelaj okuloj kaj delikataj lipoj, kiuj aludis pri sentemo. Mode vestita, li surhavis ĉokoladkoloran kostumon, okran ĉemizon kaj kravaton je brunaj strietoj.

Kelkajn minutojn ni silentis. Verŝajne li sentis sin gasto kaj atendis, ke mi unua ekparolu, sed mi ne sciis kion diri aŭ kiel komenci la konversacion. Finfine ni ne povis nur silenti kaj observi unu la alian.

- Ĉu vi drinkos ion? - demandis mi hezite.

- Ne - respondis li kaj ŝajne ekridetis. - Mi ne drinkas.

Lia voĉo molis kaj profundis.

- Tiam mi preparu kafon aŭ teon?

- Ne, ne. Ne necesas.

Denove silento. Nur la metalaj ritmaj frapoj de la murhorloĝo aŭdiĝis en la ĉambro. Jam estis dudek unua kaj duono. Verŝajne li deziris ion gravan diri al mi, nur tiel mi povis klarigi lian neatenditan aperon.

- De kiam Vi postsekvas min, ĉu de kafejo "Anĝela"? - demandis mi subite. Li lante levis rigardon kaj klare diris:

- Eble, sed pli ĝuste - tre delonge. Mi ne memoras. Ni diru de la 20-a de majo 1945.

Mi ektremis. En tiu tago kaj en tiu jaro mi naskiĝis.

- Aŭ eble ne - li staris de la fotelo, iris al la libroŝranko kaj tiel li kvazaŭ emfazus "ne dubu, mi bonege memoras ĉion."

Antaŭ la libroŝranko scivole li komencis rigardi la librojn kaj ŝajne al si mem li diris:

- Kiam Vi estis dekdujara, Vi bonege pentris. Vi povus iĝi talenta pentristo, tamen Vi iĝis maltalenta inĝeniero - li fiksrigardis min, sed mi ne bone komprenis, ĉu en liaj okuloj estis riproĉo aŭ kompato.

- Kial? - demandis mi malfacile.

- Jes, jes, kun ĉiuj okazas similaj aferoj en la vivo - li ridetis.

Silente kaj iom malamike mi fulmrigardis lin, sed li observis min trankvile kaj strange, mi komencis senti, ke li scias ĉion. Liaj okuloj, similaj al du senmovaj lagoj, absorbis min kaj ne eblis el ili elnaĝi. Tiuj ĉi okuloj vidis foren kaj certe li sciis kio okazos morgaŭ aŭ postmorgaŭ. En ĉi minuto mi ne dubis, li enhavis la pasinton, nunon kaj estonton, tial li trankvilis. Mi enviis lin. Mi timis la estonton. Sed kial li alias? Ja, liaj haroj, okuloj, eĉ liaj gestoj estis kiel miaj. Ĉu li mias aŭ mi lias?

Nun li staris ĉe la fenestro kaj ŝajne rigardis la straton. La silento turmentis min, sed mi ne kuraĝis alparoli lin. Evidente li meditis pri io aŭ li deziris rememori ion. Neatendite li turnis sin al mi kaj ŝajne interalie li demandis: - Kiel fartas Nita?

En la unua momento mi ne deziris kredi al miaj oreloj. Li demandis pri Nita kaj lia demando eksonis kiel obtuza fora eĥo. Do, li scias ankaŭ pri ŝi. Mi konfuze strabis lin, kaj en liaj pupiloj, kiel en speguloj, mi vidis Nitan. Mi vidis ŝian vizaĝon iom sunbrunigitan, ŝiajn molajn harojn kaj ludemajn okulojn.

En la ĉambro subite mi eksentis ravaromon de falĉitaj herbejoj, la sunon de fora varmeta septembro kaj la silenton de la montodomo, en kiu unuan fojon mi vidis Nitan.

Delonge mi ne pensis pri ŝi kaj nun mi deziris danki al li, ke li alportis la rememoron pri ŝi.

- Kial Vi ne diris tiam al ŝi, ke Vi amas ŝin? - demandis li.

- Mi ne scias - respondis mi.

- Jes, ni sentas nin feliĉaj nur tiam, kiam la feliĉo delonge forflugis de ni. Kiam ni vere feliĉas, ni timas.

- Kion?

Sed eble li ne aŭdis min. Li faris kelkajn sencelajn paŝojn en la ĉambro. Ŝajnis al mi, ke mi ne vidis lin, nur mi sentis liajn paŝojn, tiujn samajn, molajn pezajn paŝojn, kiujn mi aŭdis post mia dorso hodiaŭ vespere, kiam mi revenis el kafejo "Anĝela". Li proksimiĝis al mi, alrigardis min kaj diris:

- Ĉu vi memoras hodiaŭ vespere, kiam Vi revenis el kafejo "Anĝela" kiel bele brilis la pluvgutoj sur la nudaj branĉoj de la arboj, similis al ravaj perloj, ĉu ne?

- Jes.

- Sed Vi ne haltis por observi ilin. Vi timis.

- Kion? Kiun?

- Bedaŭrinde. Neniam plu Vi vidos tiujn ravajn perlojn. Ili restas tie, sur la arboj, nur minutojn. Ĉio efemeras. Malfacile eblas kapti la momenton, sed ĝuste la momento plej gravas ĝi enhavas ĉion, la pasinton, la nunon, la estonton. Kiu kaptos la momenton, li timos plu nenion - li diris tiujn ĉi vortojn kvazaŭ al si mem, poste li amike alrigardis min.

Mi vidis aŭ pli ĝuste mi sentis kiel li pasis preter mi kaj iris al la pordo. Post kelkaj sekundoj mi aŭdis la malfermon de la pordo, ĝian apenaŭ aŭdeblan grincadon kaj liaj molaj pezaj paŝoj lante forsonis en la vestiblo. Jes, li silente foriris, sed strange, en mi restis la sento, ke li staras malantaŭ mia dorso, atente observas min, ĉiun mian paŝon, geston, vorton kaj li kvazaŭ dirus al mi:

- Ne timu, ja mi estas tiu.

Sofio, la 3-an de aprilo 1988.

꿈속에서 헤매기

내가 "안젤라" 카페를 떠날 때 그도 나와 함께 떠난 것 같았다. 저녁이 되었고 부드러운 파란 빛이 "아테네"거리, 그 위의 건물들, 보도의 벌거벗은 나무들을 기와처럼 뒤덮었다.

이슬비가 내리고 있었다. 가로등은 나무들을 비췄다. 빗물에 젖은 그 나뭇가지 위에서는 무수한 빗방울이 진주처럼 반짝이며 가지들은 서로 정교하게 얽혀 있었다.

가장 비싼 진주 목걸이조차도 그렇게 매력적으로 보이지 않았다. 나는 잠시 머물면서 이 진주나무 왕관을 관찰하고 싶었지만 그가 나를 따르고 있다는 것을 느껴서 "아테네"의 오른쪽 인도를 따라 계속 나아갔다. 비가 와도 결국 그가 나를 앞서가도록 서두르지 않았지만 그는 계속 천천히 내 뒤를 따라 걸었다.

'아테네'와 '벨비데호'가 교차하는 모퉁이에서 '아테네'를 따라 계속 직진할지, '벨비데호'를 따라 우회전할지 잠시 망설였지만 직진하기로 했다.

정말 나는 "안젤라" 카페에서 그리 멀지 않은 곳에 살고 "아테네" 거리를 따라 5분 정도 걸어가면 집에 도착할 것이다.

천천히 걷지 않았음에도 뒤에 있는 모르는 사람이 '아테네'를 가느냐, '벨비데호'를 가느냐를 조금도 망설이지 않고 계속 따라오는 것이 틀림없이 느껴졌다.

그것은 이미 나를 걱정시키기 시작했다. 지금까지 내 평생에 아무도 나를 따라온 적이 없었다. 아무도 나를 지켜보지도 않았고, 쫓아오지도 않았고, 나를 염탐하지도 않았다.

아마도 그는 나를 강탈하려고 계획했지만 "아테네" 거리는 꽤 중심가이고 밝았기 때문에 아직 감히 나를 공격하지 않았다. 아니면 여가 시간을 어디서 보내는지, 누구와 대화하는지, 무엇에 대해 이야기하는지 등 나를 감시하는 업무만 가지고 있었을 수도 있다.

나는 지난 날의 내 행동을 자세히 기억하려고 노력했지만 거기서 의심스러운 점을 찾지 못했다. 평소와 같이 매일 아침 나는 6시에 일어났다. 나는 몸을 씻고, 옷을 입고, 아침을 먹고 7시 반에는 이미 사무실에 있었다.

퇴근 후 가끔 '안젤라' 카페에 들러 **몬텔라** 씨와 **로시** 씨를 만났지만 우리의 대화는 일상적이고 사소했다. 아니면 그 사람이 나를 염탐하는 것이 아니라 몬텔라 씨나 로시 씨, 그리고 지금 나를 통해 그들에 대해 뭔가를 알고 싶어하는 걸까? 아니. 불가능했다. 몬텔라 씨와 로시 씨는 정직한 사람이었고 누군가가 그들을 염탐해야 할 이유가 없었다. 아니면 내 뒤에서 걸어오는 사람이 틀렸을 수도 있다. 아마도 그는 다른 사람을 따라가야 하는데 실수로 나를 쫓는다. 아니면 그냥 상상이다. 아마도 그는 나처럼 집에 돌아오는데, 아파트가 근처에 있고 우연히 "아테네" 거리의 오른쪽 보도에서 나를 따라 걷는 정직한 사람일 것이다. 과연 우리는 이웃이고 몇 번이고 서로 인사도 하지 않았을까? 그런데 내가 살고 있는 집의 입구에 거의 다다랐는데, 정체를 알 수 없는 녀석이 계속 내 뒤를 쫓아왔다. 물론, 나는 그가 강하든 약하든, 젊든 늙든 그가 어떻게 생겼는지 감히 뒤돌아 볼 수 없었다. 나는 가능한 한 빨리 걸었고 그의 얼굴이나 눈을 전혀 보고 싶지 않았다.

그는 거리에서 나를 공격하지 않았지만 아마도 지금 입구에서 갑자기 나를 공격하고 내 돈을 강탈하려고 할 것이다.

운이 좋게도 나는 돈이 많지 않았고 저항 없이 그에게 줄 준비가 되어 있었다.

아파트 출입구에 발을 디디고 재빨리 내 뒤로 문을 닫고 즉시 계단의 전등을 켰다. 그리고 거의 뛰다시피 4층으로 올라가기 시작했다. 2층에 도착했을 때, 나는 잠시 멈춰서 뒤에서 익숙한 발소리가 들리는지 귀를 기울였지만 계단참은 조용했다. 분명히 나이후로 아무도 아파트의 바깥 문을 열지 않았고 나를 따라 아무도 4층으로 올라오지 않았다. 나는 침착하고 깊게 숨을 내쉬었다. 아마도 괴롭힘은 상상에 불과했을 것이다. 천천히 4층으로 올라가서 내 아파트 문을 열고 안으로 들어가 조심스럽게 안쪽에서 문을 잠그고 몇 분 동안 나는 누군가가 오는지 확인하기 위해 움직이지 않고 문에 귀를 기울였다.

현관에서 비가 와서 이미 꽤 무거워진 외투를 벗고, 물이 조금 떨어지도록 그것을 흔들고나서야 옷걸이에 외투를 걸었다. 마찬가지로 젖은 신발도 즐겁게 벗고 옷걸이 아래에서 조용히 나를 기다리고있는 슬리퍼를 신었다.

예, 이미 나는 집에 있었고 따뜻한 방에 들어갈 수 있었다. 비, 어둠, 알려지지 않은 사람의 무거운 발자취 같은 불쾌한 모든 것이 밖에 남아있었다. 나의 집은 나의 요새였다. 방에 들어가서 불을 붙이고...

그는 마치 몇 시간 동안 나를 기다리고 있었던 것처럼 내 맞은편 안락의자에 조용히 앉아 있었다. 바로 알아차렸지만 이상하게도 비명을 지르거나 겁먹지 않고 기절하지도 않았고, 오래전부터 본능적으로 여기에서 그를 찾을 것 같은 느낌마저 들었다. 나는 아무 말도 하지 않고 그저 그를 유심히 살펴볼 뿐이었다. 그는 아마도 45세도 채 되지 않은 중간 키에 검은 머리에 검은 눈, 감수성을 암시하는 섬세한 입술을 가졌을 것이다. 세련되게 차려입은 그는 초콜릿색 양복에 황토색 셔츠를 입고 갈색 줄무늬가 있는 넥타이를 맺다.

우리는 몇 분 동안 침묵했다. 그는 아마도 손님처럼 느껴졌고 내가 먼저 말하기를 기다리고 있었을 것이다. 그러나 나는 무슨 말을 해야 할지, 어떻게 대화를 시작해야 할지 몰랐다. 결국 우리는 서로 가만히 보고만 있을 수 없었다.

"뭐 마실래요?" 나는 머뭇거리며 물었다.

"아니요." 그는 대답했고 분명히 미소를 짓기 시작했다. "나는 술을 마시지 않아요."

그의 목소리는 부드럽고 깊었다.

"그럼 커피나 차를 준비할까요?"

"아니요, 아니요. 필요하지 않아요."

다시 침묵. 방 안에는 벽시계에서 나오는 금속성의 규칙적인 두드리는 소리만이 들릴 뿐이었다.

벌써 저녁 아홉 시 반이었다.

그는 아마도 나에게 중요한 것을 말하고 싶었을 것이다. 그것이 내가 그의 예기치 않은 모습을 설명할 수 있는 유일한 방법이었다.

"언제부터 저를 따라오신 건지, '안젤라' 카페부터 입니까? 갑자기 내가 물었다.

그는 천천히 고개를 들더니 분명히 말했다.

"어쩌면, 오히려 아주 오랫전부터. 기억이 안나요. 1945년 5월 20일이라고 말해 둡시다."

나는 몸서리를 쳤다. 그날과 그 해에 나는 태어났다.

"아니면 아닐지도." 그는 안락의자에서 일어나 책장으로 가서 "의심하지 말라, 나는 모든 것을 완벽하게 기억한다"고 강조하는 것 같았다.

책장 앞에서 그는 호기심 어린 눈으로 책들을 보기 시작했고, 자신에게 말하듯 이렇게 말했다.

"열두 살 때 그림을 아주 잘 그렸어요. 당신은 재능있는 화가가 될 수 있었지만 재능이 없는 기술자가 되었죠." 그는 나를 쳐다보았지만 그의 눈에 비난이나 동정이 있는지 나는 잘 이해가 되지 않았다.

"왜?" 나는 힘들게 물었다.

"예, 예, 인생에서는 비슷한 일이 모든 사람에게 일어납니다." 그는 미소 지었다.

나는 조용히 그리고 다소 적대적으로 그를 노려보았지만, 그는 침착하고 이상하게 나를 살폈고, 나는 그가 모든 것을 알고 있다고 느꼈다. 그의 두 눈은 마치 두 개의 고요한 호수처럼 나를 빠져들게 해서 그 눈에서 헤엄쳐 나올 수 없었다. 그 눈은 먼 곳을 보았고 내일이나 모레에 일어날 일을 확실히 알고 있었다. 이 순간 그는 과거와 현재와 미래를 갖고 있었기에 편안하다고 의심하지 않았다. 나는 그가 부러웠다. 나는 미래가 두려웠다. 그런데 그는 왜 다른가? 과연 그의 머리카락, 눈, 몸짓까지도 내 것과 같았다. 그가 나인가 아니면 내가 그인가?

이제 그는 창가에 서서 분명히 거리를 바라보는 듯했다. 침묵이 나를 괴롭혔지만 나는 감히 그에게 말을 걸지 못했다. 분명히 그는 무언가를 생각하거나 무언가를 기억하고 싶었다. 뜻밖에도 그는 나에게 몸을 돌려 분명히 물었다:

"니타는 어떻게 지내나요?"

처음에는 내 귀를 믿고 싶지 않았다. 그는 니타에 관해 물었고 그의 질문은 둔하고 먼 메아리처럼 들렸다.

그럼 그는 그녀를 알고 있었다. 나는 당황해서 그를 곁눈질했고, 그의 눈동자에서 거울을 보듯 니타를 보았다.

나는 약간 검게 그을린 그녀의 얼굴과 부드러운 머리카락과 장난기 있는 눈을 보았다.

방에서 나는 갑자기 풀을 벤 풀밭의 멋진 향기, 머나먼 따뜻한 9월의 태양, 니타를 처음 본 산장의 고요함을 느꼈다.

나는 오랫동안 그녀를 생각하지 않았지만 이제 나는 그녀에 대한 기억을 불러일으킨 그에게 감사하고 싶었다.

"그때 왜 그녀에게 사랑한다고 말하지 않았나요?"

그는 물었다.

"몰라요." 내가 대답했다.

"예, 우리는 행복이 오래 전에 우리에게서 날아갔을 때만 행복을 느껴요. 우리는 진정으로 행복할 때 두려워합니다."

"무엇을요?"

하지만 아마도 그는 내 말을 듣지 않았을 것이다. 그는 방에서 목적 없이 몇 걸음을 내디뎠다. 나는 그를 보지 못한 것 같았고, 내가 "안젤라" 카페에서 돌아왔을 때, 오늘 저녁 내 등 뒤에서 들었던 것과 똑같은, 부드럽고 무거운 발소리만 느꼈을 뿐이었다. 그는 내게 다가와 나를 바라보며 말했다.

"오늘 저녁, '안젤라' 카페에서 돌아왔을 때 헐벗은 나뭇가지에 비친 빗방울이 매력적인 진주처럼 아름답게 빛나던 것을 기억하나요?"

"예."

"하지만 당신은 그것을 관찰하기 위해 멈추지 않았어요. 당신은 두려웠죠."

"무엇을요? 누구를요?"

"유감입니다. 그 매력적인 진주를 다시는 보지 못할 겁니다. 그들은 단지 몇 분 동안 나무에 머물렀죠. 모든 것이 일시적입니다. 순간을 포착하기는 어렵지만 가장 중요한 순간은 과거, 현재, 미래의 모든 것을 담고 있어요. 순간을 포착하는 사람은 더 이상 두려워하지 않을 겁니다. 그는 이 말을 마치 자신에게 하듯 말한 뒤에 다정하게 나를 보았다.

나는 그가 어떻게 나를 지나쳐 문으로 갔는지 보았다 아니 더 정확히 느꼈다. 몇 초 후에 문이 열리는 소리가 들렸고, 겨우 들리는 삐걱거리는 소리와 그의 부드럽고 무거운 발소리가 현관에서 천천히 멀어졌다. 예, 그는 조용히 떠났지만 이상하게도 나는 여전히 그가 내 등 뒤에 서서 나와 내 모든 발걸음, 몸짓, 말을 주의 깊게 살피고 있다는 느낌이 들었다. 그는 나에게 다음과 같이 말하는 것 같았다.

"걱정하지 말아요, 정말 내가 그 사람이예요."

KIU VI ESTAS?

I

Ĉio komenciĝis en la fora vespero de la 16-a de januaro 1990. Alfredo Rafael, tridek okjara, needzita, laŭ profesio inĝeniero en la entrepreno "Fring kaj filo" ĉivespere revenis pli frue hejmen. Kiel kutime li tuj demetis sian elegantan ĉokoladkoloran kostumon, vestis la hejmajn pantalonon, ĉemizon, veŝton kaj eniris la kuirejon por prepari la vespermanĝon. Vespere li kutimis manĝi sandviĉojn, kies preparo estis rapida kaj facila.

Post la vespermanĝo li eniris la dormoĉambron, sidis en la fotelo, prenis la hodiaŭajn ĵurnalojn kaj supraĵe komencis trafoliumi ilin. La politiko tute ne interesis lin. Iom pli scivole li tralegis la krimrubrikon kaj neglekte ĵetis la ĵurnalojn sur la kafotablon. Kelkajn minutojn li restis senmova. En la ĉambro regis silento. Estis agrable sidi senmova, sola en la silenta ĉambro.

Ankoraŭ ne pasis naŭa horo kaj li staris ŝalti la televidaparaton. Verŝajne estis ia diskuto pri ekologiaj problemoj. La televidĵurnalisto konversaciis kun kelkaj viroj, eble reprezentantoj de la ĵus fondita Verda Partio, kiuj pasie kontraŭstaris al la konstruado de la atomenergia centralo ĉe rivero

Logana.

Tiuj ĉi problemoj ne tre interesis Alfredon Rafael kaj li ekis al la televidilo por malŝalti ĝin, kiam la kamero direktis sian grandan okulon al alia viro kaj la televidĵurnalisto diris:

- Kaj nun ni aŭdos la opinion de la ĉefsekretario de la Verda Partio.

En la unua momento Alfredo ne komprenis kio ĝuste okazis, sed lia buŝo sekiĝis, liaj fingroj glaciiĝis, ektremis kiel folioj kaj li preskaŭ ne svenis. La viro, kiu komencis paroli kaj obstine fiksrigardis lin de la televidekrano, ege similis al li. Ne! La vorto similis ne estis la plej preciza. La viro, kiun oni prezentis kiel ĉefsekretarion de la Verda Partio, kvazaŭ estus li mem - Alfredo Rafael, tridek okjara, vestita en eleganta ĉokoladkolora kostumo, tute sama, kian havis Alfredo, kun merizkolora kravato, certe marko "Elegant" kun la samaj okulvitroj kun metalaj kadroj kaj oni ne parolu pri la alteco, pri la delikata, sed iom akra nazo kaj pri la okuloj, kiuj bluis malantaŭ la okulvitroj, sed en kiuj nun videblis iom pli da fajro ol kutime.

- Nekredeble! - ekflustris Alfredo kaj sidis, ne, li falis en la plej proksiman fotelon.

La viro, la sozio de Alfredo parolis de la televidekrano kaj lia voĉo iĝis pli forta kaj pli forta. Li deklaris, ke la Verda Partio ne permesos la pluan konstruon de la atomenergia centralo ĉe rivero

Logana. Li avertis la registaron tuj ĉesigi la konstruadon, ĉar se la registaro ne ĉesigus la konstruadon ĝis la 19-a de januaro ĉijare, la Verda Partio organizos homĉenon ĉirkaŭ la atomenergia centralo.

Alfredo stupore fiksrigardis la televidekranon kaj ne povis kompreni ĉu li sonĝas aŭ ne.

- Sed, Dio mia, kiu estas tiu ĉi ulo, kiu tiel mirege similas al mi kaj kiel li estas vestita ĝuste kiel mi?

Kiam la nekonata ulo finis paroli, la televidĵurnalisto afable dankis al li kaj poste tuj komenciĝis alia televidprogramero.

Tamen duonhoron Alferdo ne povis stari de la fotelo. Li senmove gapis la televidekranon kaj vane provis deĉifri tiun ĉi misteron. Sendube tiu ĉefsekretario de la Verda Partio ege similis al Alfredo kaj se ili ambaŭ estus ĝemeloj, certe inter ili ne estus tia simileco. Tamen Alfredo tute ne povis klarigi al si mem alian misteron, multe pli miraklan kaj multe pli frapantan. Tiu ulo havis saman voĉon, saman ĉokoladkoloran kostumon, eĉ saman merizkoloran kravaton, eble markon "Elegant".

Alfredo ege bedaŭris, ke la kamero ne montris la ŝuojn de tiu ulo, sed li preskaŭ certis, ke ili estis ĝuste tiaj kiel la ŝuoj de Alfredo; sama modelo kaj sama koloro, produktitaj en la sama ŝufabriko.

Subite Alfredo moviĝis en la fotelo kaj nevole demandis sin: "Kie mi estas, ĉu en mia loĝejo aŭ en la televidejo?"

Li atente trarigardis la tutan ĉambron, kvazaŭ unuan fojon li vidus ĝin. Sendube li estis en sia malnova dormoĉambro kaj ĉiu meblo firme staris sur sia loko.

Malrapide li leviĝis, iris al la vestiblo, ŝaltis la lampon kaj atente komencis observi sin en la granda murspegulo. "Jes, jes, mi estas, ĉi tie, en mia loĝejo, jes, mi, Alfredo Rafael..." - flustris li kaj liaj lipoj strange moviĝis. Nesenteble li komencis voĉe ridi kaj pli laŭte paroli al si mem: "Sed kiu alia povas esti, se ne mi - Alfredo Rafael?"

Tamen subite ŝajnis al li, ke iu kaŝe observas lin. Rapide li turnis sin, atente rigardis al ĉiuj anguloj de la vestiblo. Sendube li estis sola en la vestiblo, en la tuta loĝejo, sed la sento, ke iu gvatas lin, ne malaperis.

Iom post iom Alfredo komencis kompreni, ke tamen la afero, malgraŭ mirinda, tute ne estas amuza, sed maltrankviliga. Neniam li interesiĝis pri la ekologiaj problemoj kaj tiu ĉi mistera ulo, kiu aperis ĉivepere sur la televidekrano, minacis konfuzi la tutan vivon de Alfredo. Antaŭ enlitiĝi Alfredo provis plibonigi sian bonhumoron pensante: "Do, hodiaŭ mi eksciis, ke mi havas sozion. Mi ne plu solas en la mondo. Ie, en tiu ĉi urbo loĝas homo, kiu similas al mi kaj nepre mi persone devas renkontiĝi kun li."

Longe Alfredo ne povis ekdormi kaj poste li sonĝis

strangan songon. Surstrate li renkontas sian sozion, haltigas lin, kaptas la refaldojn de lia jako

kaj komencas kriegi al li: "Diru, estimata sinjoro, kiu permesis al Vi kontraŭstari al la konstruado de la atomenergia centralo, kiu komisiis Vin paroli je la nomo de la tuta popolo kaj kial Vi vestiĝas ĝuste kiel mi? Ĉu en la tuta lando oni ne vendas aliajn kostumojn, aliajn kravatojn, aliajn okulvitrojn..."

Matene, kiam li eniris la banĉambron por razi sin, li longe senmove staris antaŭ la spegulo. Li deziris trovi nur etan solan trajton, kiu diferencigu lin de lia stranga sozio, sed vane. Ŝajnis al li, ke ĉio estis tute sama la nazo, la okuloj, la rigardo, eĉ la brovoj, kiuj similis al du horizontalaj krisignoj kaj donis al lia tuta mieno ian seriozecon. Rigardante kaj esplorante sin Alfredo pensis: "Fakte, kiu mi estas? Ĉu mi bone scias kio plaĉas al mi kaj kio ne? Kiaj estas miaj politikaj konceptoj? Ĉu mi entute havas politikajn konceptojn?"

La demandoj iĝis pli kaj pli, kaj li eĉ ne provis respondi al ili. Ĝis nun li opiniis, ke li estas bona civitano, ke li vivas laŭ la eternaj homaj leĝoj kaj subite li komencas konjekti, ke tamen dum tiuj tridek ok jaroj el sia vivo, li ion perdis, preterlasis, li vivis kvazaŭ kune kun iu homo, kiu estis en li mem kaj li tute ne interesiĝis kiu li estas. Li ridis kun tiu homo, li parolis kun li, eĉ foje, foje kverelis kun li, sed fakte li neniam provis pli bone ekkoni lin.

II

En la konstruaĵo de la entrepreno "Fring kaj filo" kiel kutime regis silento. Alfredo iom malfruis kaj kiam li eniris la ĉambron, liaj kolegoj jam estis tie kaj laboris.

Alfredo senbrue sidis ĉe sia skribotablo, malfermis la paperujojn kaj provis eklabori, sed lia penso konstante flugis al la hieraŭa televida diskuto kun la nekonata ulo.

"Ĉu tio ne estis ja halucino? - demandis sin Alfredo. - Eble nur ŝajnis al mi, ke li similas al mi, aŭ ĉu mi ne malsaniĝis?"

Alfredo kaŝe rigardis siajn kolegojn. Certe iu el ili hieraŭ vespere televidis la diskuton kun lia sozio kaj ili nepre mencios ion al Alfredo. Tamen ĉiuj tri viroj en la ĉambro trankvile laboris kaj neniu el ili eĉ turnis rigardon al Alfredo.

Ĉirkaŭ la deka horo la telefono en la ĉambro subite eksonoris. Ie profunde en si mem Alfredo eksentis, ke io malagrabla antaŭstaras. Sinjoro Montaro levis la aŭskultilon kaj post kelkaj kurtaj vortoj li remetis ĝin kaj turnis sin al Alfredo ebenvoĉe:

- Sinjoro Rafael, Sinjoro Fring invitas vin en sian kabineton.

En la unua momento Alfredo ne tre bone komprenis

kion ĝuste diris sinjoro

Montaro, tamen li rapide staris kaj firme ekiris al la kabineto de sinjoro Fring.

Sinjoro Fring, la direktoro de la entrepreno, jam atendis lin. Kiel neniam sinjoro Fring hodiaŭ estis tre afabla. Unue li invitis Alfredon sidi, proponis al li cigaredon, kvnakam li bonege sciis, ke Alfredo ne fumas, poste prenis ian paperujon kaj komencis atente trafoliumi la dokumentojn en ĝi.

Subite sinjoro Fring fermis la paperujon, metis ĝin sur la grandan kverkan skribotablon kaj ekparolis malrapide, sed ege klare, kvazaŭ ĉiun sonon li atente eligus inter siaj ĉevaldentoj:

- Sinjoro Rafael, min tute ne interesas Viaj politikaj ideoj kaj konvinkoj. Min interesas nur Via honesta kaj diligenta laboro. Vi estas kapabla inĝeniero, tamen ne forgesu, ke kiam antaŭ dekdu jaroj Vi komencis labori en nia entrepreno, Vi subskribis deklaron, ke vi membros en neniaj partioj.

Per kategoria movo sinjoro Fring malfermis la paperujon, kiu kuŝis sur la skribotablo kaj elprenis el ĝi blankan folion.

- Jen Via deklaro, se Vi jam forgesis ĝin! - diris sinjoro Fring kaj flirtigis la folion.

- Neniam mi forgesis ĝin, sinjoro Fring, - provis klarigi Alfredo, - okazis miskompreno. Mi membras en nenia partio.

Tiuj ĉi vortoj kolerigis la direktoron. Lia vizaĝo iĝis

vinruĝa kaj li komencis krii:

- Sinjoro Rafael, ni ne estas infanoj! Vi bonege scias, ke la tutan asekuran instalaĵon de la atomenergia centralo projektas nia entrepreno kaj se Vi daŭrigos postuli en la televido la ĉesigon de la konstruado de la atomenergia centralo, mi proponos al Vi tuj forlasi la entreprenon!

Alfredo deziris denove klarigi, sed sinjoro Fring levis la aŭskultilon, komencis elekti iun telefonnumeron kaj tiamaniere li montris al Alfredo, ke ilia konversacio finiĝis.

Alfredo nur tramurmuris "ĝis revido" kaj eliris el la kabineto de sinjoro Fring kiel banita per bolanta akvo.

La tutan tagon Alfredo nenion utilan povis fari. Li senĉese pensis pri la homo, kiu hieraŭ vespere nur dum du minutoj sukcesis renversi lian trankvilan, ordigitan vivon. Kiu li estas? Kie li laboras kaj kie li loĝas? Ĉu li havas edzinon, infanojn? Kian aŭton li posedas?

Alfredo decidis nepre renkonti lin, paroli kun li kaj bone klarigi al li, ke la simileco inter ili kaŭzos al Alfredo sennombrajn problemojn.

Subite Alfredo denove eksentis, ke iu gvatas lin. Li tre bone sciis, ke tio ne povas esti. Antaŭ li, liaj tri kolegoj, laboris klinintaj kapojn al la desegnoj kaj la dokumentoj. Neniu el ili eĉ rigardon ĵetis al Alfredo, tamen li daŭre havis la malagrablan senton, ke iu nevidebla ulo atente observas ĉiun lian movon, eĉ bonege konjektas ĉiun lian penson.

Iom post iom Alfredo tute perdis sian trankvilon kaj li konstante havis la strangan senton, ke li staras antaŭ televidkamero kaj lin rigardas milionoj da spektantoj.

III

Ĉiun dimanĉon Alfredo kutimis viziti sian patrinon kaj tagmanĝi kun ŝi. Ĉidimanĉe, malgraŭ ke estis en la komenco de marto, ekstere varmis kaj la sunlumo malavare inundis la fraŭlan loĝejon de Alfredo.

Longe li atente razis sin, poste surmetis helbluan ĉemizon, kolombkoloran kostumon, elektis kravaton je grizaj kaj bluaj strietoj. Kiam li ekstaris antaŭ la spegulo por ordigi la nodon de la kravato, li denove eksentis, ke iu kvazaŭ gvatus lin. Kontraŭ li, de la spegulo, ironie fiksrigardis lin tre eleganta bela viro, kies helbluaj okuloj moke diris al Alfredo: "Neniam vi ekscios kiu mi estas."

Subita doloro akre pikis la koron de Alfredo kaj li rapidis forlasi la loĝejon. En la ŝtuparejo renkontis lin sinjoro Silur, lia najbaro, posedanto de viandmagazeno, kiun Alfredo ĉiam salutis, sed kun kiu neniam konversaciis. Tamen nun, post la kutimaj salutvortoj, sinjoro Silur haltis, obskure trarigardis Alfredon de la rondĉapelo ĝis la nigraj ŝuoj kaj tra dentoj eksiblis:

- Kion Vi opinias, sinjoro Rafael, Via Verda Partio ne solvos la problemojn. Vi, kiel inĝeniero plej bone scias, ke nia malgranda kaj malriĉa lando bezonas atomenergian centralon. Mi konsilas Vin ne mensogi la popolon, ĉar la popolo bone komprenas kiu mensogas ĝin!

Sur la vizaĝo de Alfredo aperis io ege simila al rideto, pli ĝuste al konfuza grimaco, sed li nenion diris, nur fulmrapide descendis al la elirejo. Ŝajne lia vivo de tago al tago komencis iĝi pli komplika kaj pli komplika. Evidente li jam estis deviga respondeci pri vortoj, kiujn li neniam diris kaj pri agoj, kiujn li neniam faris, sed eliron el tiu ĉi konfuza situacio li ankoraŭ ne trovis. Eble la sola solvo povus esti, ke li urĝe serĉu tiun ĉi nekonatan ulon kaj serioze parolu kun li.

Alfredo tede konstatis, ke jam du tagojn li nenion entreprenis por trovi tiun ĉi homon, ja li certe loĝas en la ĉefurbo kaj se Alfredo estas pli obstina, li nepre trovos lin. Tiuj ĉi meditoj iom trankviligis Alfredon kaj firme li decidis, ke lunde li komencos la serĉadon, eĉ se necesas kelkajn tagojn li forestos de la laborejo.

La patrino de Alfredo loĝis en unuetaĝa domo sur strato "Tilio", proksime al la florbazaro, en orienta parto de la urbo. Ĉi kvartalo situis sur monteto, la stratoj mallarĝis, zigzagis, la kortoj kaj la blankaj domoj kuŝis en la verdaĵo de fruktaj arboj, arbustoj kaj floroj.

Nun, en la komenco de marto, ĉi tie antaŭsenteblis la spiro de la alvenonta printempo, tikla, friska, iom tre simila al ĵus lavitaj tolaĵoj. La stratoj dorme silentis kaj Alfredo havis la senton, ke la dometoj, preter kiuj li paŝis, kuntiriĝis kiel timemaj blankaj leporoj. Ĉiam, kiam Alfredo venis en tiun ĉi kvartalon, li kvazaŭ komencus pli profunde, pli rapide spiri kaj io varmigis lian vizaĝon kaj korpon. Sur tiuj ĉi etaj stratoj pasis liaj infanaj tagoj, kiam la tuta vivo ŝajnis senfina kaj senzorga infana ludo.

La patrino jam atendis lin kaj tuj, post lia eksonoro, ŝi malfermis la pordon kaj forte ĉirkaŭbrakis lin. En la ĉambro agrable varmis kaj odoris je ĵusbakita pano. Alfredo malvestis la jakon, malstreĉis la nodon de la kravato kaj sidis ĉe la granda tablo. Kvazaŭ el ĉiu ĉambrangulo radiis kvieto. Eble jam duonjarcenton la mebloj firme staris sur siaj lokoj kaj ia certeco estis en la masivaj malmodaj vestoŝranko, komodo, tablo foteloj. Eĉ la pejzaĝo sur la muro, kiu prezentis riveron Logana kun olda ŝtona ponto, pentrita en molaj, varmaj koloroj, kvazaŭ per diafana bluo lumigus la ĉambron.

Profunde, ie sub la koro, Alfredo sentis, ke en li vekiĝas deziro resti ĉi tie dum tagoj, monatoj, jaroj, pensi pri nenio, pri neniu kaj tute forgesi la strangan ulon, kiu tiel mirige similas al li kaj kiu minacas eksplodigi lian pasintecon, nunon kaj estonton.

La tagmanĝo pretis, la patrino ordigis la tablon, Alfredo verŝis la vinon en la glasojn kaj kiam ili tintigis la glasojn, la patrino kiel ĉiam kare ekridetis, kaj denove kiel dum dekoj da jaroj demandis:

- Kiel vi fartas, kara? Ĉu vi sanas? Ĉu bone statas viaj oficokupoj? Sekundon Alfredo hezitis ĉu li rakontu al ŝi pri la stranga mistero, kiu okazis ĉisemajne, sed li decidis ne maltrankviligi la maljunulinon, ja ŝi ne tute sanis kaj li ne deziris pliigi ŝiajn zorgojn. Li nur levis la glason kaj lakone respondis:

- Jes, panjo, mi bone fartas kaj kiel kutime ĉe mi ĉio ordas.

Tamen en ŝiaj grizaj okuloj. similaj al metalaj globetoj, li rimarkis maltrankvilan ombron aŭ ian kaŝitan demandon, kvazaŭ ŝi atendus aŭdi aŭ ekscii ion de li.

Kelkajn minutojn ili silente tagmanĝis. La rostita viando kraketis sub la tranĉiloj, la frititaj terpompecoj bronzkoloris, la vino varmigis la korpon de Alfredo kaj tute ĝi degelis la maltrankvilon, kiu jam de du tagoj nestis en li. Subite la patrino rompis la silenton kaj kvazaŭ al si mem ekparolis:

- Alfredo, vi plenaĝas kaj mi tute ne emas konsili vin, sed mi kiel patrino, deziras diri mian opinion.

Laŭ mi ne estas bone se vi okupiĝus pri politiko. Antaŭhieraŭ mi vidis vin en la televido. En la unua momento mi ne ekkredis al miaj okuloj, sed ĉiu patrino rekonus sian filon eĉ inter mil viroj. Vi parolis saĝe, bone. Ĉio, kion vi diris, estas vero, oni devas defendi la homojn, la homan vivon, sanon, ja mi edukis vin esti tia, sed kial vi komencis okupiĝi pri politiko? Laŭ mi pli gravas, ke vi estu honesta, bona homo. La politikaj rimedoj ne ĉiam honestas kaj vi ne posedas kapablojn okupiĝi pri politiko. Kredu min, mi estas via patrino.

- Sed, panjo, neniam mi okupiĝis kaj okupiĝas pri politiko... - provis klarigi Alfredo, tamen la patrino severriproĉe alrigardis lin.

- Vi ĉiam ĉion diris al mi! Kial ĝis nun vi ne diris, ke vi membras en la Verda Partio, eĉ se mi bone komprenis, vi estas unu el ĝiaj gvidantoj.

- Sed, panjo, kredu, iĝis granda miskompreno. Tiu viro, kiu parolis en la televido, ne mi estas, sed iu, kiu ege similas al mi. Neniam mi vidis lin, neniam mi konversaciis kun li, tamen nun multaj pensas, ke mi kaj li estas unu sama persono.

La patrino mire fiksrigardis Alfredon:

- Kion vi deziras diri? Ĉu li ne estas vi? Sed kiel eblas? Ĉiu povas esti trompita, sed la patrino - neniam!

- Panjo, mi petas vin, kredu. Li simple similas al mi, aŭ pli ĝuste mi similas al li.

- Alfredo, kion vi parolas aŭ eble vi deziras aludi, ke vi kaj li estas ĝemeloj. kaj vi ĝis nun ne konis lin. Ĉu vi pensas, ke iam mi naskis ĝemelojn aŭ du filojn kaj pri la alia mi menciis al neniu. Pensu pri via patro, Alfredo. Dio absolvu lin. Vi ofendas ne nur min, sed same lin.

- Panjo, mi petas vin, mi deziras ofendi nek lin, nek vin, sed tio estas la vero - ne mi parolis en la televido kaj mi mem tute ne komprenas kiel eblas tio, kiamaniere povas ekzisti tia frapanta eĉ suspektinda simileco.

La patrino longe admone rigardis lin. Ŝiaj grizaj okuloj esprimis malkonfidon, ofendon, kompaton kaj nekaŝitan patrinan amon. Ŝajnis al Alfredo, ke li unuan fojon vidas ŝiajn okulojn kaj pro ŝia senvorta riproĉo li ekhavis la strangan senton, ke li iĝas pli malgranda kaj pli malgranda, fin-fine eksimilis al kvinjara knabo, kiu faris grandan pekon kaj nun senmova staras antaŭ la silenta kondamno de sia patrino.

- Eh, Alfredo, Alfredo, kia bona kaj obeema knabo vi estis, tamen mi konsilas vin, vizitu lunde kuraciston. Eble dum la lastaj semajnoj vi multe laboris, vi laciĝis, aŭ se vi povus, petu forpermeson, restu kelkajn tagojn ĉe mi. Ĉe mi vi bone ripozus. Mi zorgos pri vi kaj se vi amus min, rezignu pri via politika agado. Vi estas emocia, tenera homo, vi ne havas fortojn por politikaj bataloj, vi povas esti nek ministro, nek politikisto. Vi havas bonan profesion. Vi estas kapabla inĝeniero. Oni estimas vin. Plenumu bone vian laboron kaj lasu la politikon.

- Sed, panjo... - ekĝemis Alfredo.

- Jes, jes, vi jam diris. Vi ne estas li kaj li ne estas vi, tamen lunde nepre vizitu kuraciston kaj poste ne forgesu telefoni al mi.

Alfredo longe senmove strabis la pejzaĝon kun rivero Logana, la oldan ŝtonan ponton, pensante pri sia sozio. Nun li eĉ iom envias tiun ĉi ulon. Ja, li estas fama, konata, sed neniu konas Alfredon. Neniu scias, ke ie, en tiu ĉi urbo, same vivas kaj same laboras la inĝeniero Alfredo Rafael, kiu ankaŭ penas esti honesta kaj bona. Sendube la nekonata ulo estas kuraĝa. Li ne timas iĝi gvidanto de partio, kiu firme kontraŭstaras al la nuna fuŝa politiko de la registaro. Li klare kaj rekte eldiras sian opinion kaj deklaras, ke faros ĉion eblan por ĉesigi la konstruadon de la atomenergia centralo.

Kaj Alfredo estas nedecidema. Neniam li havis emon membri en iu ajn partio. Neniam li voĉe eldiris sian opinion aŭ kritikis la registaron. Alfredo similis helikon, kiu ne montris sin ekstere. En lia vivo ĉiam ĉio estis stabila, ĉirkaŭ li ĉiam regis tia kvieto kvazaŭ tridek ok jarojn li loĝis sur la fundo de granda lago, en kiu pezas nur la senmova akvo.

Vesperiĝis, kiam Alfredo forlasis la domon de sia

patrino, promesante al ŝi, ke morgaŭ frumatene li vizitos kuraciston kaj poste nepre telefonos al ŝi.

IV

Lunde Alfredo decidis tamen ne viziti kuraciston, sed komenci la serĉadon de sia sozio kaj fari ĉion eblan morgaŭ aŭ postmorgaŭ renkontiĝi kaj serioze paroli kun li. Eble la nekonata ulo donos iun konsilon al Alfredo kaj ili ambaŭ solvos tiun ĉi konfuzan problemon.

Lunde posttagmeze Alfredo telefonis al la oficejo de la Verda Partio. La telefonaŭskultilon levis verŝajne juna virino, kies agrabla melodia voĉo eksonis tre afable.

- Bonan tagon, sinjorino - salutis Alfredo, - mi ŝatus paroli kun la ĉefsekretario de la Verda Partio.

- Bedaŭrinde li forestas - respondis la junulino.

- Kiam mi povus trovi lin? - demandis Alfredo.

- Nun li estas tre okupata kaj malofte venas ĉi tien, sed se temas pri io grava, mi volonte mesaĝus al li.

- Ne, ne. Mi nur ŝatus ekscii lian nomon. Ĉu vi estus tiel afabla diri ĝin al mi?

- Kompreneble - iom strange ekridetis la junulino kaj Alfredo tuj eksentis tion en ŝia tre alloga voĉo. - Lia nomo estas Alfredo Rafael.

Alfredo preskaŭ ne svenis ĉe la telefono kaj sukcesis nur eligi:

- Ĉu?

La telefonaŭskultilo glitis al lia mano kaj kun la kablo ekpendis en la aero. De ie malproksime aŭdiĝis la agrabla gaja voĉo de la nekonata junulino:

- Sinjoro Rafael, mi ne supozis, ke vi estas tiel ŝercema. Tremmane Alfredo remetis la telefonaŭskultilon. Antaŭ liaj okuloj la mebloj, la televidilo, la kaftablo komencis freneze rotacii.

Subite la afero iĝis multe pli terura ol li supozis. Jam li tute ne sciis kion entrepreni. Ja neimagebla kaoso obsedis la tutan mondon kaj en la centro de tiu ĉi kaoso estis li mem, eĉ verŝajne li mem estas la sola kulpanto pri tiu ĉi kaoso. Li tuj alkuris al la granda murspegulo kaj stulte komencis observi sin. Ĉu eblas, ke li ekzistas kopie kaj en tiu ĉi momento li estas ĉi tie, en sia loĝejo kaj ie alie, inter aliaj homoj, kiuj same bone konas lin kaj li konas ilin. Ĉu eblas, ke en unu sama momento li estas la inĝeniero Alfredo Rafael kaj la ĉefsekretario de la Verda Partio Alfredo Rafael. Aŭ ĉu hieraŭ en la sama momento li tagmanĝis kun sia patrino kaj verŝajne tagmanĝis kun la ĉefministro en hotelo "Hilton" kaj dum la tagmanĝo konversaciis kaj konvinkis la ĉefministron, ke estas tute malprudente konstrui atomenergian centralon. Ne! Alfredo Rafael povis kompreni kaj kredi en ĉio, eĉ en la ekzisto de la eksterteraj civilizacioj, sed li tute ne povis kompreni la grandan misteron, antaŭ kiu li subite ekstaris kaj kiu jam konfuzis kaj minacis tute neniigi lian memon, kiun li kreis dum tridek ok jaroj.

Tutan nokton li preskaŭ ne povis dormi. La koŝmaraj sonĝoj unu post alia atakis lin. Li vidis sin sidanta en eleganta restoracio kaj kontraŭ li, ĉe la tablo, sidas la ulo, kiu similas al li. Alfredo afable, amike konversacias kun tiu ĉi kara simpatia ulo, sed en unu momento Alfredo mem ne komprenas kiu fakte estas la ulo kaj kiu Alfredo. Subite la ulo komencis pensi kaj paroli kiel Alfredo kaj Alfredo pensas kaj parolas kiel la ulo, sed la plej granda teruro estas, ke ili ambaŭ nomiĝas Alfredo Rafael kaj ili alparolas unu la alian kun la vortoj: "Mia kara, Alfredo Rafael."

Tamen la teruro iĝas pli freneziga, kiam Alfredo hazarde ĉirkaŭrigardas kaj stupore rimarkas, ke ĉe ĉiuj tabloj en la vasta restoracio "Hilton" sidas sennombraj uloj, kiuj mirege similas al li, estas vestitaj same kiel li, ridetas kare kaj afable kiel li kaj serioze konversacias unu kun alia. En la unua momento ŝajnas, ke la tuta restoracio estas plen-plena da speguloj, sed tiu unua iluzio ne povas trompi Alfredon kaj li bone vidas, ke ĉe ĉiu tablo sidas du aŭ kvar Alfredoj Rafael kiuj aferece kaj gravmiene konversacias.

Alfredo sentas la grandegan deziron salti de la seĝo kaj plenvoĉe ekkrii en la restoracio:

- Kiu mi estas?

Sed li klare konscias, ke en tiu ĉi eleganta restoracio oni taksos lian agon kiel malbonkonduton. Tamen Alfredo ne eltenas, saltas de la seĝo kaj ekkriegas:

- Kiu mi estas?

En la sama momento ĉiuj Alfredoj Rafael saltas de la seĝoj kaj same plenvoĉe komencas krii:

- Kiu mi estas?

Tiamaniere ili malhelpas al Alfredo Rafael kompreni kiu li estas kaj ĝuste ĉe kiu tablo li sidas, li - la vera, la unu sola, la nura, la unika Alfredo Rafael.

Sonĝe Alfredo Rafael ekploras kaj ekbalbutas: "Ja, mi estas Alfredo Rafael", sed cent voĉoj proteste resonas: "Mi estas Alfredo Rafael, mi estas Alfredo Rafael!"

V

Matene Alfredo vekiĝis malfrue. Lia kapo terure doloris kaj pezis kiel bombo. Lia buŝo sekis kaj ian abomenan acidguston li sentis.

"Hodiaŭ mi nepre vizitos kuraciston!" - firme decidis Alfredo, sed li sentis pli grandan deziron tuj forkuri ien, forlasi la domon, la urbon, la laborejon kaj se eblas tuj esti malproksime de la ulo, kiu tiel similas al li kaj kiu brile sukcesis fari lian vivon koŝmara kaj neeltenebla.

La vetero tamen estis belega. La ĉielo safire diafanis kaj logis lin eksteren. Post la matenmanĝo li telefonis al la entrepreno kaj sciigis sinjoron Fring, ke hodiaŭ li forestos, ĉar malbone fartas kaj urĝe devas viziti kuraciston. Sinjoro Fring afable, sed iom fridvoĉe konsentis, tamen Alfredo ne tre rapidis ekiri al la kuracisto. Li ankoraŭ ne certis ĉu li vere bezonas kuraciston, aŭ li tamen provu serĉi la ĉefsekretarion de la Verda Partio, sinjoro Alfredo Rafael.

Eble duonhoron Alfredo senmove kaj sencele gapis tra la fenestro, poste nesciante kial li elprenis el iu tirkesto malnovan albumon, kiu enhavis liajn fotografaĵojn kaj komencis trafoliumi ĝin. Antaŭ lia senmova rigardo malrapide pasis diversaj flavaj fotoj. Jen li, kiel dekjara knabo en kurta pantalono. Li kiel lernanto dum ekskurso en la montaro, li kun amikoj dum la soldatservo, sed ĉu vere li estas tiu kaj ĉu iam li estis knabo, lernanto, soldato. Ne. Ne eblas. La fotoj certe apartenas al iu alia, kiun Alfredo tute ne konas kaj eĉ ne deziras koni.

Sed ĉu la nomo de tiu ĉi knabino ne estis Linda kaj ĉu ili ambaŭ ne estis ĉe la marbordo de Kario. Eble ne. Estis tiel delonge, sed se li ne estas Alfredo, ŝi certe estis Linda. Nur ŝi havis tiajn lagajn okulojn kaj pro la multaj lentugoj, ĉirkaŭ la kuspnazeto, nur ŝi similis al eta freŝa frago.

Subite Alfredo eksentis deziron tuj nepre vidi

Lindan. Liaj manoj komencis tremi kaj nevole duonvoĉe li ekflustris:

"Kie vi estas, Linda? Linda, mi ege bezonas vian helpon. Nur vi povas diri, ke mi estas mi, ke mi kisis vin antaŭ dudek jaroj ĉe la marbordo de Kario kaj neniu alia Alfredo Rafael. Linda, mi bezonas vin..."

Tamen li bone sciis, ke Linda delonge jam ne ekzistas. Ŝi delonge jam ne memoras lian vizaĝon, nek lian voĉon.

Alfredo ekscitite ĵetis la malnovan albumon sur la kafotablon, rapide vestiĝis kaj forlasis la loĝejon.

Ĉe la metrostacio li aĉetis la matenajn ĵurnalojn kaj dum la subtrajno sagis al la okcidenta parto de la urbo, kie loĝis lia amiko psikiatro, doktoro Kolodi, Alfredo supraĵe trafoliumis la ĵurnalojn, sed subite lian atenton kaptis eta informo en ĵurnalo "Aŭroro". Estis anonco, ke hodiaŭ vespere je la 18-a horo la Verda Partio organizos sur la placo, antaŭ la Parlamentejo, grandan protestan mitingon kontraŭ la konstruo de la atomenergia centralo ĉe rivero Logana.

"La organizantoj invitas ĉiujn civitanojn, kiuj ne estas indiferentaj al la estonto de la lando, partopreni en la mitingo kaj subteni la agadon de la Verda Partio."

Tiu ĉi informo ege emociis Alfredon. Li eĉ ne deziris kredi al siaj okuloj. Ne povis esti pli bona okazo. Lia sozio, la ĉefsekretario de la Verda Partio, certe estos tie kaj Alfredo ne nur vidos lin, sed eble povos konversacii kun li. Alfredo nepre parolos kun li kaj klarigos al li, ke de kelkaj tagoj lia vivo iĝis koŝmara. Neniu lia konato, kolego, eĉ lia propra patrino kredas, ke ne li, Alfredo Rafael, estas la ĉefsekretario de la Verda Partio, eĉ pro tio lia direktoro, sinjoro Fring, eble baldaŭ maldungos lin.

Pensante tiel la bonhumoro de Alfredo nesenteble pli boniĝis. Li decidis, ke estas tute superflue viziti doktoron Kolodi. Ja, hodiaŭ vespere, ĉe la mitingo, li renkontos sian sozion kaj petos lin aperigi informon en iu el la ĉiutagaj ĵurnaloj, ke la ĉefsekretario de la Verda Partio Alfredo Rafael kaj la inĝeniero Alfredo Rafael ne estas unu sama persono kaj ĉio estos en ordo. La miskompreno plu ne ekzistos.

Ĉe la sekva metrostacio Alfredo forlasis la subtrajnon, eliris el al metroo kaj eble dum horo li sencele vagis tra la stretaj stratoj de la malnova urbocentro. Plezure estis vagi sola kaj libera. Li gapis la vitrinojn. En eta vendejo li aĉetis elegantan bluan kravaton, malgraŭ ke nun li ne tre bezonis kravaton kaj daŭre li paŝis de vitrino al vitrino. Belaj aĵoj logis lian rigardon kaj li planis baldaŭ nepre veni ĉi tien kaj aĉeti tiun ĉinan vazon aŭ tiun ĉi maran pejzaĝon. Delonge li deziris havi ĝuste tian bildon en sia loĝejo.

Tagmeze Alfredo eniris malgrandan restoracion, tagmanĝis kaj post la tagmanĝo li denove trovis sin sur la strato. La vetero agrablis, tamen ĝis la komenco de la mitingo restis ankoraŭ kelkaj horoj. Koketa kafejo logis lin. Preskaŭ ĉiuj tabloj estis okupataj, nur ĉe la grandaj fenestroj videblis tablo, ĉe kiu neniu sidis.

Alfredo mendis kafon kaj senmove ekrigardis tra la fenestro. Ekstere la homoj vagis tien reen sur la trotuaro. Ĉiuj estis okupitaj kun siaj pensoj. problemoj kaj neniu alrigardis al la kafejo. Subite Alfredo eksentis, ke iu atente observas lin. Kelkajn sekundojn li restis senmova, strebante konjekti el kiu angulo de la kafejo oni observas lin. Poste li kvazaŭ nature turnis sin, prenis sian kaftason, en kiu la kafo jam estis sufiĉe malvarma kaj supraĵe alrigardis al la dekstra angulo de la kafejo. Jes, tie, ĉe iu flanka tablo, sidis junulino, kiu eĉ ne kaŝis, ke observas ĝuste lin. Ŝi estis blondhara, bluokula, vestita en ruĝa moda jako kaj blanka bluzo kun ruĝa rubando, ĉirkaŭ la kolumo de la bluzo. Eble ŝi estis ĉirkaŭ dudektri dudek kvarjara, simpatia kaj Alfredo same persiste alrigardis ŝin. Ŝi ekridetis. Inter ili komencis senvoĉa konversacio. Ŝia blua rigardo enigmis, petolemis, provokis. Tiu ĉi neatendita ludo komencis plaĉi al Alfredo, sed subita penso pikis lin: "Eble ŝi opinias, ke mi estas Alfredo Rafael, la ĉefsekretario de la Verda Partio kaj nun ŝi certas, ke ŝi amindumas kun li, kun la ĉefsekretario. Eĉ por sekundo ŝi ne supozas, ke mi estas Alfredo Rafael, la simpla inĝeniero." Alfredo eksentis, ke ĉi penso, kiu simile al raba birdo enflugis lian konscion, nebuligis lian rigardon kaj amara rideto glitis de la anguloj de liaj lipoj. La magio malaperis. Alfredo vokis la kelneron, pagis la kafon kaj rapide forlasis la kafejon.

Vesperiĝis. Li ekiris al la placo de la Parlamentejo, kie post duonhoro devis komenciĝi la mitingo. Tie jam videblis homoj. De la najbaraj stratoj venis grupoj da homoj, portantaj sloganojn. Iom post iom la homamaso sur la placo kreskis.

Alfredo rimarkis la televidaŭton, la kamerojn instalitajn ĉirkaŭ la tribuno. Li deziris esti pli proksime al tiuj, kiuj parolos, por ke li pli bone vidu sian sozion kaj, se eblas, proksimiĝi al li kaj provi alparoli lin.

Je la sesa kaj dek minutoj la mitingo komenciĝis. Sur la tribuno unu post alia ekstaris famaj sciencistoj, ĵurnalistoj, verkistoj. Iliaj paroloj estis vervaj, fajraj, senkompromisaj. Ili postulis de la registaro tuj ĉesigi la konstruadon de la atomenergia centralo ĉe rivero Logana. Ili insistis pri pura ĉielo, pura aero, pura akvo. Ili levis siajn voĉojn defende al la sano de la tuta popolo.

Tamen Alfredo ne komprenis kial li ne rimarkas la ĉefsekretarion de la Verda Partio. Li opiniis, ke la ĉefsekretario estos la unua, kiu parolos hodiaŭ, sed bedaŭrinde Alfredo nenie vidis lin. Subite iu viro de la tribuno anoncis:

- Gesinjoroj, nun parolos la ĉefsekretario de la Verda Partio, sinjoro Alfredo Rafael.

La homamaso ekkriegis:

- Brave, brave, sinjoro Alfredo Rafael!

Alfredo ĉirkaŭrigardis por vidi de kie aperos lia sozio, tamen okazis io neimagebla. La homoj, kiuj staris ĉirkaŭ Alfredo, komencis manaplaŭdi kaj iliaj rigardoj fiksiĝis al li. Iuj eĉ diris:

- Sinjoro Rafael, bonvolu, ni deziras aŭdi vin.

En tiu ĉi momento iu reflektoro direktis sian fortan lumfaskon al Alfredo kaj subkonscie li konjektis horore, ke ĉisekunde la televidkameroj funkcias kaj sur la televidekranoj de la tuta lando aperas lia konfuzita vizaĝo.

Abunda ŝvito kiel duŝo surverŝis lian tutan korpon. Li malfermis buŝon por diri al la homoj, ĉirkaŭ li, ke li ne estas Alfredo Rafael, sed tuj li konsciis, ke tio jam ne eblas, kiel same ne eblas forkuri. La homamaso ĉirkaŭ li staris kiel alta dika ŝtonmuro. Ekzistis nur unu elirvojo - al la tribuno, kaj kvazaŭ songe Alfredo ekiris sur tiu ĉi terura vojo.

Li tute ne komprenis kiel ekstaris sur la tribuno, antaŭ la mikrofonoj kaj kiam li ekparolis. Li nur aŭdis, ke lia voĉo sonas forte, firme konvinke. Neniam en sia vivo li parolis antaŭ tiom da homoj, sed en tiu ĉi momento li timis nenion, neniun kaj li trankvile, sincere diris ĉion, kion li pensis, sed kion ĝis nun eĉ al si mem ne kuraĝis konfesi.

- Gesinjoroj! - tintis lia firma voĉo. - Ni ne devas permesi la konstruon de la atomenergia centralo. Ni deziras vivi! Ni deziris esti sanaj, havi sanajn, gajajn infanojn! La mondo estas nia eta sola domo. Ni ĉiuj kune loĝas en tiu ĉi domo kaj neniu rajtas eksplodigi, neniigi ĝin! Ni amas ĝin! Ni deziras, ke en ĝi trankvile kresku niaj infanoj, niaj nepoj, pranepoj. Ili same amu kaj gardu ĝin kiel ni...

Alfredo ne memoris kiom da minutoj li parolis, sed kiam li finis sian parolon, tondaraj aplaŭdoj kaj krioj aprobis lian eldiron.

Kiam li descendis de la tribuno kaj trovis sin inter la homamaso, ia neordinara trankvilo kaj kontentigo obsedis lin. En tiu ĉi momento li komprenis kion signifas feliĉo. Neniam ĝis nun li tiel feliĉis. Lin plu ne interesis sinjoro Fring, la entrepreno kaj multaj, multaj aliaj bagateloj de la ĉiutaga vivo. Li jam sciis kiu li estas.

Varŝec - Sofio, la 6-an de majo 1990.

누구세요?

모든 것은 1990년 1월 16일의 먼 저녁에 시작되었다. 38세의 미혼인 **알프레도 라파엘**은 '프링과 아들'이라는 회사에서 기술자로 일한다. 오늘 밤에는 일찍 집으로 돌아왔다. 여느 때와 같이 우아한 초콜릿색 양복을 벗고 집에 있는 바지와 셔츠, 조끼를 입고 부엌으로 들어가 저녁을 준비했다. 저녁에 그는 샌드위치를 자주 먹는데, 그 준비는 빠르고 쉬웠다.

저녁 식사 후 그는 침실로 가서 안락의자에 앉아 오늘의 신문을 집어들고 피상적으로 훑어보기 시작했다. 정치는 그에게 전혀 관심이 없었다. 조금 더 호기심을 가지고 범죄 사건코너를 훑어보다가 아무렇게나 신문을 커피용 탁자에 던졌다. 그는 몇 분 동안 움직이지 않고 있었다. 방에는 침묵이 흘렀다. 고요한 방에 혼자 조용히 앉아 있는 것이 좋았다.

아직 아홉시가 되지 않았다. 그는 서서 텔레비전을 켰다. 환경 문제에 대한 논의가 있었을 것이다. TV기자는 **로가나** 강에 원자력 발전소 건설을 열렬히 반대하는 최근 창당된 녹색당 대표와 같은 일부 남성과 대화를 나눴다.

이러한 문제는 알프레도 라파엘에게 별로 관심이 없어 그는 TV를 끄려고 일어섰다.

카메라가 다른 남자를 큰 화면으로 비출 때 TV 기자는 이렇게 말했다.

"이제 녹색당 사무총장의 의견을 듣겠습니다."

처음에 알프레도는 정확히 무슨 일이 일어났는지 이해하지 못했지만 입이 바짝바짝 마르고 손가락이 얼어붙고 나뭇잎처럼 흔들렸고 거의 기절할 뻔 했다.

말을 시작하고 TV 화면에서 그를 완고하게 응시하는 남자는 그와 많이 닮았다. 아니! 그 말이 가장 정확하지 않은 것 같았다.

녹색당 사무총장으로 소개된 그 남자는, 마치 자기 자신인 듯 알프레도 라파엘(38세)이었다. 알프레도와 아주 똑같은 우아한 초콜릿 색 양복을 입고, 분명 '엘레간트' 브랜드의 들버찌색 넥타이, 금속 테가 있는 같은 안경을 썼다. 키, 미묘하게 다소 날카로운 코, 안경 뒤에서 파랗게 보였지만 이제 평소보다 조금 더 불꽃을 볼 수 있는 눈에 대해서는 이야기하지 말자.

"말도 안돼!" 알프레도는 중얼거리며 앉았다. 아니다. 그는 가장 가까운 안락 의자에 털썩 주저앉았다.

알프레도의 닮은꼴 남자는 텔레비전 화면에서 말하는데 그의 목소리는 점점 더 강해졌다. 그는 녹색당이 로가나 강에 원자력 발전소의 추가 건설을 허용하지 않을 것이라고 선언했다. 그는 정부가 올해 1월 19일까지 건설을 중단하지 않으면 녹색당이 원전 주변에 인간사슬을 조직할 것이기 때문에 즉시 건설을 중단하라고 정부에 경고했다.

알프레도는 멍한 표정으로 TV 화면을 뚫어지게 바라보면서 꿈을 꾸고 있는 것인지 이해할 수 없었다.

"그런데 맙소사, 이토록 놀라울 정도로 나를 닮은 이 남자는 누구고 어떻게 나와 똑같은 옷을 입었을까?"

무명의 남자가 말을 마치자, TV 기자는 친절하게 그에게 감사했고 곧바로 또 다른 TV 프로그램이 시작되었다.

그러나 알프레도는 30분 동안이나 안락의자에서 일어나지 못했다. 그는 움직이지 않고 TV 화면을 응시했고 이 미스터리를 해독하려 했지만 헛수고였다. 의심할 여지 없이 그 녹색당의 사무총장은 알프레도와 매우 유사했고 둘 다 쌍둥이였더라도, 분명 그런 닮음은 없었을 것이다. 그러나 알프레도는 훨씬 더 기적적이고 훨씬 더 놀라운 또 다른 신비를 자기에게도 전혀 설명할 수 없었다. 그 남자는 같은 목소리, 같은 초콜릿 색 양복, 같은 들버찌 색 넥타이, 아마도 '엘레간트' 브랜드를 가졌다.

알프레도는 카메라가 그 남자의 신발을 보여주지 않은 것이 매우 유감이지만 그것이 알프레도의 신발처럼 같은 신발 공장에서 생산되는 같은 모델, 같은 색상이라고 거의 확신했다.

갑자기 알프레도는 안락의자에서 몸을 움직이며 무의식적으로 자신에게 이렇게 물었다.

"나는 어디 있는가, 아파트에 있는가, 아니면 TV 안에 있는가?"

그는 마치 처음 보는 것처럼 조심스럽게 방 전체를 살폈다. 의심할 여지 없이 그는 오래된 침실 안에 있었고 모든 가구들도 자기 자리를 굳건히 잡고 있었다.

그는 천천히 일어나 현관으로 가서 전구를 켜고 조심스럽게 벽의 큰 거울에 비친 자신을 관찰하기 시작했다.

"예, 예, 저는 여기, 제 아파트에 있습니다. 예, 저, 알프레도 라파엘..."

그가 속삭이며 입술이 이상하게 움직였다. 무의식적으로 그는 큰 소리로 웃기 시작했고 자신에게 더 크게 말하기 시작했다.

"알프레도 라파엘이 내가 아니라면 다른 누가 있을까?"

그런데 갑자기 누군가 몰래 그를 지켜보고 있는 것 같았다. 그는 재빨리 몸을 돌려 현관 구석구석을 유심히 살폈다. 의심할 여지 없이 그는 현관, 아파트 전체에 혼자 있었지만 누군가가 그를 지켜보고 있다는 느낌은 사라지지 않았다.

알프레도는 그 문제가 놀랄 만함에도 전혀 즐겁지도 않고 걱정스럽다는 사실을 조금씩 이해하기 시작했다. 그는 생태 문제에 전혀 관심이 없었고 어젯밤 TV 화면에 나타난 이 신비한 남자는 알프레도의 삶 전체를 혼란스럽게 만들겠다고 위협했다. 잠자리에 들기 전에 알프레도는 다음과 같이 생각함으로써 기분을 개선

하려고 노력했다.

"그래, 오늘 나는 닮은꼴이 있다는 것을 알았다. 나는 더 이상 세상에 혼자가 아니다. 이 도시 어딘가에 나와 닮은 사람이 살고 있다. 그리고 나는 그를 직접 만나야 한다."

오랫동안 알프레도는 잠들지 못하고 나중에는 이상한 꿈을 꾸었다. 길에서 그는 닮은꼴을 만나서, 그를 멈춰 세우고, 그의 점퍼 단을 잡았다.

그리고 그에게 소리치기 시작했다.

"말하세요, 친애하는 선생님. 누가 원자력 발전소 건설을 반대하라고 허락했고, 누가 전 국민의 이름으로 말하라고 위임했고, 왜 나와 똑같은 옷을 입었습니까? 다른 양복, 넥타이, 안경 등을 전국에서 팔지 않습니까?"

아침에 화장실에 가서 면도를 하던 그는 거울 앞에 한참을 서 있었다. 그는 자신을 이상한 닮은꼴과 구별할 수 있는 작은 특징을 찾고 싶었지만 헛수고였다. 그에게는 코, 눈, 외모, 두 개의 가로 느낌표를 닮아 표정 전체에 진지함을 더한 눈썹까지 모든 것이 완전히 똑같아 보였다. 알프레도는 자신을 바라보며 생각했다.

"사실, 나는 누구인가? 나는 무엇이 나를 기쁘게 하고 무엇이 나를 기쁘게 하지 않는지 잘 알고 있는가? 나의 정치적 개념은 무엇인가? 나는 일반적으로 정치적인 개념이 있는가?"

질문은 점점 더 많아졌고, 그는 대답할 엄두조차 내지 못했다. 지금까지 그는 자신이 선량한 시민이고 영원한 인간의 법칙에 따라 살았다고 생각했지만 갑자기 38년의 인생 동안 무언가를 잃고 지나쳤는지 추측하기 시작했다.

그는 말하자면 자신 안에 있는 어떤 남자와 함께 살았고 자신이 누구인지에 대해서는 전혀 관심이 없었다. 그는 그 남자와 웃었고, 때로는 그와 이야기하고, 때로는 논쟁했지만, 사실 그를 더 잘 알아가려고 노력하지 않았다.

II

여느 때와 같이 회사 '프링과 아들' 건물에는 침묵이 흘렀다. 알프레도는 조금 늦었고 방에 들어갔을 때 그의 동료들은 이미 와서 일하고 있었다.

알프레도는 조용히 책상에 앉아 서류더미를 열고 일을 하려고 했지만, 그의 생각은 끊임없이 어제 방송에서 모르는 사람과의 토론으로 날아갔다.

"그건 환각이 아니었나?" 알프레도는 스스로에게 물었다. "내가 보기에는 그가 나를 닮았는지, 아니면 내가 병에 걸린 것이 아닌가?"

알프레도는 동료들을 몰래 슬쩍 쳐다보았다. 분명히 그들 중 한 명은 어젯밤 TV에서 그의 닮은꼴이 토론하는 것을 보았고 그들은 분명히 알프레도에게 무언가를 언급할 것이다. 그러나 방안에 있던 세 남자는 모두 조용히 일을 할뿐 아무도 알프레도를 쳐다보지도 않았다.

10시쯤 갑자기 방의 전화가 울렸다. 알프레도의 깊숙한 곳 어딘가에서 불쾌한 무언가가 다가오고 있음을 느꼈다. 몬타로 씨는 수화기를 들고 몇 마디 짧은 말을 한 후 다시 제자리에 놓고 알프레도에게 몸을 돌려 평소 목소리대로 말했다.

"라파엘 씨, 사장님이 자기 사무실로 오라고 하십니다."

처음에 알프레도는 **몬타로** 씨가 정확히 무슨 말을 했는지 잘 이해하지 못했지만, 그는 재빨리 자리에서 일어나 힘차게 사장실로 출발했다.

회사 사장인 **프링** 씨는 이미 그를 기다리고 있었다.

한번도 그런 적이 없었는데 오늘 프링 씨는 매우 친절했다. 먼저 그는 알프레도를 앉히도록 안내하고 알프레도가 담배를 피우지 않는다는 것을 아주 잘 알고 있음에도 담배를 권한 뒤 종이 서류 상자를 가져다가 그 안에 있는 문서를 주의 깊게 살펴보기 시작했다.

갑자기 프링 씨는 서류 상자를 닫아 커다란 참나무 책상 위에 놓고 천천히, 그러나 아주 분명하게 마치 말의 이빨 사이에서 소리를 내는 것 같이 조심스럽게 말했다.

"라파엘 씨, 나는 당신의 정치적 사상과 신념에 전혀 관심이 없습니다. 나는 당신의 정직하고 근면한 일에만 관심이 있습니다. 당신은 유능한 기술자지만 12년 전 우리 회사에서 일하기 시작했을 때 어떤 정당에도 속하지 않는다는 각서에 서명했다는 사실을 잊지 마십시오"

단호한 움직임으로 프링 씨는 책상 위에 놓여 있던 서류더미를 열어서 흰 종이 한 장을 꺼냈다.

"당신이 이미 그것을 잊었다면 여기에 당신의 진술이 있습니다!" 프링 씨가 말하며 서류를 펄럭였다.

"잊은 적이 없습니다, 사장님." 알프레도가 설명하려고 했다.

"오해가 있습니다. 저는 어떤 정당의 일원도 아닙니다."

이 말 때문에 사장은 화가 났다. 그의 얼굴이 붉은 와인색으로 변했고 그는 소리쳤다.

"라파엘 씨, 우리는 어린이가 아닙니다! 원전의 보험시설 전체가 우리 회사에서 설계한 것임을 잘 알고 있는데도, 계속해서 텔레비전에서 원전 건설 중단을 요구한다면 바로 퇴사를 권합니다!"

알프레도는 다시 설명하고 싶었지만, 프링 씨는 수화기를 들고 전화번호를 누르기 시작했다. 이런 식으로 그는 알프레도에게 그들의 대화가 끝났다는 것을 보여주었다.

알프레도는 "안녕히 계십시오." 라고 중얼거리고 끓는 물에 목욕을 한 것처럼 축 처져서 사장실을 떠났다.

알프레도는 하루 종일 유용한 아무 일도 할 수 없었다.

그는 어젯밤 단 2분 동안 자신의 평온하고 질서 정연한 삶을 뒤집어 놓은 사람에 대해 끊임없이 생각했다. 그는 누구인가 그는 어디에서 일하고 어디에서 살고 있는가? 그는 아내가 있는가, 자녀가 있는가? 그는 어떤 종류의 자동차를 소유하고 있는가?

알프레도는 무조건 그를 만나 그와 이야기하고 그들 사이의 유사성이 자신에게 수많은 문제를 일으킬 것이라고 잘 설명하리라 마음먹었다.

갑자기 알프레도는 누군가가 자신을 보고 있다는 것을 다시 느꼈다. 그는 이것이 불가능하다는 것을 잘 알고 있었다.

그의 앞에는 세 명의 동료들이 도면과 문서에 고개를 숙인 채 일하고 있었다. 그들 중 누구도 알프레도를 쳐다보지도 않았지만, 그는 어떤 투명인간이 그의 모든 행동을 주의 깊게 관찰하고 심지어 그의 모든 생각을 완벽하게 추측하고 있다는 불쾌한 느낌을 계속 가졌다.

조금씩 알프레도는 완전히 평정을 잃었고, 자신이 TV 카메라 앞에 서 있고 수백만 명의 시청자가 그를 보고 있다는 이상한 느낌을 계속해서 받았다.

III

매주 일요일 알프레도는 어머니를 방문하여 어머니와 함께 자주 점심을 먹었다. 이번 일요일, 3월 초였음에도 불구하고 밖은 따뜻했고 햇빛이 알프레도의 총각 저택을 가득 채웠다.

오랫동안 그는 조심스럽게 면도를 한 다음 밝은 파란색 셔츠, 비둘기 색 양복을 입고 회색과 파란색 줄무늬가 있는 넥타이를 골랐다. 넥타이 매듭을 고치기 위해 거울 앞에 섰을 때, 그는 다시 누군가가 자신을 지켜보고 있음을 느꼈다. 그의 맞은편 거울에서 아주 우아한 미남이 밝고 푸른 눈으로 야유하듯 그를 쳐다보고 조롱하듯 말했다.

"넌 내가 누군지 절대 알 수 없을거야."

갑작스러운 통증이 알프레도의 심장을 날카롭게 찔렀고 그는 서둘러 아파트를 떠났다. 계단참에서 알프레도가 항상 인사했지만 결코 대화를 나눈 적이 없는 고기 가게 주인인 그의 이웃 **실러** 씨를 만났다. 그러나 이제 평소의 인사를 마친 실루르 씨는 걸음을 멈추고 동그란 모자부터 검은 구두까지 알프레도를 멍하니 바라보고 거친 소리로 말했다.

"라파엘 씨, 녹색당이 문제를 해결하지 못할 것이라고 생각하십니까? 기술자인 당신은 우리의 작고 가난한 나라에 원자력 발전소가 필요하다는 것을 가장 잘 알고 있습니다. 사람들은 누가 거짓말을 하는지 잘 알기 때문에 사람들에게 거짓말을 하지 말라고 조언합니다!"

알프레도의 얼굴에는 미소와 매우 흡사한 것, 또는 오히려 혼란스러운 찡그린 얼굴이 나타났지만 그는 아무 말도 하지 않고 그저 번개 같은 속도로 출구를 향해 내려갔다. 분명히 그의 일상은 점점 더 복잡해지고 복잡해지기 시작했다. 분명히 그는 한 번도 하지 않은 말과 한 번도 하지 않은 행동에 대해 이미 대답을 해야 했지만 여전히 이 혼란스러운 상황에서 벗어날 방법을 찾지 못했다. 그 정체를 알 수 없는 녀석을 급히 찾아 진지한 대화를 나누는 것이 유일한 해결책이 될 수도 있다.

알프레도는 이 남자를 찾기 위해 이틀 동안 아무것도 하지 않았으며 결국 수도에 살고 있고 알프레도가 더 고집스럽다면 반드시 그를 찾을 것이라는 것을 성가시럽지만 깨달았다. 이러한 생각은 알프레도를 어느 정도 진정시켰고 그는 직장에 며칠 결근하는 것이 필요하더라도 월요일에 찾아나서기로 굳게 결심했다.

알프레도의 어머니는 도시의 동쪽에 있는 꽃 시장과 가까운 **"틸리오"** 거리에 있는 단층집에 살았다. 이 동네는 언덕에 위치하고 있었고 거리는 좁고 지그재그로, 안뜰과 하얀 건물들이 과일 나무, 덤불, 꽃의 푸르름 속에 놓여있었다.

이제 3월의 초입에서 다가오는 봄의 숨결이 간지럽고 상쾌하고 갓 씻은 아마포처럼 느껴졌다. 거리는 졸린 듯 조용했고 알프레도는 자신이 지나갔던 작은 집들이 소심한 흰 토끼처럼 움츠린다는 느낌을 받았다. 알프레도는 이 동네에 올 때마다 늘 더 깊고 빠르게 숨을 쉬기 시작하는 것 같았고 무언가가 그의 얼굴과 몸을 따뜻하게 했다. 이 작은 거리에서 모든 삶이 끝이 없고 평온한 어린이 놀이처럼 보였던 어린 시절을 보냈다.

어머니는 이미 그를 기다리고 있어 그가 초인종을 누르자마자 문을 열고 그를 꼭 껴안았다. 방은 쾌적하게 따뜻했고 갓 구운 빵 냄새가 났다. 알프레도는 점퍼를 벗고 넥타이 매듭을 풀고 큰 탁자 옆에 앉았다.

방의 구석구석에서 침묵이 뿜어져 나오는 것 같았다. 아마도 반세기 동안 가구는 제자리를 굳게 지켜 거대한 구식 옷장, 서랍장, 탁자, 안락의자에 어느 정도 확실하게 자리했다.

오래된 석조 다리가 있는 로가나 강을 표현한 벽의 풍경화도 마치 투명한 파란색으로 방을 비추는 것처럼 부드럽고 따뜻한 색으로 칠해져 있다.

마음 속 어디 깊은 곳에서, 알프레도는 며칠, 몇 달, 몇 년 동안 이곳에 머물면서 아무 생각도 하지 않고 정말 놀라울 정도로 자신을 닮았고 자신의 과거, 현재, 미래를 날려버리겠다고 위협하는 그 낯선 사람을 완전히 잊어버리고 싶은 욕망이 그에게서 깨어나고 있음을 느꼈다.

점심이 준비되었고 어머니는 식탁을 정리했고 알프레도는 잔에 와인을 따랐고 두 사람이 잔을 부딪쳤을 때 어머니는 언제나처럼 따뜻한 미소를 지으며 수십 년 동안 그랬던 것처럼 다시 물었다.

"잘 지냈어, 애야? 몸은 건강하니? 직장에서는 잘 지내고 있니?"

알프레도는 이번 주에 일어난 신기한 수수께끼에 대해 말해야 할지 잠시 망설였지만, 노인이 완전히 몸이 좋지 않아 걱정을 더 많이 끼치고 싶지 않았기 때문에 불안하게 하지 않기로 마음먹었다. 그는 잔을 들고 간결하게 대답했다.

"네, 엄마, 저는 잘 지냅니다. 평소처럼 모든 것이 괜찮습니다."

그러나 작은 쇠구슬 같은 그녀의 회색 눈에서 그는 마치 그녀가 그에게서 무언가를 듣거나 알아낼 것으로 기대하는 것처럼 불안한 그림자나 숨겨진 질문을 발견했다.

그들은 몇 분 동안 조용히 점심을 먹었다. 칼 아래에서 구운 고기가 바스락 거리고, 튀긴 감자 조각이 청동 색으로 변하고, 와인이 알프레도의 몸을 따뜻하게하고 이틀 동안 깃든 불안을 완전히 녹였다. 갑자기 어머니는 침묵을 깨고 혼자 속삭이듯 이야기하기 시작했다.

"알프레도, 너는 성인이라 조언하고 싶지 않지만 엄마로서 내 의견을 말하고 싶구나. 내 생각에 정치에 관여하는 것은 좋지 않아. 그제 TV에서 너를 봤어. 처음에는 내 눈을 믿을 수 없었지만 어떤 엄마도 천 명의 남자 중에서도 자기 아들을 알아봐.

너는 현명하게 잘 말했어. 네가 말한 모든 것이 사실이야.

사람들은 인간과 인간의 생명과 건강을 지켜야만 해.

결국 내가 널 그렇게 키웠는데 왜 정치를 하게 된거야? 내 생각에 네가 정직하고 좋은 사람이 되는 것이 더 중요해.

정치 수단이 항상 정직한 것은 아니며 너는 정치에 참여할 능력도 없어. 나를 믿어, 나는 네 엄마야."

"하지만 엄마, 저는 정치에 관여한 적도 관여하지도 않습니다."

알프레도는 설명하려고 했지만 그의 어머니는 그를 엄하게 꾸짖듯 쳐다보았다.

"너는 항상 나에게 모든 것을 말했어! 네가 그 지도자 중 한 명이라고 내가 올바르게 이해한다면 너는 녹색당의 당원이라는 것을 왜 지금까지 말하지 않았니?"

"하지만 엄마, 저를 믿으십시오. 큰 오해가 있었습니다. 텔레비전에서 말한 그 사람은 내가 아니라 나와 많이 닮은 사람입니다. 나는 그를 본 적도, 그와 대화를 나눈 적도 없지만, 지금은 많은 사람들이 그와 내가 같은 사람이라고 생각합니다."

어머니는 놀란 눈으로 알프레도를 바라보았다.

"무슨 말이냐? 그가 네가 아니라고? 그러나 어떻게 가능해? 누구나 속일 수 있지만 엄마에게는 절대 아냐!"

"엄마, 부탁합니다, 믿으세요. 그는 저를 닮았어요, 아니면 오히려 제가 그를 닮았죠."

"알프레도, 무슨 말을 하는 거니, 아니면 네가 그와 쌍둥이고 지금까지 그를 알지 못했다는 것을 암시하고 싶니? 언젠가 내가 쌍둥이나 두 아들을 낳았고 다른 하나에 대해서는 아무에게도 말하지 않았다고 생각하니? 네 아버지를 생각해봐, 알프레도. 아버지는 죄가 없어. 너는 나뿐만 아니라 아버지도 모욕하는구나."

"엄마, 간청합니다. 아버지나 엄마를 화나게 하고 싶지는 않지만 그게 사실입니다. TV에서 이야기한 사람은 제가 아니고, 이것이 어떻게 가능한지, 어떻게 그런 놀랍고도 의심스러운 유사점이 있을 수 있는지 저는 전혀 이해하지 못합니다."

어머니는 오랫동안 그를 훈계하는 눈빛으로 바라보았다. 그녀의 회색 눈은 불신, 모욕, 동정, 감춰지지 않는 어머니의 사랑을 표현했다. 알프레도는 그녀의 눈을 처음 보는 것 같았고, 그녀의 말 없는 질책 때문에 점점 작아져 큰 죄를 지어 엄마의 말없는 정죄 앞에 꼼짝도 하지 않고 서 있는 다섯 살짜리 소년을 마침내 닮아간 이상한 느낌을 받았다.

"그래, 알프레도, 알프레도, 너는 얼마나 착하고 순종적인 아이였니, 조언하건대 월요일에 의사를 만나라. 지난 몇 주 동안 많은 일을 해서 피곤했을 수도 있고, 가능하다면 휴가를 요청하고 며칠 동안 나와 함께 있어도 돼. 나와 함께 잘 쉴 수 있어. 너를 돌볼게. 네가 나를 사랑한다면 정치 활동을 그만 두어라. 너는 감정적이고 부드러운 사람이며 정치 싸움을 감당할 힘이 없으며 장관도 정치인도 될 수 없어. 너는 좋은 직업을 가지고 있어. 유능한 기술자잖아. 사람들이 너를 존중해.

현재 일을 잘하고 정치를 떠나."

"하지만, 엄마." 알프레도는 한숨을 쉬기 시작했다.

"그래, 맞아, 이미 말했어. 네가 그 사람이 아니며 그가 너는 아니야. 그러나 월요일에 반드시 의사를 만나고 나서 나에게 전화하는 것을 잊지 마."

알프레도는 그의 닮은꼴을 생각하면서 오래된 석교, 로가나 강 풍경을 오랫동안 움직이지 않고 눈을 가늘게 뜨고 쳐다보았다. 이제 그는 이 사람을 조금 부러워하기도 한다. 실제로 그는 유명하고 잘 알려져 있지만 아무도 알프레도를 모른다. 이 도시 어딘가에 정직하고 착한 사람이 되려고 노력하는 기술자 알프레도 라파엘이 똑같이 살고 똑같이 일한다는 것을 아무도 모른다.

의심할 여지 없이 낯선 사람은 용감하다.

현 정부의 부패정책에 단호히 반대하는 정당의 지도자가 되는 것을 두려워하지 않는다. 그는 자신의 의견을 명확하고 직접적으로 표현하며 원자력 발전소 건설을 중단하기 위해 가능한 모든 조치를 취하겠다고 선언했다.

그러나 알프레도는 우유부단하다. 그는 어떤 정당에도 가입하려는 경향이 없었다. 그는 자신의 의견을 표명하거나 정부를 비판한 적이 없다. 알프레도는 겉모습을 드러내지 않는 달팽이를 닮았다. 그의 삶에는 모든 것이 항상 안정적이었고, 그의 주위에는 고요한 물만 무게가 나가는 큰 호수 바닥에서 38년을 살았던 것처럼 항상 평온했다.

알프레도가 내일 아침 일찍 의사를 만나고 반드시 전화를 하겠다고 약속하면서 어머니의 집을 나간 것은 저녁이었다.

IV

월요일에 알프레도는 의사를 방문하지 않고 그의 닮은꼴을 찾고 내일이나 모레 그를 만나 진지하게 이야기하기 위해 가능한 모든 것을 하기로 결정했다. 낯선 사람이 알프레도에게 조언을 해주고 둘 다 이 혼란스러운 문제를 해결할 것이다.

월요일 오후, 알프레도는 녹색당 사무실에 전화를 걸었다. 수화기를 든 것은 아마도 낭랑한 목소리가 매우 친절하게 들렸던 젊은 여성이었다.

"안녕하세요, 아가씨." 알프레도가 인사했다. "녹색당 사무총장과 통화하고 싶습니다."

"아쉽게도 그는 자리에 없습니다." 젊은 여성이 대답했다.

"언제 그분을 만날 수 있나요?" 알프레도가 물었다.

"지금 그는 매우 바빠서 거의 오지 않지만, 중요한 일이 있으면 그에게 메시지를 보내겠습니다."

"아닙니다. 아닙니다. 그의 이름을 알고 싶습니다. 친절하게 말해 주실수 있나요?"

"물론입니다." 젊은 여성은 조금 이상하게 살짝 웃었다. 알프레도는 즉시 그녀의 매우 매력적인 목소리에서 그것을 알아차렸다. "그의 이름은 알프레도 라파엘입니다."

알프레도는 전화에서 거의 기절할 듯 하였지만 간신히 말할 수 있었다.

"뭐라고요?"

전화기가 그의 손에서 미끄러졌고 선과 함께 공중에 매달렸다.

어디선가 알 수 없는 젊은 여성의 유쾌하고 쾌활한 목소리가 들렸다.

"라파엘 씨, 그렇게 웃기다고 생각하지 않았어요"

손을 떨며 알프레도는 전화기를 제 자리에 다시 넣었다. 그의 눈 앞에서 가구, 텔레비전, 커피용 탁자가 미친 듯이 회전하기 시작했다.

갑자기 문제는 그가 상상했던 것보다 훨씬 더 심각해졌다. 그는 더 이상 무엇을 해야 할지 몰랐다. 결국, 상상할 수 없는 혼돈이 온 세상을 뒤덮었고, 이 혼돈의 중심에는 자신이 있었고, 아마도 그 자신이 이 혼돈에 책임이 있는 유일한 사람일 것이다.

그는 즉시 큰 벽 거울로 달려가 바보같이 자신을 관찰하기 시작했다. 그가 복제되어 존재하는 것이 가능한가? 그리고 지금 이 순간에 그는 여기, 그의 아파트, 그리고 다른 어딘가에, 그를 알고 있는 다른 사람들 사이에 있을 수 있다. 동시에 그가 기술자 알프레도 라파엘이자 녹색당의 사무총장 알프레도 라파엘일 가능성이 있는가? 아니면 어제 같은 시간에 어머니와 점심을 먹고 아마 **힐튼** 호텔에서 총리와 점심을 먹으면서원전을 짓는 것은 전혀 적절하지 못하다고 총리를 설득하고 이야기를 나눴다. 아니! 알프레도 라파엘은 외계 문명의 존재조차 모든 것을 이해하고 믿을 수 있었지만, 갑자기 발생해서 이미 혼란스럽게 하고 38년 동안 살아온 자신을 완전히 없애려고 위협하는 커다란 신비를 전혀 이해할 수 없었다.

밤새 그는 거의 잠을 잘 수 없었다. 악몽이 하나 둘 그를 공격했다. 그는 멋진 식당에 앉아 있는 자신을 보았고 맞은편 테이블에는 자신과 닮은 사람이 앉아 있었다. 알프레도는 이 사랑스러운 좋은 남자와 친절하고 다정한 대화를 나누지만, 어느 시점에서 알프레도는 그 남자가 누구인지, 알프레도가 누구인지 이해하지 못한다. 갑자기 그 남자는 알프레도처럼 생각하고 말하기 시작했고 알프레도는 그 남자처럼 생각하고 이야기했지만 가장 큰 공포는 둘 다 알프레도 라파엘이라고 불리며 서로에게 "내 사랑, 알프레도 라파엘" 이라는 말로 인사한다는 것이다.

그러나 알프레도는 무심코 주위를 둘러보다가 커다란 식당 '힐튼'의 모든 탁자에 자기를 완전히 닮아서 그와 똑같이 옷을 입은 수많은 남자들이 앉아서 그처럼 따뜻하고 상냥하게 웃고 심각하게 서로 대화하는 것을 알아차리자 멍하니 공포는 더욱 미친듯했다. 처음에는 식당 전체가 거울로 가득 찬 것처럼 보였지만 첫 번째 환상은 알프레도를 속일 수 없으며 그는 각 탁자에 두세 명의 라파엘 알프레도가 사실적으로 진지하게 대화하고 있음을 분명히 본다.

알프레도는 의자에서 벌떡 일어나 식당에서 큰 소리로 외치고 싶은 열망을 느낀다.

"나는 누구인가?"

그러나 그는 이 우아한 식당에서 그의 행동이 나쁜 행동으로 간주될 것임을 분명히 알고 있다. 그러나 알프레도는 그것을 참지 못하고 의자에서 뛰어내리며 외친다.

"나는 누구인가?"

동시에 모든 알프레도 라파엘s가 의자에서 벌떡 일어나 같은 큰 목소리로 외치기 시작한다.

"나는 누구인가?"

이런 식으로 그들은 진짜, 하나의, 유일한, 독특한 알프레도 라파엘인 그가 누구이며 그가 정확히 어느 탁자에 앉아 있는지 아는 것을 방해한다.

꿈에서 알프레도 라파엘은 울기 시작하고 말을 더듬는다.

"네, 저는 알프레도 라파엘입니다."

그러나 수백 명의 목소리가 항의하듯 울려 퍼진다.

"나는 알프레도 라파엘입니다. 나는 알프레도 라파엘입니다."

V

아침에 알프레도는 늦게 일어났다. 그의 머리는 몹시 아프고 폭탄처럼 무겁다. 입안이 바짝바짝 마르고 뭔가 역겨운 신맛이 느껴졌다.

"오늘 병원에 갈거야!" 알프레도는 굳게 결심했지만 집, 도시, 직장을 떠나 즉시 어딘가로 도망쳐 가능하다면 자신과 너무 닮아 인생을 악몽으로 만들고 견딜 수 없게 만드는 데 멋지게 성공한 사람과 즉시 멀리 떨어져있고 싶은 마음이 더 커졌다.

날씨는 아름다웠다. 하늘이 사파이어처럼 투명했고 그를 밖으로 유혹했다.

아침 식사 후 그는 회사에 전화를 걸어 프링 씨에게 몸이 좋지 않아 급히 의사를 만나야 하기 때문에 오늘 결근할 것이라고 알렸다.

프링 씨는 친절하지만 다소 차갑게 동의했다.

그러나 알프레도는 의사에게 가는 것을 서두르지 않았다. 그는 자신에게 정말로 의사가 필요한지, 아니면 녹색당의 사무총장인 알프레도 라파엘을 찾아야 하는지 여전히 확신이 서지 않았다.

약 30분 동안 알프레도는 움직이지 않고 목적 없이 창 밖을 바라보다가 이유도 모른 채 서랍에서 자신의 사진이 들어 있는 오래된 앨범을 꺼내 훑어보기 시작했다. 그의 꼼짝도 하지 않는 눈 앞에 다양한 노란색 사진들이 천천히 스쳐지나갔다. 여기 반바지 차림의 10살 소년이 보인다. 그가 학생으로 산에서 소풍을 갔을 때, 친구와 함께 군복무할 때 사진이다. 과연 그가 정말 그인가 그리고 언젠가 그는 소년이었고, 학생이었고, 군인이었는가. 아니다. 불가능하다. 사진은 알프레도가 전혀 알지 못하고 심지어 알고 싶어하지도 않는 다른 사람의 것이다.

그러나 이 소녀의 이름은 **린다**가 아닌가, 그리고 둘 다 **카리아** 해안에 있지 않았는가. 아마 아니다.

오래전 일이지만 그가 알프레도가 아니었다면 그녀는 린다였을 것이다. 그녀만이 그런 호수 눈을 가지고 있었고 우뚝 솟은 코 둘레의 많은 주근깨 때문에 그녀는 작고 신선한 딸기와 닮았다.

갑자기 알프레도는 린다를 즉시 보고 싶은 욕구를 느꼈다. 그의 손이 떨리기 시작했고 무의식적으로 낮은 목소리로 속삭였다.

"린다, 어디 있니? 린다, 당신의 도움이 정말 필요해. 당신만이 20년 전에 카리오 해안에서 키스했고 다른 알프레도 라파엘이 아닌 나라고 말할 수 있어. 린다, 당신이 필요해."

그러나 그는 린다가 사라진 지 오래라는 것을 아주 잘 알고 있었다. 그녀는 더 이상 그의 얼굴과 목소리를 기억하지 못한다.

알프레도는 흥분해서 오래된 앨범을 커피용탁자에 던지고 재빨리 옷을 입고 아파트를 떠났다.

지하철역에서 조간신문을 샀고, 지하철이 정신과 의사 친구 콜로디 박사가 사는 도시의 서쪽으로 질주하는 동안 알프레도는 아무렇지도 않게 신문을 훑어보았다.

그러나 갑자기 신문 **"오로라"**의 단신기사가 그의 관심을 끌었다. 녹색당은 오늘 저녁 6시 국회의사당 앞 광장에서 로가나강 원자력 발전소 건설에 반대하는 대규모 시위를 벌일 것이라고 발표했다.

"주최측은 국가의 미래에 무관심하지 않은 모든 시민들이 집회에 참여하고 녹색당의 활동을 지원하도록 초대한다"

이 정보에 알프레도는 크게 감동했다. 그는 자신의 눈을 믿고 싶지도 않았다. 더 좋은 기회가 아닐 수 없다. 그의 닮은꼴인 녹색당 사무총장이 분명히 그곳에 있을 것이고 알프레도는 그를 볼 뿐만 아니라 그와 대화를 나눌 수도 있을 것이다. 알프레도는 확실히 그에게 이야기하고 며칠 동안 그의 삶이 악몽이 되었다고 설명할 것이다. 그의 지인, 동료, 심지어 그의 어머니조차 그가 알프레도 라파엘이라는 녹색당의 사무총장이 아니라고 생각하는 사람은 아무도 없다. 이 때문에 그의 사장인 프링 씨가 곧 그를 해고할 수도 있다.

그렇게 생각하니 알프레도의 기분이 묘하게 좋아졌다. 그는 **콜로디** 박사를 방문할 필요가 전혀 없다고 결정했다. 실제로 오늘 저녁 집회에서 그는 닮은꼴을 만나 녹색당의 알프레도 라파엘 사무총장과 기술자 알프레도 라파엘이 동일인물이 아니라는 정보를 일간 신문에 실을 것을 요청할 것이며 모든 것이 제자리를 찾을 것이다. 오해는 더 이상 존재하지 않을 것이다.

다음 지하철 역에서 알프레도는 지하철을 내려 한 시간 동안 오래된 도심의 좁은 골목을 목적 없이 방황했다. 혼자 자유로이 방황하는 것이 즐거웠다. 그는 진열장을 바라보았다. 작은 가게에서 그는 넥타이가 별로 필요하지 않았음에도 우아한 파란색 넥타이를 샀고, 계속해서 진열창을 이리저리 구경하며 걸어갔다. 아름다운 것들이 그의 눈을 사로잡았고 그는 곧 여기에 와서 중국 꽃병이나 바다 풍경화를 살 계획이었다. 오랫동안 그는 자신의 아파트에 그런 사진을 갖고 싶었다.

정오에 알프레도는 작은 식당에 들어가 점심을 먹고 점심을 먹은 후 다시 거리에 나섰다. 날씨는 좋았지만 집회가 시작되려면 아직 몇 시간이 남았다. 귀여운 카페가 그를 유혹했다. 거의 모든 탁자가 꽉 차 있었고 오로지 큰 창문 옆에 아무도 앉지 않은 탁자가 보였다.

알프레도는 커피를 주문하고 움직이지 않고 창밖을 내다보았다. 밖에서 사람들은 보도를 이리저리 돌아다녔습니다.

모두들 각자의 생각이나 문제로 바빴다. 아무도 카페를 쳐다보지 않았다.

갑자기 알프레도는 누군가가 자신을 가까이에서 지켜보고 있음을 느꼈다.

몇 초 동안 그는 가만히 카페의 어느 구석에서 자신을 지켜보고 있는지 추측하려고 노력했다. 그리고 이미 꽤 식은 커피가 담긴 컵을 들고 자연스럽게 고개를 돌려 카페 오른쪽 구석을 슬쩍 바라보았다. 네, 거기 옆 탁자에는 자신을 숨기지도 않고 똑바로 그를 살피는 젊은 여성이 앉아 있었다. 그녀는 금발 머리, 파란 눈, 빨간 색 유행하는 점퍼, 목 깃 주위에 빨간 리본이 달린 흰 블라우스를 입고 있었다.

아마도 그녀는 23 ~ 24세쯤 되고 착하게 보여 알프레도는 그녀를 끈질기게 바라보았다. 그녀는 웃기 시작했다. 그들 사이에 말없는 대화가 시작되었다. 그녀의 파란 시선은 신비롭고, 장난스럽고, 자극적이었다. 이 예상치 못한 게임은알프레도를 기쁘게 하기 시작했지만 갑자기 생각이 그를 찔렀다. "아마 그녀는 내가 녹색당 사무총장인 알프레도 라파엘이라고 생각하고 있고 이제 그녀는 사무총장인 알프레도 라파엘과 사귄다고 확신할 것이다. 잠시라도 그녀는 내가 단순한 기술자인 알프레도 라파엘이라고 생각하지 않는다." 알프레도는 맹금처럼 의식 속으로 스며든 이 생각이 시선을 안개처럼 흐리게 하고 쓰라린 미소가 입꼬리에서 흐르는 것을 느꼈다. 마법이 사라졌다. 알프레도는 웨이터를 불러 커피 값을 지불하고 서둘러 카페를 떠났다.

저녁이었다. 그는 집회가 30분 후에 시작될 국회의사당 광장으로 출발했다. 사람들은 이미 그곳에서 볼 수 있었다.

구호를 들고 이웃 거리에서 많은 사람들이 왔다. 광장의 군중이 조금씩 늘어났다.

알프레도는 연단 주변에 설치된 카메라와 TV 자동차를 알아차렸다. 그는 닮은꼴을 더 잘 볼 수 있고, 가능하다면 그에게 가까이 가서 말을 하려고 연사들에게 더 가까이 가고 싶었다.

6시 10분에 집회가 시작되었다. 유명한 과학자, 언론인, 작가들이 하나씩 연단에 섰다. 그들의 연설은 열렬하고 불 같았으며 타협하지 않았다. 그들은 정부에 로가나 강에 원자력 발전소 건설을 즉시 중단할 것을 요구했다. 그들은 깨끗한 하늘, 깨끗한 공기, 깨끗한 물을 주장했다. 온 국민의 건강을 지키기 위해 목소리를 높였다.

그러나 알프레도는 왜 녹색당 사무총장을 알아채지 못했는지 알지 못했다. 그는 오늘 사무총장이 먼저 발언할 것이라고 생각했지만 불행히도 알프레도는 어디에도 보이지 않았다. 갑자기 연단의 한 남자가 다음과 같이 발표했다.

"신사 숙녀 여러분, 녹색당 사무총장인 알프레도 라파엘이 이제 연설할 것입니다."

군중은 이렇게 외쳤다.

"용감하고 용감한 알프레도 라파엘 씨!"

알프레도는 그의 닮은꼴이 어디에서 나타날지 주위를 둘러보았지만 상상할 수 없는 일이 일어났다.

알프레도를 둘러싸고 있던 사람들이 손뼉을 치기 시작했고 시선이 그에게 고정되었다. 일부는 다음과 같이 말하기도 했다.

"라파엘 씨, 제발, 당신의 말을 듣고 싶어요."

이때 스포트라이트가 강렬한 빛의 광선을 알프레도에게 비추고 무의식적으로 그는 텔레비전 카메라가 작동하고 그의 혼란스러운 얼굴이 전국의 텔레비전 화면에 나타날 것이라고 무의식적으로 추측했다.

소나기 같은 땀이 온몸에 쏟아졌다.

그는 주변 사람들에게 자신이 알프레도 라파엘이 아니라고 말하려고 입을 열었지만, 도망치는 것이 불가능했던 것처럼 더 이상 불가능하다는 것을 즉시 깨달았다. 그를 둘러싼 군중은 크고 두꺼운 돌담처럼 서 있었다. 탈출구는 단 하나 연단이었다.

그리고 마치 꿈에서처럼 알프레도는 이 끔찍한 길을 걷기 시작했다.

그는 어떻게 연단에 올랐는지, 마이크 앞에서, 언제 연설을 시작했는지 전혀 알지 못했다. 그의 목소리가 강력하고 확고하게 설득력이 있다는 것을 들었을 뿐이었다. 태어나서 이렇게 많은 사람들 앞에서 말을 해본 적이 없었지만, 지금 이 순간 그는 아무 것도, 아무도 두려워하지 않으며, 침착하고 진지하게 자기가 생각했던 것, 그러나 지금까지 감히 자신에게조차 인정하지 않았던 모든 것을 말했다.

"신사 숙녀 여러분!" 그의 단호한 목소리가 울렸다. "우리는 원자력 발전소 건설을 허용해서는 안 됩니다. 우리는 살고 싶습니다! 우리는 건강하고, 건강하고 행복한 아이들을 낳고 싶습니다! 세상은 우리의 작고 유일한 집입니다. 우리 모두는 이 집에서 함께 살고 있으며 아무도 그것을 폭파하거나 파괴할 권리가 없습니다! 우리는 그것을 사랑합니다! 우리는 우리의 아이들, 우리의 손자, 증손자들이 그곳에서 평화롭게 자라기를 바랍니다. 그들이 우리만큼 그것을 사랑하고 보호하기를..."

알프레도는 몇 분 동안 말했는지 기억하지 못했지만 연설을 마치자 우레와 같은 박수와 함성이 그의 발언을 지지했다.

그가 연단에서 내려와 군중들 사이에서 자신을 발견했을 때, 일종의 특별한 평온과 만족감이 그를 사로잡았다. 이 순간 그는 행복이 무엇을 의미하는지 이해했다. 그는 이전에 이렇게 행복한 적이 없었다. 그는 더 이상 프링 씨, 회사 및 일상 생활의 많은 사소한 일에 관심이 없었다. 그는 이미 자신이 누구인지 알고 있었다.

LA SEKRETO DE SINJORINO LUNK

En la komenco de majo Alberto Parini luis ĉambron en kvartalo "Orkideo", proksime al la katedralo "Sankta Johano". Malgraŭ ke jam du jarojn li loĝis en Montario, li ne bone konis ĉi kvartalon kaj ĉiutage, post la fino de la lekcioj, li kutimis descendi ĉe la aŭtobushaltejo sur bulvardo "Triumfo" kaj de tie piediri al la loĝejo.

La vojo pasis preter koketaj duetaĝaj domoj, kiuj pli similis al montaraj vilaoj ol loĝdomoj en granda urbo. Ĉi blankaj dometoj kaŝis verŝajne plurajn familiajn sekretojn en la abunda verdaĵo de la ĝardenoj kaj tre malofte Alberto vidis iun en la vastaj kortoj. Eĉ li havis la senton, ke sola li marŝas en stranga mondo, en kiu regas nur rozaj kaj siringaj aromoj. Nur de tempo al tempo aŭdiĝis soleca hunda bojo, kiu rapide forsonis kaj tuj denove la silento volvis la kvartalon.

Alberto ne sciis kiaj homoj loĝas ĉi tie, sed laŭ la aspekto de la domoj kaj laŭ la elegantaj aŭtoj en la kortoj li konjektis, ke ĉi tie oni riĉas kaj senzorgas. Eĉ ŝajne estis granda ŝanco, ke li sukcesis lui ĉambron ĝuste en ĉi kvartalo.

Ĉiprintempe, kiam li devis liberigi la malnovan ĉambron sur strato "Kolorado", li hazarde tralegis en

"Vespera Kuriero" la anoncon pri ĉi loĝejo kaj la sekvan matenon li jam eksonoris ĉe la pordo de la belega domo. Malfermis, sinjorino, ĉirkaŭ kvindekjara kun longaj arĝentharoj kaj helaj okuloj. Alberto klarigis al ŝi la kialon de sia alveno, kaj sinjorino Rozalia Lunk, la posedantino de la domo, diris, ke li estas la unua, kiu venas post la aperigo de la anonco, kaj ŝi havas nur du kondiĉojn: unue - la luanto ne estu fumanto, kaj due - li ne invitu bruajn gastojn en la domon. Siaflanke Alberto certigis ŝin, ke li ne fumas kaj li ne havas multajn amikojn en Montario.

La lupago por la vasta suna ĉambro ne tre altis kaj Alberton obsedis varma ĝojo, kiam sinjorino Lunk donis al li la ŝlosilojn. Baldaŭ evidentiĝis, ke la dommastrino eble ne tre bezonis monon. Ŝi sufiĉe riĉis, sed solis kaj verŝajne tial ŝi ludonis la ĉambron en sia granda domo.

Tamen iom stranga estis tiu ĉi kvindekjara sinjorino, kiu videble iam belis kaj allogis. Ŝi loĝis sola kaj neniu ŝin vizitis. Nur foje-foje ŝi invitis Alberton je taso da kafo kaj tiel li eksciis, ke sinjorino Lunk estis muzikprofesorino kaj antaŭ jaroj instruis private fortepianon, sed delonge jam la fortepiano polvas kaj silentas en la angulo.

Tamen de tiuj maloftaj konversacioj Alberto ne tre bone komprenis ĉu sinjorino Lunk havis familion, ĉu divorcis aŭ estas vidvino. Kutime sinjorino Lunk pasigis longajn horojn en sia ĉambro, legante, aŭ spektante televidon, kaj ofte Alberto ne certis ĉu ŝi hejmas. Foje-foje en la silentaj antaŭvesperoj lin obsedis la stranga sento, ke pluraj ombroj kaj siluetoj senbrue eniras la domon de sinjorino Lunk kaj tie, en ŝia ĉambro, ĉe la pala lumo de la tablo - lampo, ĝis la noktomezo iuj mallaŭte flustras ion.

Iun antaŭvesperon, kiam Alberto staris sur la teraso de la domo, subite tra la korto pasis junulino en blanka robo. En la unua momento li timtremis, ĉar ia junulino aperis neatendite kaj li tute ne komprenis de kie ĝuste ŝi venis. Krome li nevole rememoris siajn amuzajn imagojn pri la ombroj kaj siluetoj, kiuj en la antaŭvesperaj horoj eniras la domon de sinjorino Lunk.

Alberto atente postrigardis la junulinon kaj konstatis, ke ĝi ne estas pli ol dudekjara. Vestita en blanka kaj leĝera robo, ŝi tiel paŝis, ŝajne ne tuŝante la teron kaj kvazaŭ blankflugilo ŝvebis en la aero. Post la junulino rapide kuris pudelo kaj la du helaj siluetoj, kiuj subite elnaĝis el la krepusko de la korto, vekis ion maltrankvilan kaj misteran en Alberto. Kelkajn minutojn li rigardsekvis la junulinon kaj la hundon, kiuj eliris el la korto kaj iom post iom malaperis al la fino de la strato. Evidente en la friska antaŭvespera horo la junulino eliris promeni kun la hundo. Tamen de kie ĝuste ŝi aperis kaj kial ĝis nun Alberto ne rimarkis ŝin? Sendube ŝi alvenis de la dorsa flanko de la domo, kie same estis teraso kun ŝtuparo, sed ĝis nun Alberto ne supozis, ke iu loĝas tie. Krome sinjorino Lunk eĉ vorton ne menciis pri najbaroj aŭ pri aliaj loĝantoj en la domo. Ankoraŭ duonhoron Alberto restis sur la teraso, sed la nekonata junulino kun la hundo ne revenis.

Matene je la oka, kiam li eliris el la domo, li rimarkis sur la strato blankan "Sitroeno" kaj la junulinon, kiu ĵus malfermis la pordeton por eniri ĝin. Certe ŝi ne estis pli ol dekokjara, ŝia korpo tiel sveltis, ke ŝajnis al Alberto, ke ĝis nun li ne vidis pli harmonian figuron. Ŝiaj kruroj, kvazaŭ ĉizitaj el marmoro, longis, la talio ŝajnis el kaŭĉuko kaj la du ovalaj mamoj kiel du maturaj pomoj tremis sub la blanka bluzo. Io infaneca kaj senkulpa lumis en ŝiaj avelaj okuloj. Kiu ŝi estas kaj kiel subite ŝi aperis? Ĉu ŝi estas parencino de sinjorino Lunk, luantino aŭ nur najbarino, kiu loĝas en la najbara parto de la domo?

Tagmeze, kiam finiĝis la lekcioj, Alberto ekrapidis al la domo, por ke denove li renkontu la junulinon, sed la tutan posttagmezon ŝi ne aperis. Vespere, ĉirkaŭ la dekoka horo, kiam li estis sur la teraso, antaŭ la domo haltis la blanka "Sitroeno" kaj el ĝi eliris ŝi kun iu viro. La viro, ne pli ol kvindekjara, alta, kun griziĝinta hararo mode tondita, aspektis ege eleganta en sia hela kostumo. Liaj okuloj tre similis al la avelaj okuloj de la junulino kaj tio aludis, ke ili estas patro kaj filino.

Nun, pasante preter la teraso, ili afable salutis Alberton. Eĉ ŝajnis al li, ke la junulino ekridetis kaj io milda heligis ĉi rideton. Ŝiaj longaj palpebroharoj ombrovualis la okulojn, kiuj nun aspektis neimageble profundaj.

Dum kelkaj tagoj, matene kaj vespere, Alberto kaj la junulino salutis unu la alian, tamen Alberto ne trovis kuraĝon alparoli ŝin. Li nur silente observis ŝin kaj de tago al tago, pli firme kaj pli firme li kredis, ke iam, en siaj foraj adoleskaj sonĝoj li multfoje sonĝis ŝin. Ŝajnis al li, ke bone li memoras ĝuste tiujn ĉi senkulpajn avelajn okulojn kaj ĉi vizaĝon, iom infanecan.

Finfine Alberto decidis unue demandi sinjorinon Lunk pri la belulino kaj poste serĉi okazon konatiĝi kun ŝi. Iun posttagmezon, reveninte de la Universitato, Alberto trovis sinjorinon Lunk sidanta sur la teraso. Ŝi invitis lin al taso da kafo kaj ili ekbabilis pri la vetero, pri la Universitato... Evidente hodiaŭ sinjorino Lunk havis bonhumoron. Ŝi iom pli parolis, en ŝiaj bluaj okuloj mankis la konata ŝtala brilo kaj nun en ili videblis iu varmo, kiun antaŭe Alberto neniam rimarkis. Ŝiaj lipoj estis iom malfermitaj kaj ŝajne en iliaj anguloj tremis rideto. Alberto observis ŝin atente kaj li jam tute konvinkiĝis, ke iam sinjorino Lunk ege belis kaj allogis. Subite la ekstera pordo malfermiĝis kaj la korton eniris la junulino. Ŝi lante paŝis preter la teraso kaj ekridante salutis Alberton afable. Sinjorino Lunk kvazaŭ eĉ ne rimarkis ŝin kaj tio ege surprizis Alberton.

Kiam la junulino malaperis al la fino de la korto, Alberto iom hezite demandis: - Pardonu min, sinjorino Lunk, sed kiu estas ĉi tiu junulino kaj ĉu ŝi loĝas en la domo?

Verŝajne sinjorino Lunk ne atendis la demandon. Longe ŝi ne respondis. Ŝia vizaĝo iĝis iel strange pala, ŝiaj lipoj kunpremiĝis, kvazaŭ iu subite ŝlosis ilin, la varmaj briloj en ŝiaj okuloj tute malaperis kaj denove ili iĝis ŝtalgrizaj kiel ĉiam. Alberto ne komprenis kio okazis kaj li jam bedaŭris pro la demando, sed estis tro malfrue. Tamen sinjorino Lunk fiksrigardis lin kaj iel strange trankvile ŝi diris: - Mia filino Marina.

Alberto kvazaŭ ne bone aŭdis kaj nevole li eligis:
- Ĉu?

- Jes, - respondis sinjorino Lunk, - ŝi estis mia filino - kaj ŝi emfazis la vorton "estis".

Alberto stupore gapis, nesciante kiel kompreni tion: "ŝi estis mia filino", tamen sinjorino Lunk iel ebenvoĉe, glacitrankvile, kvazaŭ al si mem, daŭrigis:
- Jes, estis... ĝis mi komprenis, ke Marina okupis mian lokon... en la lito de sia patro...

En ĉi vortoj, diritaj malrapide kaj mallaŭte, estis io,

kion Alberto nek deziris, nek povis kompreni...
Grandega nevidebla mano eklulis lante lian seĝon...
La domo kun la altaj arboj kliniĝis por frakasi iun
lian mirandan foran adoleskan sonĝon kaj nunan
iluzion...

Pisanica, la 15-an de aŭgusto 1990

렁크 부인의 비밀

5월 초에 **알베르토 파리니**는 "**성 요한**" 대성당과 가까운 "**오르키 데오**" 동네에 방을 빌렸다. 그는 이미 **몬타리오**에서 2년 동안 살았지만 이 동네를 잘 몰랐고 매일 수업이 끝나면 "**승리**" 대로의 버스 정류장에서 내려 거기에서 집까지 걸어갔다.

길은 대도시의 주거용 주택이라기보다 산속 별장처럼 보이는 귀여운 2층 집들을 지나고 있었다. 이 하얀 집은 아마도 정원의 무성한 녹지에 여러 가족의 비밀을 숨겼을 것이며 알베르토는 넓은 안뜰에서 사람을 보는 경우가 거의 없었다. 장미향과 라일락향만 가득한 낯선 세상을 혼자 걷고 있는 기분이었다. 이따금 외로운 개의 짖는 소리가 들렸을 뿐인데, 순식간에 사라져 버렸고 즉시 정적이 다시 이웃을 감쌌다.

알베르토는 이곳에 어떤 사람들이 살고 있는지 몰랐지만 집들과 마당에 있는 우아한 차들을 보고 이곳 사람들이 부유하고 근심 걱정이 없다는 것을 짐작할 수 있었다. 분명히 그가 이 동네에서 방을 빌릴 수 있는 좋은 기회가 있었다.

그러던 중 '**콜로라도**' 거리의 낡은 방을 비워야 하는 이 봄에 우연히 '**저녁 택배사**'에서 이 집 광고를 읽고, 다음날 아침 이미 아름다운 집의 초인종을 눌렀다. 긴 은발에 밝은 눈을 가진 50세쯤 된 아주머니가 문을 열었다. 알베르토는 그녀에게 온 이유를 설명했고 집 주인인 **로잘리아 렁크** 부인은 그가 광고한 뒤에 가장 먼저 왔고 두 가지 조건만 있다고 말했다. 첫째 세입자는 비흡연자여야 하고 두 번째로 시끄러운 손님을 집에 초대해서는 안 된다. 알베르토는 자신이 담배를 피우지 않으며 몬타리오에 친구가 많지 않다고 그녀에게 확신을 주었다.

넓고 해가 잘 드는 방의 임대료는 그렇게 비싸지 않았고 알베르토는 렁크 부인이 열쇠를 주었을 때 따뜻한 기쁨에 휩싸였다. 집 주인에게 돈이 별로 필요하지 않을 수도 있다는 것이 곧 분명해졌다. 그녀는 꽤 부유했지만 외로웠고 아마도 그녀가 큰 집에서 방을 세 준 이유일 것이다.

그러나 한때는 눈에 띄게 아름답고 매력적이던 이 50대 아줌마는 조금 이상했다. 그녀는 혼자 살았고 아무도 그녀를 방문하지 않았다. 그녀는 가끔 알베르토를 불러 커피를 마셨고, 그렇게 해서 그는 렁크 부인이 음악 교수이자 개인적으로 피아노를 가르쳤다는 것을 알게 되었지만, 피아노는 먼지가 덮여 구석에서 오랫동안 조용했다.

그러나 그 드문 대화에서 알베르토는 렁크 부인에게 가족이 있는지, 이혼했는지 또는 과부인지 잘 이해하지 못했다. 일반적으로 렁크 부인은 방에서 책을 읽거나 TV를 시청하며 오랜 시간을 보냈고, 종종 알베르토는 그녀가 집에 있는지도 확신할 수 없었다. 때때로 그는 고요한 밤이 되기전에 여러 그림자와 실루엣이 렁크 부인의 집으로 조용히 들어왔고 탁자램프의 옅은 빛이 있는 그녀의 방에서 자정까지 어떤 사람들이 조용히 속삭이는 이상한 느낌에 사로잡혔다.

어느 날 저녁, 알베르토가 집 테라스에 서 있을 때 갑자기 흰 드레스를 입은 젊은 여성이 마당을 지나갔다. 첫 순간에 그는 젊은 여성이 예기치 않게 나타나서 그녀가 정확히 어디에서 왔는지 전혀 이해하지 못했기 때문에 두려워 떨었다.

또한 이른 저녁 시간에 렁크 부인의 집에 들어오는 그림자와 실루엣에 대한 재미있는 상상을 무심코 떠올렸다.

알베르토는 젊은 여성을 주의 깊게 살폈고 그녀가 20세도 채 되지 않았다는 것을 깨달았다. 하얗고 가벼운 드레스를 입은 그녀는 땅에 닿지 않고 마치 하얀 날개가 하늘을 나는 듯 걸었다.

푸들은 그 젊은 여성을 재빨리 뒤쫓았고 마당의 황혼에서 갑자기 헤엄쳐 나온 두 개의 밝은 실루엣은 알버타에서 불안하고 신비한 무엇인가를 일깨웠다. 몇 분 동안 그는 마당에서 나와 거리 끝으로 점차 사라지는 소녀와 개를 따라갔다. 분명히 젊은 여성은 이른 저녁 시간에 개와 산책을 나갔다. 그러나 그녀는 어디에서 왔으며 왜 알베르토는 지금까지 그녀를 알아차리지 못했을까? 의심할 여지 없이 그녀는 계단과 테라스도 있는 집 뒤편에서 나왔지만, 지금까지 알베르토는 그곳에 누군가가 살고 있다는 것을 짐작하지 못했다. 게다가 렁크 부인은 그 집에 사는 이웃이나 다른 거주자들에 대해 한 마디도 언급하지 않았다. 알베르토는 여전히 30분 동안 테라스에 머물렀지만 강아지를 안고 있는 무명의 젊은 여성은 돌아오지 않았다.

아침 8시, 집을 나서자 그는 길가에 하얀색 '시트로엥'과 방금 문을 열고 차 안으로 들어서는 젊은 여성을 발견했다. 확실히 그녀는 18세도 채 되지 않았으며, 그녀의 몸은 너무 가늘어서 앨버트는 이보다 더 조화로운 모습을 본 적이 없는 것처럼 느꼈다. 그녀의 다리는 대리석으로 조각된 것처럼 길고, 허리는 고무로 된 것 같이 탄력있고, 두 개의 잘 익은 사과 같은 타원형 가슴은 흰 블라우스 아래에서 떨렸다. 그녀의 개암나무 열매같은 눈에는 어린아이의 천진난만한 것이 빛나고 있었다. 그녀는 누구이며 어떻게 갑자기 나타났나? 그녀는 집주인인 렁크 부인의 친척일까, 아니면 집 근처에 사는 단순한 이웃여자일까?

정오가 되어 수업이 끝나자 알베르토는 소녀를 다시 만나기 위해 서둘러 집으로 갔지만 그녀는 오후 내내 나타나지 않았다. 저녁 6시경 그가 테라스에 섰을 때 하얀색 **'시트로엥'**이 집 앞에 멈춰 섰고 그녀는 남자와 함께 집에서 내렸다. 오십도 채 안 된 남자는 회색 머리를 유행에 맞게 자르고 키가 크고 밝은 옷을 입어 매우 멋있게 보였다. 그의 눈은 젊은 여성의 개암나무 눈과 매우 흡사하여 그들이 아버지와 딸임을 암시했다.

이제 그들은 테라스를 지나 알버트를 반갑게 맞이했다. 그에게 젊은 여성이 미소를 짓기 시작했고 부드러운 무언가가 이 미소를 밝게 해 주는 것 같았다. 그녀의 긴 속눈썹이 그녀의 눈을 가리고 있었는데, 상상할 수 없을 정도로 깊어 보였다.

며칠 동안 아침저녁으로 알베르토와 젊은 여성은 서로 인사를 나눴지만 알베르토는 그녀에게 말할 용기를 내지 못했다. 그는 그저 조용히 그녀를 관찰했고, 날이 갈수록 더 확고하게, 그리고 더 확고하게 그는 한 번 그의 먼 십대의 꿈에서 그녀를 여러 번 꿈꿨다고 믿었다. 그는 그 순진한 개암나무 눈과 조금 어린애같은 이 얼굴을 정확히 기억하고 있는 것 같았다.

마침내 알베르토는 먼저 렁크 부인에게 아름다운 여자에 대해 묻고 그녀를 알게 될 기회를 찾기로 결정했다. 어느 날 오후, 대학에서 돌아온 알버트는 렁크 부인이 테라스에 앉아 있는 것을 발견했다. 그녀는 그를 커피 한 잔 하자고 초대했고 두 사람은 날씨에 대해, 대학에 대해 이야기하기 시작했다.

분명히 렁크 부인은 오늘 기분이 좋았다. 그녀는 조금 더 말했고 그녀의 파란 눈에는 잘 아는 강철 같은 빛이 없었고 이제 알베르토가 전에는 결코 눈치채지 못한 어떤 따뜻함을 볼 수 있었다. 그녀의 입술은 약간 벌어져 있었고, 분명히 미소가 입꼬리에서 떨리고 있었다. 알베르토는 그녀를 주의 깊게 관찰했고 렁크 부인이 한때 매우 아름답고 매력적이었다는 것을 이미 완전히 확신했다. 갑자기 바깥 문이 열리고 젊은 여자가 마당으로 들어왔다. 그녀는 테라스를 천천히 지나며 알베르토에게 미소를 지으며 상냥하게 인사했다. 렁크 부인은 그녀를 알아차리지도 못한 것 같았고 그것이 앨버트를 정말 놀라게 했다.

젊은 여성이 마당 끝으로 사라지자 알베르토는 조금 주저하면서 물었다.

"렁크 아주머니, 하지만 이 젊은 여성은 누구이며 집에 살고 있습니까?"

아마도 렁크 부인은 그 질문을 예상하지 못했을 것이다. 그녀는 오랫동안 대답하지 않았다. 그녀의 얼굴은 어쩐지 이상하게 창백해졌고, 누군가가 갑자기 입술을 잠근 것처럼 입술을 오므렸고, 그녀의 눈에서 따뜻했던 반짝임은 완전히 사라졌고, 다시 언제나처럼 강철같은 회색이 되었다. 알베르토는 무슨 일이 일어 났는지 이해하지 못했고 이미 질문에 대해 미안했지만 너무 늦었다. 그러나 렁크 부인은 그를 바라보며 이상하게도 차분한 표정으로 말했다.

"내 딸 **마리나야.**"

알베르토는 잘 듣지 못한 듯 무심코 다음과 같이 말했다.

"뭐라고요?"

"그래," 렁크 부인이 대답했다. "그 아이는 내 딸이었어요" 그리고 그녀는 "이었어요" 라는 단어를 강조했다.

알베르토는 "그 아이는 내 딸이었어요" 라는 말을 이해하지 못한 채 놀란 눈으로 쳐다보았지만, 렁크 부인은 어떻든 자기 자신에게 하는 것처럼 냉정하고 차분한 목소리로 말을 이어갔다.

"예, 그건... 마리나가 내 자리를 차지했다는 것을 깨닫기 전까지는... 자기 아버지 침대에서..."

천천히 그리고 조용히 말하는 이 말에는 알베르토가 원하지도, 이해할 수도 없는 무언가가 있었다.

커다란 보이지 않는 손이 그의 의자를 흔들기 시작했다. 키 큰 나무가 있는 집은 그의 놀라운 먼 십대 꿈과 현재의 환상을 깨뜨리려고 몸을 굽혔다.

LA FORBRULIGO DE LA PONTOJ

Ĉivespere onklino Maria estis ĝoja kaj feliĉa. En ŝia eta domo, ĉe la granda tablo, sidis ŝia tuta familio, la filo Petro, la bofilino Irina, la genepoj Anton kaj Maria. Speciale por tiu ĉi vespermanĝo onklino Maria bakis grandan panon, faris kotletojn, fritis terpomojn, preparis freŝan salaton. Delonge en ŝia domo ne estis tia granda ĝojo kaj ŝia koro vere plenis pro feliĉo, simile al la tablo, kiu plenis pro manĝaĵoj kaj trinkaĵoj. Finfine unu granda revo de onklino Maria povis realiĝi. Morgaŭ frumatene ŝia filo kun la bofilino kaj la du infanoj Anton kaj Maria ekveturos ekskurse al Kubo.

Delonge onklino Maria revis pri tiu ĉi momento. Ŝi, gimnazia instruistino pri franca lingvo, neniam havis eblecon veturi eksterlanden, viziti forajn nekonatajn landojn, eĉ en Francio ĝi ne estis, malgraŭ ke dudek jarojn ŝi instruis francan lingvon kaj plurfoje devis rakonti al la lernantoj pri Francio kaj Parizo. Tamen ŝi ege deziris, ke ŝia filo Petro veturu, ke li vizitu malproksimajn landojn, anstataŭ ŝi, li vidu ilin kaj tiel li realigu ŝian plej karan junulinan revon. Ne hazarde onklino Maria instigis Petron jam de infaneco lerni lingvojn, studi kaj tiamaniere ŝi sukcesis veki en li la deziron vojaĝi kaj ekkoni la vastegan mondon.

Finfine la momento, kiun onklino Maria longe atendis, alvenis. Petro kaj Irina havis iom da mono, onklino Maria same iom helpis ilin per sia modesta pensio, kaj morgaŭ frumatene ili ekflugos por dektaga ekskurso al Kubo. Neniu atendis, ke ili, tiel junaj, havus tian ŝancon. Ja, la homoj tutan vivon vivas kaj eĉ Parizon neniam ili vidis.

- Je via sano, karaj miaj, kaj agrablan vojaĝon - diris onklino Maria kaj levis sian glason, plenan je aroma ruĝa vino.

- Je via sano, panjo, kaj koran dankon pro la helpo, ĉar sen vi, neniam ni ekskursus al Kubo - diris ĝoje Petro kaj liaj okuloj, similaj al du brilaj olivoj eklumis feliĉe.

- Je via sano, panjo, kaj koran, koran dankon - aldonis karridete Irina kaj tiu ĉi ŝia rideto, el kiu ĉiam radiis tiom da varmo kaj kareco, denove profunde kortuŝis onklinon Maria.

Irina, kun siaj molaj blondaj haroj, bluaj okuloj, similaj al du etaj montaj lagoj, estis malalta tenera kaj iel fragila kiel porcelana ĉina vazo. Onklino Maria amis ŝin kiel sian filinon kaj ĉiam estis preta helpi ŝin. Kaŝe onklino Maria ege fieris, ke Irina estis pentristino kaj tial ŝi ne permesis al Irina fari la pli pezan hejman laboron.

"Lasu tion al mi, ofte diris onklino Maria, vi devas pentri, la hejma laboro disipos vian talenton."

Kiam unuan fojon, antaŭ dekkvin jaroj, Petro diris al onklino Maria, ke li amas junulinon, kiu studas en la Pentroarta Akademio kaj ili deziras geedziĝi, onklino Maria ne tre ekĝojis. Ŝi ĉiam opiniis, ke la pentristoj estas iom strangaj homoj, kies arton ne ĉiuj komprenas kaj malfacile ili trovas taŭgan laboron. Tiam onklino Maria nenion diris al Petro, ŝi ege amis sian solan filon kaj ne deziris eĉ per rigardo aŭ per gesto esprimi sian malfavoran opinion. Tiam silente ŝi konsentis kaj kiam Irina eniris ŝian domon, onklino Maria komprenis, ke Petro, ne eraris.

Irina estis rava, kara kaj onklino Maria opiniis, ke ŝi ne povas deziri pli grandan donacon en sia vivo. Post jaro naskiĝis la unua nepo Anton, kiu ricevis la nomon de la patro de Irina kaj post du jaroj naskiĝis Maria, kiu nature ricevis la nomon de onklino Maria. Tiel la eta domo de onklino Maria pleniĝis. La infanoj rapide kreskis kaj zorgante pri ili, onklino Maria pli facile povis travivi la doloron pri sia forpasinta edzo, kiu subite mortis, kiam Petro studis en la lasta jaro de la Maŝinteknika Universitato.

Iel nesenteble en zorgoj, ĝojoj kaj doloroj pasis la jaroj. Petro kaj Irina aĉetis novan, vastan loĝejon, Anton kaj Maria elkreskis kaj jam frekventis la bazan lernejon. Anton lernis en la oka klaso kaj Maria en la sesa. Petro estis inĝeniero en la televidfabriko,

Irina instruis pentroarton en la Pedagogia Altlernejo. De tempo al tempo onklino Maria sentis, ke ili ambaŭ ne estas kontentaj pro siaj laborlokoj. Jam de jaroj oni malhelpis al Petro enkonduki en la televidaparatojn iun sian gravan inventon. La ĉefoj enviis liajn teknikajn kapablojn kaj timis, ke li, la juna inĝeniero rapide okupos iliajn postenojn.

Irina obstine laboris, pentris, sed ŝi ne havis protektantojn kaj tial tre rnalofte ŝiaj pentraĵoj estis akceptitaj por la jaraj naciaj ekspozicioj kaj pri memstara ekspozicio ŝi eĉ ne povis revi. Tiuj ĉi problemoj kompreneble ĉagrenigis ilian vivon, sed onklino Maria, kiel patrino, ĉiam trovis okazon trankviligi ilin.

"Vi ne pensu pri tio, karaj miaj, ofte diris ŝi. La vivo ĉiam malfacilis, vi ĝoju, ke vi sanas, ke vi havas du belajn infanojn, ke vi junas, laboras, havas oportunan domon kaj iom post iom venos ĉio alia."

Ŝi ne sciis, ĉu tiuj ĉi vortoj vere trankviligas ilin, sed ŝi feliĉis, ke en la familio de ŝia filo regas konkordo. Iel tamen ŝi deziris ĝojigi ilin kaj kiam ŝi eksciis pri la ekskurso al Kubo, ŝi tuj proponis al ili:

- Uzu la eblecon kaj vizitu tiun ĉi landon.

- Tio sonas fantazie - ekridetis Petro. - Kiu havas tiom da mono por simila ekskurso?

- Almenaŭ tiom da vi havas - replikis onklino Maria. - Kaj nun vi devas iri, ĉar verŝajne alifoje ne estos simila okazo.

- Ne. Mi ne povas lasi la infanojn ĉi tie solaj - diris Irina.

- Do, se vi deziras veturi kun ili, mi ankaŭ monhelpos vin iomete kaj vi vojaĝos kune. Anton kaj Maria nepre devas iri. Se mi ne havis eblecon veturi, vi kaj ili devas veturi! Ili nepre vidu aliajn landojn, aliajn homojn, aliajn kutimojn. Ili nun kreskas kaj ili bezonas tion.

Fin-fine Irina kaj Petro decidis, ke ne valoras ŝpari monon kaj pli utilas vidi Kubon. Febra estis la preparo; pasportoj, biletoj kaj jen - morgaŭ matene la aviadilo forportos ilin ege malproksimen, sed la plej ĝoja kaj la plej feliĉa estis onklino Maria.

- Kaj, Antonio, ne forgesu sendi al mi la plej belan bildkarton el Havano. Vi scias, ke mi kolektas bildkartojn de diversaj urboj, sed nur de Havano mi ne havas.

- Al vi, avinjo, speciale mi elektos la plej belan bildkarton - promesis ĝoje Anton.

- Kaj vi, Manjo, portu al mi etan koralon.

- Kompreneble, kara avinjo, vi ricevos belegan nigran koralon.

*

Ili forflugis kaj onklino Maria iom time rimarkis, ke ŝia eta loĝejo subite iĝis iel pli vasta kaj ege silenta.

La tagoj pasis kaj ŝi konstante pensis pri siaj infanoj. Do, kion nun faras miaj kubanoj? - ofte demandis ŝi sin mem. - Ĉu nun ili promenadas en Havano aŭ eble nun ili dormas, ĉar ja, kiam ĉe ni tagas, tie noktas.

Preskaŭ ĉiutage onklino Maria iris en la loĝejon de Irina kaj Petro por akvumi la florojn kaj iom aerumi la ĉambrojn. Dek tagoj ne estas multa tempo, sed onklino Maria komencis sopiri pri la nepoj. Tiel longe ili neniam estis for de ŝi kaj onklino Maria jam ege deziris vidi ilin.

- Restas ankoraŭ tri tagoj - nombris la tagojn onklino Maria.

Tagon, antaŭ ilia alveno, ŝi decidis surprizi ilin. Ŝi iris en la loĝejon kaj bone ordigis ĝin, purigis la ĉambrojn, viŝis la polvon de la mebloj, vicigis la librojn en la libroŝranko de Anton kaj Maria, kiuj ankoraŭ ne havis kutimon remeti sur la bretojn la librojn, kiujn ili legas kaj tial ĉiam sur la tablo, sur la kanapo kaj sur la seĝoj en ilia ĉambro kuŝis libroj.

- Mi devas helpi al Irina - pensis onklino Maria. - Ŝi revenos laca kaj ne povas tuj ordigi la loĝejon.

Finfine alvenis la tago de la reveno. Onklino Maria kuiris bongustan manĝaĵon kaj decidis kun solena tagmanĝo renkonti ilin. Ŝi ne sciis je kioma horo ĝuste ili revenos kaj trankvile ŝi atendis ĝis tagmezo. Tamen pasis dektria, dekkvara, dekkvina horo...

Ekstere malheliĝis, komencis vesperiĝi, sed onklino Maria daŭre sidis sola ĉe la tablo, belege aranĝita por la solena tagmanĝo. Nek por la vespermanĝo, nek dum la nokto ili venis.

- Kio okazis? - febre flustris onklino Maria. - Ĉu la aviadilo falis...

Tutan nokton ŝi ne povis fermi okulojn kaj ne ekdormis. Frumatene ŝi iris al la loĝejo de Irina kaj Petro, pensante, ke eble tre malfrue nokte ili revenis kaj tial ne deziris ŝin ĝeni, sed vane - la loĝejo orfe silentis. Bonege ordigita ĝi atendis ilin same.

Reveninte onklino Maria sentis, ke forta tenajlo jam komencas senkompate premi ŝian koron. Ŝi ankoraŭ ne sciis kio ĝuste okazis kun ŝiaj infanoj, sed jam ŝi antaŭsentis, ke io ne estas en ordo.

Ege lante ŝi paŝis kaj ŝajne hodiaŭ unuan fojon ŝi rimarkis, ke ĉijare la aŭtuno iel pli rapide alvenis. La tilioj, sur la ĉefa strato, jam preskaŭ senfoliis kaj io prema kaj trista estis en iliaj nigraj, nudaj branĉoj, similaj al oldulaj sekaj brakoj, etenditaj peteme kaj senespere al la ĉielo.

Sufera estis ĉi somero. Du monatojn ne pluvis, la tero sekiĝis, fendiĝis kaj eksimilis al vunditaj sangaj lipoj, kiuj dum pluraj tagoj eĉ guton da akvo ne trinkis. Pro la sekeco ĉio velkis kaj la rikolto mizeris.

Onklino Maria lante, pezspirante iris kaj iel mire ŝi konstatis, ke la vivo ĉirkaŭ ŝi fluas monotone kaj enue kiel ĉiam. Antaŭ la ĉefstrataj vendejoj hodiaŭ same videblis longaj kaj senfinaj vicoj. La homoj kutimis vicstari de mateno kaj trankvile atendi dum horoj, sed kion ili atendas, kiam jam delonge la vendejoj tute malplenis. Ekestis malfacilaj, ege malfacilaj tagoj, pensis onklino Maria. Kio do okazis? Jam de jaro malaperis la nutraĵoj, la vestaĵoj, la ceteraj varoj. La vendejoj tiel malpleniĝis, ke ili tute eksimilis al grandegaj haloj, en kiuj jam eblis vetkuradi kun ĉevaloj. Ĉu neniu plu laboras en ĉi tiu lando?

Reveninte hejmen onklino Maria decidis ankaŭ hodiaŭ atendi kaj morgaŭ matene nepre iri en la Turistan Oficejon por demandi ĉu tamen la ekskursantoj el Kubo revenis. Eble ŝi ne bone komprenis kiun tagon ĝuste ili devis reveni.

La tago pasis ege malrapide kaj turmente. Onklino Maria deziris nek manĝi, nek eliri el la loĝejo. Nokte teruran sonĝon ŝi sonĝis. Grandega birdo, simila al aglo, flugis alte en la ĉielo kaj sur ĝiaj vastaj fortegaj flugiloj, onklino Maria vidis Irinan, Petron, Anton kaj Marian. La birdo flugis super la oceano, super altaj furiozaj ondoj kaj portis ien malproksimen, malproksimen la infanojn de onklino Maria. Onklino Maria provis ekkriegi:

- Haltu, haltu, kien vi portas miajn infanojn? - sed ne eblis ekkriegi.

Flue, malrapide la birdo movis siajn vastajn flugilojn

kaj malaperis en plumbkolorajn forajn nubojn. Onklino Maria denove provis ekkrii, sed vane. Ŝia ploro vekis ŝin kaj ŝi eksentis, ke amaraj larmoj ruliĝas sur ŝiajn sulkajn vangojn.

- Ili malaperis, ili malaperis - nevole flustris ŝiaj lipoj kaj tute ŝi ne sciis kion pensi pri la terura kaj koŝmara sonĝo.

Matene apenaŭ ŝi atendis la aperon de la suno. Ŝi prenis iun pli novan robon, vestis sin kaj preparis sin ekiri al la Vojaĝoficejo. Ankoraŭ estis frue, sed ŝi sentis, ke jam tute ŝi ne havas fortojn kaj se ankoraŭ iomete ŝi restus en la malplena, kaj silenta domo, ŝi tuj mortos.

Elirante, en la ŝtuparejo, ŝi rigardis al la poŝtkesto kaj ŝi subite glaciiĝis kvazaŭ serpenton ŝi vidus. En la poŝtkesto estis koverto. Tremmane ŝi malŝlosis la pordeton kaj prenis la koverton. Ŝi ne memoris kiel ŝi malfermis ĝin kaj eklegis, sed antaŭ ŝiaj okuloj komencis aperi ruĝaj, verdaj, flavaj makuloj.

Kelkfoje onklino Maria tralegis la leteron kaj tamen ne povis ekkredi, ke bone ŝi komprenas ĝin. Petro kaj Irina petis pardonon, sed ili decidis ne reveni. Ili restis en Kanado kaj ili provis klarigi, ke nun, dum la krizo, pli bone estus se kelkajn jarojn ili vivus kaj laborus en Kanado. Ŝi ne maltrankviliĝu, ĉar post unu jaro ili invitos ŝin en Kanado.

Onklino Maria sentis, ke ŝiaj piedoj tremas kaj ŝi apogis sin je la muro, por ke ŝi ne falu. En la koverto estis la aviadilbiletoj por la reveno, kiujn ili kvarope jam ne bezonis kaj ili skribis, ke onklino Maria redonu la biletojn en la Vojaĝoficejo kaj reprenu la monon. Do, tiel ili deziris certigi al ŝi iom da mono.

Onklino Maria malrapide revenis al la loĝejo. Ŝi elprenis la aviadilbiletojn el la koverto kaj tre atente metis ilin sur la libroŝrankon.

"Do, karaj miaj. - ekflustris ŝi mallaŭte, karesante la biletojn per sia seka kaj osteca mano por ke ĉio estu certa vi forsendis ilin, kaj tiel la reajn pontojn vi bruligis... Ĉu bone vi pripensis tion...

Longe ŝi senmove staris, pensante pri Petro, Irina, Anton kaj Maria. Eble tamen dum dekkvin jaroj ŝi ne bone ekkonis Irinan, ja Irina ĉiam lamentis, ke iliaj salajroj mizeras, ke ili ne povas vivi ĉi tie, ke neniam ŝi faros memstaran ekspozicion kaj neniam Petro realigos siajn inventojn en la fabriko...

"Ĉu bone vi pripensis tion... - flustris onklino Maria, rigardante senmove al la strato, kie la homoj komencis denove vicstari antaŭ la vendejoj.

Pisanica, la 17-an de aŭgusto 1990.

다리를 불태움

오늘 밤 **마리아** 아주머니는 즐겁고 행복했다. 그녀의 작은 집, 큰 탁자에 그녀의 온 가족, 그녀의 아들 **페테르**, 며느리 **이리나**, 손주 **안톤**과 **마리아**가 앉았다. 특히 이 저녁 식사를 위해 마리아 아주머니는 큰 빵 한 덩어리를 굽고 커틀릿을 만들고 감자 튀김을 만들고 신선한 샐러드를 준비했다. 그녀의 집에 이렇게 큰 기쁨이 있는 것은 오랜만이었고, 그녀의 마음은 음식과 음료로 가득 찬 식탁처럼 참으로 행복으로 가득 차 있었다. 마침내 마리아 아주머니의 큰 꿈이 이루어질 수 있었다. 내일 아침 일찍 그녀의 아들이 아내와 두 자녀인 안톤과 마리아와 함께 쿠바로 여행을 떠날 것이다.

마리아 아주머니는 오랫동안 이 순간을 꿈꿔왔다. 고등학교 프랑스어 교사인 그녀는 해외 여행, 먼 미지의 나라를 방문할 기회가 없었고, 20년 동안 프랑스어를 가르쳤고 여러 번 학생들에게 프랑스와 파리에 대해 알려야 했음에도 프랑스조차 가지 않았다.

그러나 그녀는 아들 페테르가 먼 나라를 여행하고, 자기 대신 그것들을 보고 자신의 가장 소중한 아가씨적 꿈을 이루도록 해 주기를 간절히 원했다. 마리아 아주머니가 페테르에게 언어를 배우고 공부하도록 격려한 것은 우연이 아니었다. 이렇게 함으로써 그녀는 그에게서 여행을 하고 광대한 세계를 알고자 하는 욕구를 일깨워주었다.

마침내 마리아 아주머니가 오랫동안 기다리던 순간이 왔다. 페테르와 이리나는 약간의 돈이 있었고 마리아 아주머니도 약간의 연금으로 그들을 도왔고 내일 아침 일찍 쿠바로 10일간의 여행을 떠난다. 젊은 나이에 그런 기회를 갖게 되리라고는 아무도 예상하지 못했다. 결국 사람들은 평생을 살면서 파리를 본 적이 없다.

"건강을 위하여, 사랑하는 사람, 그리고 즐거운 여행을 위해."
마리아 아주머니가 향기로운 적포도주로 가득 찬 잔을 들어 올리며 말했다.

"건배, 엄마, 그리고 엄마가 안 계셨다면 우리는 쿠바 여행을 가지 못했을 것이기 때문에 도움을 주셔서 대단히 감사합니다."
페테르가 행복하게 말했다.

그리고 그의 눈은 두 개의 밝은 올리브처럼 행복하게 빛났다.

"엄마, 건강을 위해. 정말 감사합니다." 이리나는 달콤함을 더했고, 언제나 따뜻함과 애정을 발산하는 그녀의 미소는 마리아 아주머니에게 다시 한 번 깊은 감동을 주었다.

부드러운 금발, 두 개의 작은 산 호수 같은 파란 눈의 이리나는 키가 작고 부드러우며 도자기 꽃병처럼 어쩐지 연약했다. 마리아 아주머니는 그녀를 자신의 딸처럼 사랑했고 항상 그녀를 도울 준비가 되어 있었다. 마리아 아주머니는 이리나가 화가라는 사실을 몰래 매우 자랑스러워해서 이리나가 무거운 집안일 하는 것을 허락하지 않았다.

"나에게 맡겨라," 마리아 아주머니가 자주 말했다.

"너는 그림을 그려야 해. 집안일은 너의 재능을 낭비할 거야."
15년 전 페테르가 처음으로 마리아 아주머니에게 미술 대학에서 공부하는 젊은 여성을 사랑하고 그녀와 결혼하고 싶다고 말했을 때 마리아 아주머니는 별로 기뻐하지 않았다. 그녀는 항상 화가들이 모든 사람들이 이해하지 못하는 다소 이상한 사람들이고 적합한 직업을 찾기가 어렵다고 생각했다.

그러나 마리아 아주머니는 페테르에게 아무 말도 하지 않았고, 외아들을 너무 사랑해서, 표정이나 몸짓으로도 자신의 부정적인 의견을 표명하지 않았다.

그런 다음 그녀는 조용히 동의했고 이리나가 집에 들어갔을 때 마리아 아주머니는 페테르가 틀리지 않았다는 것을 깨달았다.

이리나는 유쾌하고 사랑스러웠고 마리아 아주머니는 자기 인생에서 더 큰 선물을 바랄 수 없다고 생각했다. 1년 후 이리나의 아버지 이름을 따서 명명된 첫 손자 안톤이 태어났고, 2년 후에는 마리아 아주머니 이름을 따서 지은 마리아가 태어났다. 이렇게 마리아 아주머니의 작은 집은 가득 찼다. 아이들이 빨리 자라서 마리아 아주머니는 페테르가 기계공학대학 마지막 학년 때 갑자기 세상을 떠난 남편의 고통을 더 쉽게 이겨낼 수 있었다.

어쩐지 눈에 띄지 않게 근심, 기쁨, 고통 속에서 세월이 흘렀다. 페테르와 이리나는 새롭고 넓은 아파트를 샀고 안톤과 마리아는 자라서 이미 초등 학교에 다녔다. 안톤은 8학년에, 마리아는 6학년에 다녔다. 페테르는 텔레비전 공장의 기술자였으며 이리나는 아동교육 대학에서 그림을 가르쳤다. 이따금 마리아 아주머니는 둘 다 자신의 직업에 만족하지 못한다고 느꼈다. 수년 동안 페테르는 그의 중요한 발명품 중 하나를 텔레비전 세트에 도입하는 것이 금지되었다. 상사들은 그의 기술력을 부러워했고 젊은 기술자인 그가 빨리 자리를 차지할까 두려워했다.

이리나는 열심히 일하고 그림을 그렸지만 후원자가 없었기 때문에 그녀의 그림이 연례 전국 전시회에 출품되는 경우는 거의 없었으며 독립 전시회는 꿈도 꾸지 못했다. 이러한 문제는 자연스럽게 그들의 삶을 뒤흔들었지만, 어머니로서 마리아 아주머니는 항상 그들을 진정시킬 기회를 찾았다.

"얘들아, 그것에 대해 생각하지 마라." 그녀는 자주 말했다.

"삶은 항상 어렵단다. 건강하고, 아름다운 두 아이가 있다는 것에, 젊고, 일하고, 편리한 집이 있다는 것에 행복해야 해. 그리고 다른 모든 것이 조금씩 올 거야."

그녀는 이 말이 진정으로 마음을 진정시켰는지 몰랐지만 아들 가정에 화목이 있다는 사실에 행복했다. 하지만 어떻게든 그들을 기쁘게 해주고 싶어서 쿠바 여행을 알게 되자 곧바로 다음과 같이 제안했다.

"기회를 이용하여 이 나라를 방문해라."

"환상적이네요." 페테르는 미소를 지었다. "누가 그런 여행을 하기 위해 그렇게 많은 돈을 가지고 있습니까?"

"적어도 너희 많은 사람들이 그래." 마리아 아주머니가 반박했다. "그리고 이제 너는 가야만 해. 아마 또 다른 유사한 기회가 없을 것이기 때문에."

"아닙니다. 저는 아이들을 여기에 혼자 둘 수 없습니다." 이리나가 말했다.

"그럼 아이들과 함께 여행을 하고 싶다면 나도 조금 도와줄테니 같이 여행을 가거라. 안톤과 마리아는 가야 해. 내가 갈 기회가 없었다면, 너와 아이들은 가야 해! 그들은 다른 나라, 다른 사람들, 다른 관습을 보아야 해. 그들은 지금 성장하고 있으며 그것이 필요해."

결국 이리나와 페테르는 돈을 절약할 가치가 없으며 쿠바를 보는 것이 더 유용하다고 결정했다. 준비는 열정적이었다. 여권, 비행기표, 그리고 그게 전부다. 내일 아침 비행기가 그들을 멀리 데려갈 것이다.

그러나 가장 즐겁고 행복한 사람은 마리아 아주머니였다.

"그리고 안톤, 나에게 **하바나**에서 가장 아름다운 그림 카드 보내는 것을 잊지 마라. 내가 여러 도시에서 엽서를 수집한다는 것을 알고 있겠지만, 나는 하바나만 가지고 있지 않아."

"할머니, 특히 가장 아름다운 그림 카드를 선택할게요." 안톤은 행복하게 약속했다.

"그리고 너, 마리아야, 나에게 작은 산호를 가져와."

"물론, 사랑하는 할머니, 아름다운 검은 산호를 가져 올게요."

*

그들은 멀리 날아갔고 마리아 아주머니는 그녀의 작은 아파트가 갑자기 더 넓고 더욱 조용해진 것을 조금 두렵게 알아차렸다. 며칠이 지나고 그녀는 끊임없이 아이들을 생각했다. 그렇다면 내 쿠바인들은 지금 무엇을 하고 있을까? 그녀는 자주 궁금했다. 그들은 지금 하바나를 산책할까 아니면 지금 자고 있을까? 정말 여기가 낮이면 그곳은 밤이기에.

거의 매일 마리아 아주머니는 이리나와 페테르의 아파트에 가서 꽃에 물을 주고 방에 약간의 환기를 시켰다. 10일은 긴 시간이 아니지만 마리아 아주머니는 손주들이 그리워지기 시작했다. 오랫동안 그들은 그녀와 떨어져 있지 않았으며 마리아 아주머니는 이미 그들을 매우 보고 싶어했다.

"아직 3일 남았구나." 마리아 아주머니가 날짜를 세었다.

그들이 도착하기 하루 전에 그녀는 그들을 놀라게 하기로 마음먹었다. 그녀는 아파트에 들어가 방을 정리하고, 청소하고, 가구의 먼지를 닦고, 읽고 있던 책을 다시 책장에 다시 놓는 습관이 아직 없어서 책상 위, 소파 위, 그리고 방의 의자 위에는 항상 책이 놓여 있었는데 안톤과 마리아의 책장에 책을 꽂아두었다.

"나는 이리나를 도와야해." 마리아 아주머니는 생각했다. "그녀는 피곤해서 돌아올 것이고 아파트를 바로 정리할 수 없어."

드디어 귀국하는 날이 왔다. 마리아 아주머니는 맛있는 음식을 요리하고 점심을 잘 차려서 그들을 맞이하려 했다. 그녀는 그들이 언제 돌아올지 정확히 알지 못해 조용히 정오까지 기다렸다. 그러나 1시, 2시, 3시가 지나고... 밖이 어두워지고 저녁이 되기 시작했지만 마리아 아주머니는 점심을 잘 차리려고 아름답게 꾸민 식탁에 계속 혼자 앉아 있었다. 저녁을 먹기 위해서도 아니고 밤에도 그들은 오지 않았다.

"무슨 일이지?" 마리아 아주머니가 열이나서 속삭였다. "비행기가 추락했나?"

밤새 그녀는 눈을 감을 수 없었고 잠들지 못했다. 이른 아침에 그녀는 이리나와 페테르의 아파트에 갔고 아마도 밤에 매우 늦게 돌아와서 그녀를 방해하고 싶지 않았다고 생각했지만 헛된 것이었다. 아파트는 고아처럼 조용했다. 아주 잘 정리된 채 똑같이 그들을 기다렸다. 돌아와서 마리아 아주머니는 이미 그녀의 심장을 무자비하게 쥐어 짜기 시작한 강한 압박을 느꼈다. 그녀는 여전히 아이들에게 정확히 무슨 일이 일어났는지 알지 못했지만, 이미 그녀는 뭔가 잘못되었다는 예감이 있었다.

그녀는 매우 느리게 걸음을 내디뎠다. 그리고 오늘 처음으로 분명하게 올해 가을이 어쩐지 더 빨리 다가왔다는 것을 깨달았다. 큰 길가의 보리수나무는 거의 잎사귀가 떨어졌고, 늙은이의 마른 팔처럼 검고 헐벗은 가지에는 가련하고 슬픈 무언가가 간절하고 절망적으로 하늘을 향해 뻗어 있었다.

이번 여름은 괴로웠다. 두 달 동안 비가 내리지 않았고, 땅은 바짝 말랐고, 갈라지고, 며칠 동안 물 한 방울도 마시지 않은 상처 입은 피 묻은 입술 같았다. 가뭄으로 모든 것이 시들고 수확이 어려웠다.

마리아 아주머니는 가쁜 숨을 몰아쉬며 천천히 걸었고, 놀랍게도 그녀는 주변의 삶이 언제나처럼 단조롭고 지루하게 흘러가고 있음을 깨달았다. 오늘의 중심가 매장 앞도 끝없이 길게 늘어선 줄을 볼 수 있었다. 사람들은 아침부터 줄을 서서 조용히 몇 시간을 기다리곤 했지만, 오랜 시간 텅텅 비어 있는 상점들에 그들이 기다리는 것은 무엇일까. 힘들고 극도로 어려운 날들이 있었다고 마리아 아주머니는 생각했다. 무슨 일이 있었나? 음식, 옷, 나머지 상품들은 벌써 1년전부터 사라졌다. 상점은 너무 비어있어 이미 말과 함께 경주 할 수있는 거대한 홀과 완전히 닮았다. 이 나라에서 누가 더 일하는가?

집에 돌아온 마리아 아주머니는 오늘은 기다리고 내일 아침에 관광 안내소에 가서 쿠바에서 관광객들이 돌아왔는지 물어보기로 했다. 아마도 그녀는 그들이 언제 돌아와야 하는지 정확히 이해하지 못했을 것이다.

하루는 아주 천천히 그리고 고통스럽게 지나갔다. 마리아 아주머니는 먹거나 집을 떠나고 싶지 않았다. 밤에 그녀는 끔찍한 꿈을 꾸었다. 독수리와 비슷한 거대한 새가 하늘 높이 날아올랐고 넓고 매우 강한 날개 위에 이리나, 페테르, 안톤 및 마리아가 있는 것을 마리아 아주머니는 보았다. 그 새는 거센 파도 위로 바다 위를 날아가 마리아 아주머니의 아이들을 아주 먼 곳으로 데려갔다. 마리아 아주머니는 소리 지르려고했다.

"멈춰, 그만, 내 아이들을 어디로 데려가는거야?" 하지만 소리를 지르는 것은 불가능했다.

물흐르듯, 천천히 새는 거대한 날개를 움직여 납색의 먼 구름 속으로 사라졌다. 마리아 아주머니는 다시 비명을 지르려 했지만 소용없었다. 그녀의 울음이 그녀를 깨웠고 쓰라린 눈물이 주름진 볼을 타고 흘러내리는 것을 느꼈다.

"그들이 사라졌어, 그들이 사라져." 그녀의 입술은 무의식적으로 속삭였고 그녀는 끔찍하고 악몽 같은 꿈에 대해 어떻게 생각해야 할지 몰랐다.

아침에 그녀는 해가 뜨기를 거의 기다리지 않았다. 그녀는 더 새 옷을 찾아 갈아입고 관광 안내소에 갈 준비를 했다. 아직 이른 시간이었지만 힘이 하나도 없어 텅 빈 고요한 집에 조금만 더 있으면 바로 죽을 것 같았다.

나가는 길에 계단참에서 우체통을 보다가 갑자기 뱀을 본 것처럼 얼어붙었다. 우편함에 봉투가 있었다. 떨면서 그녀는 우편함의 작은 문을 열고 봉투를 가져갔다. 그녀는 그것을 어떻게 열어 읽기 시작했는지 기억이 나지 않지만 눈앞에 빨간색, 녹색, 노란색 반점이 나타나기 시작했다.

때때로 마리아 아주머니는 편지를 읽었지만 여전히 그것을 잘 이해했다는 것이 믿기지 않았다. 페테르와 이리나는 사과했지만 그들은 돌아 오지 않기로 결정했다. 그들은 캐나다에 머물렀고 지금 위험한 시기 동안 캐나다에서 몇 년 동안 살면서 일하면 더 좋을 것이라고 설명하려고했다. 1년 안에 캐나다로 그녀를 초대할 것이기 때문에 그녀는 걱정할 필요가 없다.

마리아 아주머니는 발이 덜덜 떨리는 것을 느끼며 넘어지지 않도록 벽에 기대었다. 봉투에는 그들 4명에게 더 이상 필요하지 않은 귀국행 비행기표가 들어 있었는데 마리아 아주머니가 여행사에 표를 반납하고 돈을 돌려받으라고 적었다. 그래서 그들은 그녀가 약간의 돈을 확보하기를 원했다.

마리아 아주머니는 천천히 집으로 돌아왔다. 그녀는 봉투에서 비행기표를 꺼내 아주 조심스럽게 책장에 놓았다.

"그래서, 애들아." 그녀는 건조하고 앙상한 손으로 비행기표를 어루만지면서 부드럽게 속삭이기 시작했다.

"모든 것을 확실하게 하기 위해 너는 그들을 멀리 보냈고, 그래서 너는 진짜 다리를 불태웠어... 너는 그것을 잘 생각 했니?"

오랫동안 그녀는 페테르,이리나, 안톤 및 마리아에 대해 생각하면서 가만히 서있었다. 그러나 아마도 그녀는 15년 동안 이리나를 잘 알지 못했을 것이다. 결국, 이리나는 항상 그들의 임금이 비참하고 그들이 여기서 살 수 없으며 그녀는 결코 독립 전시회를 가질 수 없으며 페테르가 공장에서 그의 발명품을 결코 실현할 수 없을 것이라고 항상 한탄했다.

"너는 그것을 잘 생각 했니?" 사람들이 가게 앞에 다시 줄을 서기 시작한 거리를 꼼짝도 하지 않은 채 마리아 아주머니가 속삭였다.

LA SURPRIZO

Iel nekredeble facile la aviadilo ekflugis. Sube domoj, aŭtoj, arboj iom post iom iĝis pli etaj kiel belaj infanludiloj.

Mila, sidanta ĉe la luko, ankoraŭ ne povis kredi, ke ŝi jam flugas, ke dum kvar horoj la aviadilo transflugos ŝtatojn, limojn kaj surteriĝos sur la flughavenon de Sankta Siro. Tri monatojn Mila atendis ĉi momenton. Plurajn noktojn sendorme ŝi moviĝis en la vasta familia lito, kie la littukoj varmis kaj malmolis kiel glataj ladfolioj.

Ŝi karestuŝis sian ventron kaj nevole flustris: "Trankvile." Ĉu tuj, sur la flughaveno, ŝi diru al Karlo la surprizon, ke ŝi gravedas kaj Karlo iĝis patro, aŭ ŝi diru al li en la hotelo? Ŝi jam imagis lian grandan ĝojon. Liaj veluraj okuloj tuj ekbrilos kaj li brakumos ŝin tenere, kiel nur li sola spertas fari tion.

Mila rememoris la pasintsomeron, kiam ŝi kaj Karlo konatiĝis. Tiam, en la ripozdomo de la ĵurnalistoj, malmultis la gejunuloj kaj iel nature Karlo alparolis ŝin. Jam nebulis iliaj tiamaj konversacioj kaj paroloj, sed strange klaris la aŭgusta nokto, kiam Karlo eniris ŝian ĉambron. En la silento kaj mallumo lia voĉo sonis kiel fora pluvsusuro. Ŝi bone sciis kio sekvas, sed neatendite, stulte ŝi demandis:

- Kion vi deziras?

- Ŝteli unu stelon - kaj li premis ŝin en siaj varmaj brakoj.

- Vi, ŝtelisto... - eligis tiam Mila, spirante malfacile.

- Ne ŝtelisto, sed stelisto, posedanto de la plej alloga stelo.

De tiu ĉi aŭgusta nokto la tagoj kvazaŭ ekkuris aŭ ŝajne kunfandiĝis en unu solan longan tagon. Tri monatojn, post la geedziĝo, oni oficigis Karlon televidĵurnalisto en la ĉefurbo de Lirio. Por Mila ege malfacilis sola tri monatojn kaj ŝi sentis, ke sen Karlo ŝi ne povus plu ekzisti. Ŝi nepre devis ĉiam esti apud li, observi lin, aŭskulti lian ritman kaj profundan spiron, kiam li profunde dormas kaj ridetas en la sonĝo kiel eta kaj senzorga knabo.

Fin-fine la dokumentoj pretis, ĉiuj malfacilaĵoj estis jam solvitaj kaj post tri monata nevola disiĝo, Mila ekflugis al Sankta Siro. Subite siajn pensojn ĉesigis mola ina voĉo:

- Karaj pasaĝeroj, post dek minutoj la aviadilo surteriĝos sur la flughavenon de Sankta Siro. La temperaturo tie estas dudek du gradoj...

Mila ektremis. Sankta Siro! Fin-finel Verŝajne Karlo jam delonge ŝin atendas. Ĉu ŝi tuj diru al li la surprizon? Ne, pli bone en la hotelo. Tie, en la hotela ĉambro ili solos kaj ŝi senĝene povus ĝui la grandan ĝojon en liaj veluraj okuloj. Eble en la unua momento pro mirego li eĉ vorton ne eligos, sed poste li tuj tiros ĝin al la restoracio, mendos ĉampanan vinon kaj ili trinkos je la sano de la venonta infano.

Mila tuŝis sian ventron kaj apenaŭ karesis ĝin. Nun tie ĝi trankvile dormas kaj eĉ ne supozas pri la ĝojo de siaj gepatroj. La aviadilo rapide proksimiĝis al la tero. La grandega metala korpo kun la vastaj flugiloj tranĉis la nubojn kaj jam pli klare videblis kampoj, arbaroj, vojoj, domoj... Post kelkaj minutoj ili estos sur la flughaveno, sed ĝuste nun okazu nenio. Ofte Mila aŭdis , ke la plimulto de la aviadilkatastrofoj okazas dum la surteriĝo. Ŝi eĉ iom ektremis kaj paliĝis. La aviadilo jam flugis kelkajn metrojn super la tero. Ankoraŭ iomete. La radoj tuŝis la dromon kaj flue kiel mevo, kiu kuŝiĝas sur la ondojn, la aviadilo glitis sur la dromon.

- Karaj pasaĝeroj, - denove aŭdiĝis la konata ina voĉo - ni jam estas sur la flughaveno de Sankta Siro. Bonvolu resti sur viaj sidlokoj ĝis la halto de la aviadilo. Danknon.

La homoj en la flughavena atendejo tumultis, tamen Mila tuj rimarkis la altan figuron de Karlo, kiu alkuris al ŝi kun grandega rozbukedo. Li radiis kaj ŝi neniam vidis lin tiel ĝoja. En la unua momento Mila tuj deziris diri al li la surprizon, sed ŝi sukcesis tragluti la vortojn, ripetante al si mem: "Ne nun, ne nun, en la hotelo..."

En la taksio ili ambaŭ silentis kunpreminte forte manojn. Larĝokule Mila observis la stratojn, la homojn, la brilajn vitrinojn de Sankta Siro. Vesperiĝis. La urbo strange violkoloris. Unu post alia eklumis la neonreklamoj. Al Mila ŝajnis, ke ŝi veturas en mirakla fantazia metropolo. Ŝi eĉ ne sonĝis, ke Sankta Siro tiel logas.

La vasta hotela apartamento atendis ilin. Jam ĉe la pordo Karlo longe kaj soife kisis ŝin. En liaj varmaj brakoj Mila similis al pasero ĝojtremanta. Ŝi preskaŭ malfermis la buŝon por fin-fine diri la surprizon por ŝi transflugis ŝtatojn kaj limojn, kiam subite la pordo malfermiĝis kaj la ĉambron eniris junulino portanta grandan pleton.

Mila ne certis ĉu la juna servistino ekfrapetis je la pordo, sed ŝajne tre trankvile ŝi eniris. Tamen kiam ŝi rimarkis Milan en la ĉirkaŭbrakoj de Karlo, ŝi subite haltis, ŝia rideto malaperis kaj Mila bone rimarkis embarason aŭ ofendon en ŝiaj helaj bluokuloj.

- Mi alportis vian vespermanĝon, sinjoro Rivera - ekparolis la junulino kaj provis kaŝi sian surprizon, sed ne sukcese.

- Dankon... Hodiaŭ venis mia edzino kaj ni vespermanĝos sube, en la restoracio - diris Karlo iom seke.

- Mi pardonpetas, sinjoro Rivera - afable ekridetis la junulino kaj kun la granda pleto turnis sin al la pordo.

Antaŭ ŝia foriro Mila bone vidis, ke sur la pleto estas du porcioj, du kompleta manĝilaro, du glasoj, botelo da vino...

- Eble ĉiuvespere vi kutimas kune vespermanĝi - rimarkis Mila post la eliro de la junulino.

- Kara, kion vi parolas? - provis ekrideti Karlo, sed ia konfuzo, ankoraŭ gvatis de liaj okuloj.

- Pardonu, ke mi malhelpis vian hodiaŭan vespermanĝon...

Karlo ne respondis.

- Ŝi junas, belas... certe tre agrablas kun ŝi vespermanĝi - ekflustris ironie Mila al si mem.

Karlo senmovis, simila al paliso, forte enigita en la centro de la ĉambro. Li nur elprenis el la poŝo de la jako cigaredpaketon kaj iel ege lante bruligis cigaredon kaj ekfumis.

Subite Mila rememoris, ke nun por ŝi la fumo malutilas, tamen ŝi nenion diris. Ŝi ekpaŝis al la plej proksima fotelo kaj sidiĝis. De ekstere alflugis la obtuza trafikbruo de la nekonata, fremda urbo.

Pisanica, la 21-an aŭgusto 1990.

놀람

여하튼 믿을 수 없을 정도로 쉽게 비행기가 이륙했다. 그 아래에
는 집, 자동차, 나무가 아이들의 아름다운 장난감처럼 점차 작아
졌다.

창가 옆에 앉아 있던 **밀라**는 여전히 자신이 이미 날고 있다는 사
실, 비행기가 4시간 동안 주와 국경을 넘어 **산 시로** 공항에 착륙
할 것이라는 사실을 믿을 수 없었다. 밀라는 이 순간을 위해 3개
월을 기다렸다. 여러 번 잠 못 이루는 밤 동안 그녀는 부드러운
은박지처럼 따뜻하고 딱딱한 넓은 가족용 침대에서 몸을 뒤척였
다. 그녀는 배를 쓰다듬으며 무의식적으로 "진정해"라고 속삭였
다. 그녀는 즉시 공항에서 **카를로스**에게 자신이 임신했고 카를로
스가 아버지가 되었다는 놀라움을 말해야 할까, 아니면 호텔에서
그에게 말해야 할까? 그녀는 이미 그의 큰 기쁨을 상상할 수 있
었다. 그의 융단 같은 눈은 즉시 빛을 발하고 그만이 할 줄 아는
것처럼 그녀를 부드럽게 안아줄 것이다.

밀라는 지난 여름 카를로스를 만났을 때를 기억했다.

그때 기자들의 휴게소에는 젊은이들이 별로 없었고 카를로스가
뭔가 자연스럽게 그녀에게 말을 건넸다. 그 당시 그들의 대화와
말은 이미 흐릿했지만 카를로스가 그녀의 방에 들어선 8월 밤은
이상하게도 선명했다. 고요함과 어둠 속에서 그의 목소리는 멀리
서 바스락거리는 빗소리처럼 들렸다. 그녀는 다음에 무엇이 올지
잘 알고 있었지만 자기도 모르게 어리석게도 이렇게 물었다.

"뭘 원해?"

"별 하나를 훔치기" 그리고 그는 그녀를 따뜻한 팔로 세게 안

왔다.

"당신, 도둑." 밀라가 가쁜 숨을 몰아쉬며 말했다.

"도둑이 아니라, 가장 매력적인 별의 소유자, 별 주인."

이 8월 밤부터 하루가 달려가는 듯 하거나 하나의 긴 하루로 합쳐지는 것 같았다. 결혼 3개월 후 카를로스는 수도 **리리아**에서 텔레비전 기자로 고용되었다. 밀라는 석 달 동안 혼자 있는 것이 매우 어려웠고 카를로스 없이는 더 이상 존재할 수 없다고 느꼈다. 그가 푹 자면서 꿈속에서 씩씩하고 태평한 소년처럼 웃을 때 그녀는 항상 그의 옆에 있고, 그를 살피고, 리드미컬하고 깊은 호흡에 귀를 기울여야만 했다.

마침내 문서가 준비되었고 모든 어려움은 이미 해결되었으며 3개월의 비자발적 이별 후 밀라는 산 시로 떠났다. 갑자기 부드러운 여성 목소리가 그녀의 생각을 중단했다.

"승객 여러분, 10분 후에 비행기가 산 시로 공항에 착륙합니다. 기온은 22도..."

밀라는 몸을 떨었다. 산 시로! 마침내 카를로스는 아마도 오랫동안 그녀를 기다리고 있었을 것이다. 그녀는 그에게 즉시 놀라움을 말해야 할까? 아니다, 호텔이 더 좋다. 그곳 호텔방에서 그들은 혼자였고 그녀는 그의 융단 같은 눈에서 큰 기쁨을 조용히 즐길 수 있다. 아마 처음에는 놀라서 아무 말도 하지 않겠지만, 곧 식당으로 데려 가서 샴페인 와인을 주문하고 다음에 아이의 건강을 위해 마실 것이다.

밀라는 배를 만지고 간신히 어루만졌다. 이제 그곳에서 평화롭게 잠을 자는 아이는 부모의 기쁨을 생각조차 하지 않는다. 비행기는 빠르게 지상에 접근하고 있었다. 넓은 날개가 달린 거대한 금속 몸체가 구름을 뚫자 이미 들판, 숲, 도로, 집이 더 선명하게 보인다. 몇 분 안에 공항에 도착할 것이다. 그러나 지금은 아무 일도 일어나지 않았다. 밀라는 비행기 추락의 대부분이 착륙 중에 발생한다는 말을 자주 들었다. 그녀는 조금 몸을 떨며 창백해지기까지 했다. 비행기는 이미 지상에서 몇 미터를 날고 있었다. 좀더. 바퀴가 활주로에 닿았다. 그리고 파도 위에 눕는 갈매기처럼 매끄럽게 비행기는 활주로 위로 미끄러졌다.

"친애하는 승객 여러분," 다시 낯익은 여성의 목소리가 들렸다. "우리는 이미 산 시로 공항에 도착했습니다. 비행기가 멈출 때까지 자리에 앉아 계십시오. 감사합니다."

공항 대기실에 있던 사람들은 난리를 피웠지만 밀라는 커다란 장미 꽃다발을 들고 그녀에게 달려온 키 큰 카를로스의 모습을 즉시 알아차렸다. 그는 빛나고 있었고 그녀는 그가 그렇게 행복한 것을 본 적이 없었다. 처음에 밀라는 그에게 놀라움을 전하고 싶었지만 그 말을 삼키고 스스로에게 되뇌었다. "지금은 아니야, 지금은 아니야, 호텔에서..."

택시 안에서 두 사람은 손을 꼭 맞잡은 채 침묵했다. 큰 눈을 가진 밀라는 거리, 사람들, 산 시로의 반짝이는 진열창을 바라보았다. 저녁이었다. 도시가 이상한 보라색으로 변했다. 하나 둘 네온 사인이 켜졌다. 밀라는 자신이 기적의 판타지 대도시에서 운전하는 것처럼 보였다. 그녀는 산 시로가 그렇게 매력적일 줄은 꿈에도 몰랐다.

넓찍한 호텔 아파트가 그들을 기다리고 있었다. 이미 문 앞에서 카를로스는 그녀에게 길고 목말라하듯 키스했다. 그의 따뜻한 팔 안에서 밀라는 기쁨으로 떨고 있는 참새와 같았다. 그녀는 주와 국경을 넘나들며 마침내 그녀를 위한 놀라움을 말하려고 입을 열 뻔했는데, 갑자기 문이 열리고 젊은 여성이 큰 쟁반을 들고 방으로 들어왔다.

밀라는 젊은 여직원이 문을 두드렸는지 확신할 수 없었지만 분명히 그녀는 매우 조용히 들어왔다. 그러나 카를로스의 팔에 안긴 밀라를 보고 그녀는 갑자기 걸음을 멈추고 미소는 사라졌고, 밀라는 그녀의 밝은 파란 눈에서 당혹감이나 불쾌감을 잘 알 수 있었다.

"저녁 식사를 가져왔습니다, **리베라** 씨." 젊은 여성이 말을 시작하면서 놀라움을 감추려 했지만 잘 되지 않았다.

"감사합니다. 오늘 제 아내가 와서 아래층 식당에서 저녁을 먹습니다." 카를로스가 약간 건조한 목소리로 말했다.

"죄송합니다, 리베라 씨." 그 젊은 여성은 상냥한 미소를 지으며 큰 쟁반을 들고 문 쪽으로 몸을 돌렸다.

그녀가 떠나기 전에 밀라는 쟁반에 이인 분, 완전한 수저 두 개, 잔 두 개, 와인 한 병이 있는 것을 잘 보았다.

"아마도 매일 저녁 함께 저녁을 먹는 데 익숙하네요." 밀라는 아가씨가 나간 후 알아차렸다.

"여보, 무슨 소리야?" 카를로스는 웃으려 했지만 그의 눈에는 여전히 약간의 혼란이 도사리고 있었다.

"오늘 저녁 식사를 방해해서 미안하네요."

카를로스는 대답하지 않았다.

"그녀는 젊고 아름다워요. 그녀와 함께 저녁 식사를 하는 것이 확실히 아주 좋지요."

밀라는 비꼬듯 혼잣말했다.

카를로스는 말뚝처럼 방 중앙에 단단히 꼼짝않고 서 있었다. 그는 점퍼 주머니에서 담배 한 개를 꺼내 어떻게든 아주 천천히 담배에 불을 붙이고 담배를 피우기 시작했다.

갑자기 밀라는 이제 연기가 자신에게 해롭다는 것을 기억했지만 아무 말도 하지 않았다. 그녀는 가장 가까운 안락의자에 다가가 앉았다. 밖에서 낯선 이국 도시의 둔탁한 교통 소음이 들려왔다.

LA PORDOJ

Aleksandro Marini jam ne bone memoris kiu estis la unua pordo, kiun li malfermis en sia vivo, tamen neniam li forgesos la tagon, kiam li malfermis la pordon en la korto de la gepatra domo.

Tiam Aleksandro estis kvin-kvarjara knabo kaj de mateno ĝis vespero li ludis en la korto, kie kreskis juglandarboj, ĉerizarboj, multaj floroj. La korton ĉirkaŭis ŝtonbarilo kaj la eta Aleksandro neniam sin demandis kio estas trans la barilo. Tamen foje, tute neatendite, li ekstaris antaŭ la granda fera pordo de la korto. Ĝi pezis, altis kaj estis ornamita kun figuroj, iom strangaj kaj ne tute kompreneblaj, iuj el ili similis al etaj sunoj, aliaj al duonlunoj, triaj al steloj kaj inter ili zigzagis vitoj kun vitfolioj.

La eta Aleksandro longe gapis la pezan kaj masivan pordon. Kio estas de alia ĝia flanko kaj kio tamen ĝi montras aŭ kaŝas, demandis febre sin la knabeto. Ĉu la pordo gardas la korton de nekonataj kaj malbonaj homoj aŭ ĉu ĝi kaŝas la straton kaj ĉion tie de li, de Aleksandro. De sekundo al sekundo lia scivolemo kreskis kaj li ne kapablis plu paŝi malantaŭen. Kiel nano li staris antaŭ la alta pordo kaj lin bruligis la deziro proksimigi kaj malfermi ĝin. Certe tio ege malfacilus, sed li faris la decidan pašon kaj ekstaris fingropinte por ke povu tuŝi pezan malvarman klinkon. La klinko altis, tamen li ne devis perdi la esperon. Ankoraŭ iomete li etendis sin. Vane. Necesis salti por povi vere, forte kapti ĝin. Li eksaltis, kaptis la klinkon dumane, ekpendis en la aero kaj la miraklo okazis. Aŭdiĝis subita peza krako. La klinko kliniĝis, Aleksandro falis sur la teron, sed gravis, ke la granda kaj masiva pordo malfermiĝis. Li ekkriis pro feliĉo, streĉis siajn fortojn, por ke povu iom pli larĝigi la hiaton inter la pordo kaj la muro. Post iom da peno, la pordo ekgrincis kolere, kvazaŭ aĝulo ekgrumblus, sed la hiato jam sufiĉis kaj Aleksandro faris la lastan kaj decidan pašon al la strato. Tiam li eĉ ne supozis, ke tio estis la unua pordo, kiun li malfermis tute sola, sen alies helpo.

Post tiu ĉi granda evento li havis seriozan paroladon kun sia patrino. Pli ĝuste ŝi parolis - li silentis. La patrino longe penis por klarigi, ke danĝere estas malfermi la ĝardenan pordon kaj eliri sur la straton, ĉar tie multas aŭtoj, hundoj kaj malbonaj uloj, kiuj povas ŝteli Aleksandron kaj plu neniam li vidos ŝin, nek ilian grandan belan domon, kiun gardas la barilo.

Pasis jaroj post la unua sukcesa pordmalfermo. Aleksandro malfermis multajn pordojn, kiujn longe li memoris; kiel la blankan pordon en la bazlernejo, ĉe kiu foje li silente staris penante percepti kion faras liaj samklasanoj en la klasĉambro, ĉar tiun tagon iom li malfruis. Verŝajne tie la instruisto rakontis ion interesan, ĉar la klasĉambro dronis en silento. La scivolo venkis Aleksandron, li forgesis sian timon kaj tre, tre atente li malfermis la blankan kaj malpezan pordon, kiu ŝajne amike tramurmuris ion kaj li eniris la klasĉambron, kie la instruisto rakontis pri la nekonata lingvo Esperanto.

La alia pordo, kiun li neniam povis forgesi, estis bruna kaj masiva kun bronza ŝildeto: "Familio Kitini". Tie, en la domo, loĝis la knabino, kiun li ekamis.

Vespere post kinejo aŭ promeno li akompanis Linan ĝis tiu ĉi masiva kverka pordo, antaŭ kiu, en la malluma ŝtuparejo, li rapide kaŝe kisis ŝin. Poste lante kaj senbrue la pordo malfermiĝis kaj Lina dronis en la domo.

Tamen tutan longan jaron por li ĉi peza kverka pordo restis fermita kaj Aleksandro perdis la esperon, ke iam li sukcesos ĝin malfermi. En iu pluva dimanĉa antaŭtagmezo la telefono en lia domo iel ĝoje eksonoris. Estis Lina.

- Saluton - aŭdiĝis ŝia mola voĉo. - Miaj gepatroj ekveturis al nia vilao en Ĉelmar. Vi povas veni...

Tiel la masiva pordo kun la bronza ŝildeto "Familio Kitini" larĝe malfermiĝis kaj Lina varme lin brakumis.

La jaroj pasis. La pordoj plimultiĝis kaj eble inter ili

plej elstaris la grandega alta pordo de la Universitato kaj la tegita pordo en la Ministerio pri Kulturo. La pordo en la ministerio estis tute ordinara, sed dika tegolruĝa ledo je belaj rombfiguroj tegis ĝin. Tiel ĝi molis kaj oni povis uzi ĝin eĉ kiel liton. Verŝajne en la kabineto de la ministro oni decidis la plej gravajn mondproblemojn kaj tial de ekstere neniu devis eĉ vorton aŭdi de la konversacioj tie.

Kelkajn tagojn Aleksandro atendis vane antaŭ ĉi tegita dika pordo, kiu fin-fine same malfermiĝis kaj li iĝis oficisto en la ministerio.

Neniam eblis tamen forgesi la specifajn melodiojn de la pordoj, kiujn Aleksandro malfermis dum sia vivo. Iuj suspiris mole kaj rezigne, aliaj ridis ĝoje kaj arĝente, triaj grincis kolere kaj minace, iuj, klakis kiel akraj dentoj de rabaj bestoj, aliaj tondre brufermiĝis kiel dum tempesto.

En la oreloj de Aleksandro longe tondros la brufermiĝo de iu ordinara lingva pordo. Estis ses monatoj post lia edziĝo. Foje li kun la edzino vespermanĝis senvorte. Preskaŭ kiel ĉiam ankaŭ ĉivespere la edzino ne havis bonhumoron kaj por rompi la silenton, Aleksandro kare ŝin demandis.

- Hodiaŭ kion vi faris?

La edzino fulme alrigardis lin.

- Kial vi konstante min kontrolas aŭ vi spionas min... - eksiblis ŝi tradente. Aleksandro eĉ ne komprenis bone ŝiajn vortojn, sed ŝi ekstaris haste, surmetis sian mantelon, prenis la mansaketon kaj eliris. Post ŝi la pordo tondre brufermiĝis kaj Aleksandro plu ne vidis la edzinon.

Post tio kelkaj virinoj malfermis kaj fermis la pordon de lia domo, sed Aleksandro ne havis emon denove iĝi edzo. Por li restis la sennombraj kaj allogaj pordoj de la tuta mondo. Ĝojtremante kaj pasie li malfermis pordojn de diversaj aŭtoj, de kupeoj en rapidaj kaj ekspresaj vagonaroj, de hotelaj ĉambroj aŭ plurfoje kortreme li eniris tra la pordoj de aviadiloj, kiuj portis lin al foraj landoj. La pordoj iĝis la solaj rememoroj en lia ordinara kaj trankvila vivo.

Foje vintre li ripozis en montaro. Iun posttagmezon li eliris skii kaj iel nesenteble malproksimiĝis de la ripozdomo. Falis nebulo, li perdis la vojon kaj longe sendirekte vagis tra la monto. Vesperiĝis. La nokto minace tegis ĉion kaj tombe eksilentis la blanka dezerto. La glacia vento akre sibilis, la skioj pezis. Pro la frosto la manoj kaj piedoj iĝis ŝtonaj. Du horojn Aleksandro vagis senespere. Obsedis lin koŝmaroj kaj li jam certis, ke tiu ĉi montaro iĝos lia lasta blanka kāj silenta domo.

Subite en la foro ekbrilis pala lumo. Li ne certis ĉu vere tie lumas io aŭ li halucinas, tamen per lastaj fortoj li ekrampis tien. Post horo li trovis sin antaŭ ligna pordo. Tutan vivon li dankinda estos al ĉi ligna pordo de la kaduka paŝtista domo. Post lia eta tuŝo, la pordo kare kaj gasteme malfermiĝis, eligante iun feblan sonon, tre similan al elspiro de oldulo.

La paŝtisto lin renkontis kare. En la ĉambro varmis razenodoris. La pikanta fazeola supo tre bongustis. Unuan fojon en la vivo Aleksandro dormis tiel profunde kaj trankvile. Matene, kiam li ekiris, restis iom ĉe la pordo kaj kaŝe ĝin tuŝetis. Li karesis ĝiajn tabulojn, krudajn kaj nigrajn pro la ventoj, neĝoj, pluvoj. Dum pluraj jaroj ĝi certe estis ĉiam malfermita kaj gastema al nekonataj vojaĝantoj.

Foje en iu muzeo Aleksandro vidis alian pordon, pli ĝuste juglandan pordeton de granda libroŝranko. Iam la muzeo estis domo de poeto kaj sur ĉi pordeton la poeto ĉizis kurantan ĉevaleton. Tiam Aleksandro longe ĝin rigardis kaj al li ŝajnis, ke la pordeto tuj ekgalopos kaj ekflugos. La ĉezita ĉevaleto impetis pro forto, movo kaj gracio, kaj la pordeto ŝajne flugis.

Ĉiu nova malfermita pordo kaŭzis egan ĝojon, kaj kortreme Aleksandro tuŝis la klinkojn de ĉiuj nekonataj pordoj. En ĉi simpla kaj natura movo estis io ege emocia. Ekstari antaŭ fermita pordo, malfermi ĝin atente kaj eniri nekonatan mondon - sendube tio estis la feliĉo kaj tial li jubilis, kiam li eniris nekonatan oficejon kun multaj ĉambroj, kabinetoj, en kiuj li devis serĉi iun. Tiam impete Aleksandro malfermis pordon post pordo, parolis kun nekonataj homoj, demandis ilin pri tiu, kiun li serĉas kaj ne perdis esperon ĝis li mem ne plu sciis kiun ĝuste li serĉas.

Hodiaŭ eble li povis havi similan ĝojan travivaĵon kaj li rapidis al la Ministerio pri la Transaj Sciencoj, kie li devis ofice renkontiĝi kun sinjoro Mandrino. Hieraŭ sinjoro Mandrino telefone klarigis al li kie ĝuste troviĝas la ministerio, sed Aleksandro ne demandis sur kiu etaĝo estas la kabineto de sinjoro Mandrino, por ke li havu la plezuron serĉi lin de pordo al pordo, de kabineto al kabineto.

La konstruaĵo de la ministerio estis alta, deketaĝa, farita el alumino kaj betono, kaj enirante ĝin Aleksandro jam antaŭsentis la plezuron, kiu lin atendis.

Trankvile li pasis preter la pordisto kaj malrapide ekiris al la unua etaĝo. Antaŭ li aperis koridoro kun multaj pordoj. Aleksandro elektis la unuan ekfrapetis je la pordo kaj malfermis ĝin. Li eniris etan ejon en kiu estis tri aliaj pordoj. Li denove ekfrapetis je la plej proksima, kaj jam ĝojis, ke neniam en la vivo li vidis tiom da fermitaj pordoj. Tamen post ĉiu malfermo de la sekva pordo aperis nova ejo kun novaj pordoj.

Li jam opiniis, ke eĉ unu persono ne troviĝas en tiu ĉi stranga ministerio, tamen daŭre li malfermis pordon post pordo, esperante ke baldaŭ li trovos koridoron aŭ iun kabineton. Sed la pordoj ne finiĝis...

Lia brakhorloĝo montris, ke jam du horojn li estas ĉi tie. Finfine li decidis iri reen, sed denove antaŭ li ekaperis pordoj post pordoj kaj li denove devis ilin malfermi.

La horoj pasis. Aleksnadro terure lacis. Nenie videblis fenestroj kaj li ne plu sciis ĉu ekstere tagas aŭ noktas. Fine li haltis kaj apogis sin je la plej proksima pordo.

"Nia tuta vivo - li ekflustris softe - estas pordoj, pordos... El unu ni eliras kaj eniras la alian, tamen nur du el ili plej gravas - la unua kaj la lasta! Tra la unua ni eniras, tra la lasta ni eliras. Se ni jam eniris, ne eblas plu reveni! Ni devas malfermi novajn kaj novajn pordojn, ĝis ni hazarde trovas la lastan, tra kiu ni eliros, aŭ eniros novan, eble pli allogan vivon...

Li iom ekridetis kaj alpaŝis al la sekva pordo.

vilaĝo Pisanica, la 26-an de aŭgusto 1990.

문들

알렉산더 마리니는 자신이 인생에서 처음으로 열었던 문을 더 이상 잘 기억하지 못했다.

그러나 그는 부모님 집 마당에서 문을 연 날을 결코 잊지 못할 것이다.

그때 알렉산더는 네 살에서 다섯 살 짜리 소년이었다.

그리고 아침부터 저녁까지 호두나무, 벚나무, 많은 꽃이 자라는 마당에서 놀았다. 마당은 돌 울타리로 둘러싸여 있었고 어린 알렉산더는 울타리 너머에 무엇이 있는지 전혀 궁금해하지 않았다. 그러나 때때로, 아주 뜻밖에 마당의 커다란 철문 앞에 섰다. 그것은 무거웠고, 높고, 조금 이상하고 이해하기 어려운 모양으로 장식되어 있었는데, 그들 중 일부는 작은 태양과 닮았고, 다른 일부는 반달과 비슷했고, 세 번째는 별과 같고 그들 사이에 지그재그로 덩굴 잎사귀가 있는 덩굴이 있었다.

꼬마 알렉산더는 무겁고 거대한 문을 한참 동안 바라보았다. 그 반대편에 무엇이 있고 무엇을 보여주고 숨기고 있는지 어린 소년은 열이 나도록 궁금했다. 문은 모르는 나쁜 사람들로부터 마당을 보호하나 아니면 알렉산더에게서 거리와 모든 것을 숨길 수 있나? 순간순간 그의 호기심은 커져만 갔고 더 이상 뒤로 물러설 수 없었다. 난쟁이처럼 높은 문 앞에 서서 더 가까이 다가가 문을 열고 싶다는 열망으로 불타올랐다.

물론 매우 힘들겠지만 그는 무겁고 차가운 문고리를 만질 수 있도록 단호한 발걸음을 내디뎌 발끝으로 섰다.

문고리가 높았지만 희망을 잃을 필요는 없었다. 그는 조금 더 뻗었다. 소용없었다. 정말로, 세게 잡을 수 있으려면 뛸 필요가 있었다. 그는 벌떡 뛰어 두 손으로 문고리를 잡고 공중에 매달리기 시작했고 기적이 일어났다. 갑자기 심한 삐걱거리는 소리가 났다.

문고리가 구부러지고 알렉산더는 땅에 떨어졌지만 중요한 것은 크고 거대한 문이 열렸다는 것이다. 그는 좋아서 비명을 지르며 문과 벽 사이의 간격을 조금이라도 더 벌릴 수 있도록 힘을 가했다. 약간의 노력 끝에, 마치 노인이 으르렁거리는 것처럼 문이 화내듯 삐걱거렸지만, 틈은 충분했고 알렉산더는 거리를 향해 마지막이자 단호한 한 걸음을 내디뎠다. 그리고 이것이 누구의 도움도 없이 혼자서 열 수 있는 첫 번째 문이라고는 짐작조차 하지 못했다.

이 큰 일이 끝난 뒤 그는 어머니와 진지한 대화를 나눴다. 더 정확히 그녀는 말했고 그는 들었다. 어머니는 마당 문을 열고 거리로 나가는 것은 위험하다고 오랫동안 설명하려고 애썼다. 왜냐하면 거기에 자동차와 개와 알렉산더를 납치해 가는 나쁜 사람들이 많고 엄마와 울타리로 보호된 그들의 크고 아름다운 집을 다시는 보지 못할 것이기 때문이었다.

첫 번째 성공적인 문이 열린 지 몇 년이 지났다. 알렉산더는 초등학교의 하얀 문처럼 오랫동안 기억했던 많은 문을 열었다. 그는 그날 조금 늦었기 때문에 급우들이 교실에서 무엇을 하는지 알아차리려고 멍하니 문 옆에 서 있기도 했다. 교실은 침묵 속에 잠겨 있었기에 선생님은 그곳에서 흥미로운 이야기를 했을 것이다. 호기심이 알렉산더를 이겨 두려움을 잊고 아주 매우 조심스럽게 뭔가 친근하게 중얼거리듯 보이는 희고 가벼운 문을 열었다. 그는 선생님이 낯선 언어 에스페란토에 대해 이야기하고 있던 교실로 들어갔다.

그가 결코 잊을 수 없는 다른 문은 **"키티니 가족"** 이라는 작은 청동 간판과 함께 갈색이었고 거대했다. 그 집에는 그가 사랑에 빠진 소녀가 살고 있었다.

영화관이나 산책이 끝난 후 저녁에 그는 **리나**와 함께 이 거대한 참나무 문 앞에 갔고, 그 앞의 어두운 계단참에서 빠르게 몰래 그녀에게 키스했다. 그런 다음 천천히 그리고 조용히 문이 열리고 리나는 집으로 들어갔다.

그러나 오랜 세월 동안 이 무거운 참나무 문이 그에게 닫혀 있었고 알렉산더는 언젠가 그 문을 여는 데 성공할 것이라는 희망을 잃었다. 비오는 일요일 아침, 그의 집에서 기쁘게 전화가 울렸다. 리나였다.

"안녕." 그녀의 부드러운 목소리가 들렸다. "부모님이 첼마르에 있는 우리 빌라로 출발하셨어. 우리 집에 올 수 있어."

그렇게 '키티니 가족'이라는 청동 간판이 있는 거대한 문이 활짝 열리고 리나가 그를 따뜻하게 안았다.

세월이 흘렀다. 문은 점점 늘어나는데 그 중에서도 대학의 거대한 높은 문과 문화부의 코팅문이 가장 눈에 띄었다. 문화부의 문은 아주 평범했지만 아름다운 마름모 모양이 있는 두꺼운 기와적색 가죽으로 코팅되었다. 그래서 침대로 사용해도 될 정도로 푹신푹신했다. 아마도 장관의 사무실에서 가장 중요한 세계 문제가 결정되었으므로 외부에서 아무도 거기에서 하는 대화를 한 마디도 들어서는 안 됐다.

며칠 동안 알렉산더는 이 두꺼운 코팅된 문 앞에서 헛되이 기다렸지만. 마침내 똑같이 열리면서 문화부의 직원이 되었다.

그러나 알렉산더가 일생 동안 열었던 문들의 구체적인 가락을 잊을 수 없었다. 어떤 것은 조용히 체념하듯 한숨을 쉬고, 어떤 것은 즐겁게 은빛처럼 웃고, 어떤 것은 화를 내며 위협적으로 비명을 지르고, 어떤 것은 맹수의 날카로운 이빨처럼 딱딱거렸고, 다른 것은 폭풍우처럼 천둥처럼 크게닫혔다.

알렉산더의 귀에는 어떤 평범한 언어라는 문의 닫히는 큰 소리가 오랫동안 천둥처럼 들릴 것이다. 결혼 6개월 만의 일이었다. 때때로 그와 그의 아내는 말없이 저녁을 먹었다. 거의 언제나처럼 오늘밤 아내는 기분이 좋지 않아 침묵을 깨기 위해 알렉산더가 그녀에게 진지하게 물었다.

"오늘 뭐 했어?"

아내는 그를 벼락같이 노려보았다.

"왜 자꾸 날 감시하거나 염탐하는 건데." 그녀는 떨면서 말했다. 알렉산더는 그녀의 말을 잘 이해하지 못했지만, 그녀는 서둘러 일어나 외투를 입고 핸드백을 들고 나갔다. 그녀의 문이 쾅 닫히고 알렉산더는 그의 아내를 다시는 보지 못했다.

그 후 몇몇 여자들이 그의 집 문을 열고 닫았지만 알렉산더는 다시 남편이 되고 싶은 마음이 없었다.

그에게 전 세계의 수많은 매력적인 문이 남아 있었다. 그는 기쁨과 열정으로 떨면서 다양한 자동차의 문, 고속열차와 급행열차의 객실, 호텔 객실의 문을 열었고, 먼 나라로 데려가는 비행기 문을 통해 떨리는 마음으로 몇 번이나 들어갔다.

평범하고 고요한 삶에 문만이 유일한 추억이 되었다.

때때로 그는 겨울에 산에서 휴식을 취했다. 어느 날 오후 그는 스키를 타러 갔고 어떻게 자기도모르게 휴게소에서 멀어졌다.

안개가 내리고 길을 잃고 한참을 목적 없이 산속을 헤맸다. 저녁이었다.

밤이 모든 것을 위협하듯 덮었고 하얀 사막은 죽음처럼 조용했다. 얼음 바람이 날카롭게 쉭쉭 소리를 내며 스키의 무게가 가중되었다. 서리 때문에 손과 발이 돌이 되었다. 알렉산더는 두 시간 동안 절망적으로 방황했다. 그는 악몽에 시달렸고 이 산이 그의 마지막 희고 조용한 집이 될 것이라고 이미 확신했다.

갑자기 멀리서 희미한 빛이 번쩍였다. 그는 그곳에서 정말로 빛나는 것이 있는지, 아니면 환각을 느끼고 있는지 확신할 수 없었지만, 마지막 힘을 다해 그곳으로 기어갔다. 한 시간 후 그는 나무로 된 문 앞에 서 있는 자신을 발견했다. 그는 평생 동안 이 낡은 양치기 집의 나무 문에 감사할 것이다. 살짝 만지자 문이 사랑스럽게 손님을 맞이하듯 열리며 노인의 숨소리와 매우 흡사한 희미한 소리가 났다.

양치기는 그를 친절하게 맞이했다. 방은 따뜻했고 잔디 냄새가 났다. 매운 콩국수 맛이 아주 좋았다. 알렉산더는 생애 처음으로 깊고 평화롭게 잠을 잤다. 아침에 출발할 때 문 앞에 잠시 머물러 몰래 그것을 어루만졌다. 그는 바람, 눈, 비로 인해 거칠고 검은 판자를 쓰다듬었다. 몇 년 동안 이곳은 항상 낯선 여행자에게 개방적이고 친절했을 것이다.

한 번은 박물관에서 알렉산더는 또 다른 문, 더 정확하게는 큰 책장의 호두나무 문을 보았다. 한때 박물관은 시인의 집이었고 시인이 이 문에 달리는 말을 새겼다. 그때 알렉산더는 그것을 오랫동안 바라보았는데 작은 문이 곧 질주하여 날아갈 것 같았다. 멈춘 작은 말은 힘과 움직임, 우아함으로 강렬했고 작은 문은 날아가는 것 같았다.

새로 열릴 때마다 큰 기쁨을 느꼈고 알렉산더는 떨면서 모든 모르는 문의 고리를 만졌다. 이 단순하고 자연스러운 움직임에는 지극히 감성적인 무언가가 있었다. 닫힌 문 앞에 서서 조심스레 문을 열고 미지의 세계로 들어가는 것, 그것은 틀림없이 행복이었다. 그래서 누군가를 찾아야 해서 수많은 사무실과 작은 부서 공간이 있는 미지의 회사에 들어갔을 때 기뻤다. 그때 알렉산더는 문마다 열심히 열고 모르는 사람들과 이야기하고 찾고있는 사람에 대해 물었고 더 이상 자신이 찾고있는 사람을 알 수 없을 때까지 희망을 잃지 않았다.

오늘 아마 그도 비슷한 즐거운 경험을 할 수 있었을지 모른다. 그는 서둘러 초월과학부로 달려가서 **맨드리노** 씨를 공식적으로 만나야 했다. 어제 맨드리노 씨는 전화로 그 부서가 어디에 있는지 정확히 설명했지만 알렉산더는 사무실에서 사무실로 문마다 그를 찾는 즐거움을 가질 수 있도록 맨드리노 씨의 사무실이 몇 층에 있는지 묻지 않았다.

부서 건물은 10층 높이로 알루미늄과 콘크리트로 만들어졌으며 그 건물에 들어서는 알렉산더는 이미 그를 기다리고 있는 기쁨을 감지했다. 침착하게 수위를 지나쳐 천천히 1층으로 향했다.

그의 앞에 문이 많은 복도가 나타났다.

알렉산더는 첫 번째를 골라 문을 살짝 두드리고 열었다. 그는 세 개의 다른 문이 있는 작은 곳으로 들어갔다. 그는 가장 가까운 문을 다시 두드렸고, 그의 인생에서 그렇게 많은 닫힌 문을 본 적이 없다는 사실에 이미 기뻤다.

그러나 옆 문이 열릴 때마다 새로운 문과 함께 새로운 공간이 나타났다.

그는 이미 이 이상한 부서에서 단 한 사람도 찾을 수 없다고 생각했지만 곧 복도나 사무실을 찾을 수 있기를 바라며 계속해서 문을 열었다. 하지만 문은 끝나지 않았다.

그의 시계는 그가 여기에 두 시간 동안 있었다는 것을 보여주었다. 결국 그는 돌아가기로 결정했지만, 또다시 문이 계속해서 그의 앞에 나타났고 그는 다시 문을 열어야 했다.

시간이 지나갔다. 알렉산더는 몹시 피곤했다. 보이는 창문도 없었고 밖이 낮인지 밤인지 더 이상 알 수 없었다. 마침내 그는 걸음을 멈추고 가장 가까운 문에 몸을 기댔다.

그가 부드럽게 속삭이기 시작했다. "우리의 모든 삶은 문, 문. 하나에서 우리는 떠나고 다른 하나에 들어가지만 그 중 첫 번째와 마지막 두 가지만 가장 중요해! 우리는 처음으로 들어가고 마지막을 통해 나간다. 우리가 이미 들어간 경우에는 돌아올 수 없다! 우리는 우연히 마지막 문을 찾을 때까지 새롭고 새로운 문을 열어야 한다. 그 문을 통해 우리는 나가거나 새롭고 아마도 더 매력적인 삶에 들어갈 수 있다."

그는 살짝 미소를 지으며 옆 문으로 걸어갔다.

INA

Ŝajnis al Karov, ke la kelnerino iom suspekte alrigardis lin. Ĉu ŝi memoras lin? Kelkajn minutojn Karov ne rigardis al ŝi, kvazaŭ tute ne rimarkis ŝin, malgraŭ ke plurfoje ŝi pasis preter la tablo, ĉe kiu li sidis.

Li provis daŭre, senmove fiksrigardi la vastan gobelinon sur la kontraŭa muro. Tiu ĉi gobelino ne donis al li trankvilon kaj febre li meditis pri la eventoj, kiuj okazis dum la lastaj kelkaj tagoj.

Ne. Li certas, ke li estas tute sana, sed la lasttagaj eventoj minacis skui lian sanon kaj prudenton. De matene ĝis vespere du demandoj boris lian cerbon: "Kiu ŝi estis kaj de kie ŝi aperis?"

Li provis denove restarigi ĉion, kio okazis. Jes, estis en la komenco de oktobro, friska, suna tago, pli ĝuste posttagmezo, en la horo, kiam la homoj eliras el la oficejoj, kiam la centraj stratoj de la ĉefurbo bruas kaj viglas kiel gimnazianinoj.

Karov iom meditis. "Kiel gimnazianinoj" bone sonis, sed ŝi estis studentino.

En tiu oktobra posttagmezo li hazarde eniris tiun ĉi kafejon kaj sidis ĉe la sama tablo, ĉe kiu nun li sidas. Ankaŭ tiam la kafejo estis preskaŭ malplena, ĉar en ĝi oni ne permesis fumi.

La tablo, kontraŭ la granda gobelino, estis iom en la angulo, kaj de tie Karov povis bone vidi kaj la gobelinon, kaj la straton ekstere, sur kiu svarmis la homoj. Sur la alia flanko de la strato komenciĝis la urba parko kaj de la kafejo klare videblis la altaj kaŝtanarboj, kies folioj iom post iom komencis flaviĝi.

Dum tiu fora oktobra posttagmezo ia agrabla trankvilo nesenteble obsedis Karov. Rigardante la unuajn signojn de la aŭtuno, li nevole meditis pri la aŭtuno, kiu silente enŝteliĝis ankaŭ en lian vivon. Post kelkaj jaroj li iĝos kvardekjara, kaj en tiu oktobra posttagmezo ŝajnis al li, ke ĉion eblan en la vivo li travivis...

- Ĉu la gobelino plaĉas al Vi? - la demando eksonis tiel subite, ke Karov ne povis eĉ reagi.

Eble jam dudek minutojn li strabis la gobelinon, sed fakte li tute ne rigardis ĝin.

Malrapide, surprizite Karov turnis sin kaj vidis, ke apud li, ĉe la tablo, sidas junulino, eble dudek kvin, dudek sesjara kun longa bruna hararo kaj okuloj similaj al varmaj maronoj. Kiom da minutoj ŝi sidis apud li - li ne sciis, sed la demando eksonis tiel nature, kaj tiel amike ridetis ŝiaj maronaj okuloj, ke Karov nevole diris:

- Jes.

- Ankaŭ al mi ĝi plaĉas. Eble ĝin faris Maria Tileva - kompetente aldonis la junulino.

- Povas esti - murmuris Karov, malgraŭ ke li neniam aŭdis tiun ĉi nomon kaj tute ne interesis lin kiu teksis la gobelinon. Tamen nun li atente trarigardis ĝin kaj konstatis, ke nenion li komprenas de ĝi.

La gobelino estis tiel vasta, ke kovris la tutan muron, kaj sur ĝi videblis iaj bluaj kvadratoj, ruĝaj strioj, oranĝa globo aŭ sfero, marverdaj figuroj similaj al okuloj aŭ al konkoj.

- Ŝi estas tre talenta, ĉu ne? - denove ekparolis la junulino, sed nun kvazaŭ al si mem. - Ofte mi venas en la kafejon kaj mi ŝatas sidi ĉe tiu ĉi tablo, ĉar de ĉi tie plej bone videblas la gobelino.

- Cu? - murmuris Karov kaj iom mire strabis la junulinon, sed ŝi eĉ ne rimarkis lian rigardon kaj daŭrigis voĉe mediti.

- Kiam mi observas la gobelinon, ŝajnas al mi, ke mi vidas la maron kaj en ĝi larĝan fiŝkaptistan reton. Kaj en tiu ĉi reto, kune kun sennombraj fiŝoj estas kaptita mem la suno. Tiu ĉi granda oranĝa suno.

- Interese... - diris Karov.

Sed por li pli interesa iĝis tiu ĉi nekonata junulino, kiu nesenteble sidis ĉe la tablo kaj tiel nature, trankvile alparolis lin, kvazaŭ ŝi konus lin jam de jaroj. Karov denove kaŝe, sed atente trarigardis ŝin. Ĉu ŝi ne apartenas al tiuj, kies ŝatokupo estas alparoli nekonatajn virojn? Ne, tute ne. Ŝi estis tre modeste vestita, kun larĝa bruna jupo, kaj malgraŭ ke Karov ne interesiĝis pri la modo, la jupo ŝajnis al li iom malmoda. La bluzo, kiun surhavis la junulino, estis verda kaj ne tre konvenis al la bruna jupo. Tamen la malnova, merizkolora, jam sufiĉe elfrotita mansaketo, kiu kuŝis apud ŝi, montris, ke ĝi estas studentino aŭ juna oficistino, kiu ne havas sufiĉe da ebloj esti moda kaj eleganta. Karov ne komprenis, ĉu ian kompaton li eksentis, sed subite li afable demandis ŝin:

- Kion Vi trinkos?

- Kaj Vi? - ekridetis la junulino.

Tiam Karov rimarkis, ke duonhoron li sidas en la kafejo kaj ankoraŭ nenion li mendis.

- Kafon - respondis Karov meĥanike.

- Same mi - aldonis la junulino.

Vesperiĝis, kiam ili kune forlasis la kafejon.

- Mi loĝas proksime, ĉe hotelo "Metropolo" kaj Vi? - demandis ŝi.

- Mi... apud la Centra Stacidomo, sed mi akompanus Vin... - proponis Karov hezite.

- Dankon - akceptis ŝi kaj ŝiaj varmaj maronaj okuloj petole ekridetis.

La multetaĝa domo, en kiu ŝi loĝis, troviĝis sur strato "Monto" 39, vidalvide al hotelo "Metropolo".

- Ĉu iam mi vidus Vin denove? - demandis Karov pli pro afableco ol serioze, sed ŝi respondis tute aplombe:

- Kompreneble. Morgaŭ posttagmeze ni povus renkontiĝi en la sama kafejo.

Kompreneble, Karov ne estis tiel naiva kaj ne kredis, ke ŝi diris tion serioze, sed la sekvan tagon posttagmeze, scivola kaj iom maltrankvila li eniris la kafejon.

Ŝi sidis ĉe la sama tablo kaj ŝajne atendis lin. Tion Karov ne kredis, sed kiam li proksimiĝis, ŝi tiel ekridetis kvazaŭ ŝi konis lin de jaroj.

Longe ŝi rakontis al li pri la universitato, pri la profesoroj, pri la ekzamenoj... Ŝi studis filologion kaj surprize Karov konstatis, ke la profesoroj, kiuj iam lin instruis, ankoraŭ prelegas en la universitato, kaj ŝi same tiel bone konas ilin, kiel iam, antaŭ jaroj, Karov konis ilin.

Poste li eksciis, ke ŝia nomo estas Ina, ke ŝi ege ŝatas la literaturon, tamen ŝi tute ne deziras iĝi instruistino, sed tradukistino, ĉar ŝi perfekte regas francan lingvon.

Vesperiĝis, kiam ili kune eliris el la kafejo. Li denove akompanis ŝin ĝis ŝia domo. Survoje, trapasante la urban parkon, li kisis ŝin, kaj ŝajne ŝi atendis tion, ĉar ne kontraŭstaris. Mola kiel vato estis ŝia malsupra lipo, kaj dolĉa tremo longe kuris tra lia spino. Ĝis nun neniu virino kisis lin tiel ame kaj sindone kiel Ina.

Tiun nokton en lia obskura ĉambro la vekhorloĝo trankvile tiktakis, sed li vane provis fermi la okulojn kaj ekdormi. Apud li, sur la lito, kvazaŭ silente sidis Ina kaj li ne havis forton turni sian rigardon de ŝiaj varmaj maronaj okuloj.

"Kiam mi observas la gobelinon, ŝajnis al mi, ke mi vidas la maron kaj en ĝi larĝan fiŝkaptistan reton. Kaj en tiu ĉi reto kune kun sennombraj fiŝoj, estas kaptita mem la suno. Tiu ĉi granda oranĝa suno" - ŝi flustris. Ĉi flustro pli teneris eĉ ol la vento, kiu karesis ekstere la sekajn foliojn de la juglanda arbo.

*

La tagoj pasis kaj ĉiam agrabla varma ondo surverŝis Karov, kiam li rememoris, ke preskaŭ ĉiun posttagmezon en kafejo "Primavero" ŝi atendas lin. Malgraŭ ke la folioj de la arboj tute falis kaj la nigraj branĉoj ostecis kiel rabofingroj. Karov jam ne rimarkis la aŭtunon. Li viglis, eĉ foje-foje emis kuri tra la stratoj kiel dekjara bubo.

- Morgaŭ ni estos en teatro - anoncis foje Ina en la kafejo.

- Bonege, kaj kion ni spektos? - ekridetis li, certa, ke ŝi ŝercas.

- "Makbeton" de Sekspiro - respondis Ina gravmiene.

- Ĉu?

- Vi venos preni min kaj ni iros kune. Ja, la teatro najbaras al mia loĝejo.

- Jes, sed viaj gepatroj kiel reagos? - ekbalbutis

Karov.

- Lasu tiujn antaŭjuĝojn - voĉe ridis ŝi kaj brue kisis lin en la kafejo.

Tutan tagon Karov hezitis kaj meditis, ĉu viziti la domon de Ina. Tamen spite al ĉio, ĝuste je la sesa kaj duono vespere, li sonoris ĉe la pordo de ŝia loĝejo. Eliris Ina, ridanta kiel ĉiam kaj premante lian manon, trenis lin en la vastan, helan gastĉambron. Meze staris kaftablo kun kvar foteloj kaj ĉe la dekstra muro - libroŝranko, plenŝtopita per libroj.

En unu el la foteloj sidis virino, ne pli ol kvindek jara, kaj Karov tuj konjektis, ke ŝi estas la patrino de Ina. La patrino afable invitis Karov ĉe la tablo, proponante al li fruktojn; vinberon, pirojn, pomojn, kiuj plenigis kristalan fruktujon en la mezo de la tablo.

- Estas nia produktaĵo - diris la patrino ne senfiere.
- En la provinco ni havas fruktĝardenon.
- Ĉu? - murmuris Karov, rigardante ŝin streĉe.

"Kiel ŝi akceptas min? Ja, ŝi bone vidas, ke mi estas preskaŭ dek jarojn pli aĝa ol Ina. Nature ŝi ne estas tiel naiva kaj ŝi supozas, ke la rilatoj inter mi kaj Ina estas pli intimaj. Krom tio...Mi ankoraŭ ne diris al Ina, ke mi havis familion, edzinon kaj filinon... Sed Ina neniam demandis min pri mia nuna aŭ pasinta vivo. Mi devas jam rakonti ĉion al Ina..."

La pomoj vere bongustis. Manĝante Karov sentis, ke

la patrino observas lin ridante milde. Li supozis, ke ŝi demandus lin pri lia profesio, pri lia edukeco, sed la patrino silentis. Nur ŝiaj bluaj okuloj ridetis, kvzaŭ delonge ŝi bone konas lin same kiel agas Ina. Elirante el la loĝejo Karov pensis, ke tamen bone estis, ke li konatiĝis kun la patrino de Ina. La patrino jam scias kiel li aspektas kaj morgaŭ nepre ŝi malpermesos al Ina renkontiĝi kun li, ĉar Ina ankoraŭ studas kaj Karov estas matura, aĝa viro. Male. La rendevuoj en kafejo "Primavero" iĝis pli oftaj, la promenoj en la parko pli longaj kaj Karov jam ne sciis kiel agi. Por li, matura viro, la promenoj en la parko aspektis ridindaj. Li eĉ timis, ke foje iu kolego aŭ kolegino vidos lin kun Ina kaj poste li iĝus objekto de klaĉoj kaj primokoj. Sed por Ina ĉio estis natura kaj normala. Ŝi kisis lin ame ne nur en la parko, sed ankaŭ en la kafejo, kaj tute ne interesis ŝin ĉu proksime estas homoj aŭ ne.

Tiel pasis preskaŭ monato. Foje, foje Karov kalkulis kaŝe la tagojn de la fora oktobra posttagmezo, kiam Ina neatendite kaj subite alparolis lin en kafejo "Primavero". Iom time li iris al la kafejo, ĉar li supozis, ke iun posttagmezon li ne trovos Ina tie, sed ĉiam ĝuste je la kvina horo ŝi estis ĉe la sama tablo, en la angulo, vidalvide al la gobelino.

"Jam estas tempo rakonti al ŝi ĉion pri mia pasinta vivo kaj kuraĝe fini nian ligon" - meditis Karov, sed Ina parolis pri la universitato, pri libroj. pri filmoj kaj kiam li komencis ion rakonti, ŝi ŝajne enue kaj ne tre volonte aŭskultis lin.

En la komenco de novembro Karov eksciis, ke li devas oficvojaĝi al Greklando. Viziti Atenon estis lia malnova revo, sed li nevole diris al si:

"Ĉu ĝuste nun, kiam tiel bone mi fartas kun Ina?"

Posttagmeze en la kafejo li provis indiferente diri al ŝi:

- Lunde mi veturos al Ateno.

- Ĉu? - la maronaj okuloj de Ina large malfermiĝis.

- Mi devas partopreni en ia Balkana konferenco.

- Bonege! - entuziasme ekkriis Ina, kvazaŭ ne li, sed ŝi veturos al Ateno.

*

Ateno ravis Karov, sed en tiu granda urbo li ne tre bone fartis. Matene, dum la konferenco, li enuis, posttagmeze sencele li vagadis tra la stratoj, kaj nekomprenebla melankolio obsedis lin. Ĉu melankolio? Ne. Stranga sento premis lian gorĝon. Silente li observis la homojn, nekonatajn, malproksimajn, kaj denove, kaj denove li rememoris sian katastrofan vivon. La komenco ŝajnis bona; edziĝo, infano... Poste ĉio renversiĝis kaj sola bildo, kiel koŝmaro ripetiĝis dum tagoj kaj semajnoj.

Pluvis, kiam lia edzino eliris kun la infano kaj brufrapis la pordon. Sur la strato atendis taksio. Ŝi kun la filino eniris ĝin rapide. De la balkono Karov aŭdis la krakon de la motoro kaj vidis etan manon, kiu adiaŭis lin lastan fojon. Eksilentis la domo. Dum tagoj la grundo sub liaj piedoj kvazaŭ iom balanciĝis. Sed nun en Ateno, sidante sola en la parko, antaŭ Nacia Muzeo, ŝajnis al li, ke Ina aperis por iom ordigi lian kaosan vivon.

Karov plu ne demandis sin kiamaniere ŝi aperis kaj kiu ŝi estas? Gravis, ke en tiu ĉi minuto ie ŝi ekzistas. Li nepre devis aĉeti al Ina iun memoraĵon, kiun ŝi longe havu.

Tutan tagon Karov dediĉis al la elekto de tiu donaco. Ĝi ne devis esti tre granda, ĉar fakte li kaj Ina ankoraŭ ne tre bone konis unu la alian. Ĝi devis esti donaco amika, originala, alloga, kiu sugestus liajn sincerajn sentojn al ŝi. Post longa hezito li elektis etan amforon, ornamitan per konataj scenoj el la antikva greka mitologio. Karov bone sciis, ke li ne tre kapablas elekti donacojn, sed nun ŝajnis al li, ke la elekto estas perfekta. Li eĉ vidis la ĝojan brilon en la varmaj maronaj okuloj de Ina.

Elflugante de Ateno Karov pensis pri Ina kaj pri la argila amforo, kiu kuŝis en lia valizeto. Atente li premis la valizeton al sia brusto kaj la amforo kvazaŭ nesenteble iĝis la celo de lia tuta oficvojaĝo. Ŝajnis al li, ke li venis en Atenon nur por aĉeti tiun ĉi amforon por Ina.

La aviadilo alteriĝis ĝuste je la deknaŭa horo kaj duono. Estis malvarma, nebula novembra vespero. Karov rapidis hejmen. Dum la tuta vojo, de la flughaveno ĝis la loĝejo, li silente sidis en la taksio kaj daŭre atente premis la valizeton al la brusto.

En la ĉambro li unue malfermis la valizeton, atente elpakis la amforon kaj metis ĝin en la libroŝrankon.

- Ĉi-nokte vi estos ĉi tie, kaj morgaŭ, en la ĉambro de Ina - diris Karov ŝerce, kvazaŭ la amforo estus viva.

Kvankam jam pasis la oka kaj duono, li sentis bezonon tuj telefoni al Ina kaj diri al ŝi, ke bonorde li revenis kaj morgaŭ, ĉirkaŭ la kvina posttagmeze, li atendos ŝin en la kafejo,

Karov elprenis sian notlibreton kun telefonnumeroj kaj komencis serĉi la hejman telefonnumeron de Ina. Jes, 523-924. Li elektis la ciferojn kaj, premante spiron, ekatendis. La konata signalo montris, ke la telefonlinio ne estas okupata. En ĉiu sekundo li povis aŭdi la voĉon de Ina aŭ de ŝia patrino, sed ŝajne tiu ĉi sekundo iĝis ege longa, ĉar neniu levis la aŭdilon.

- "Eble ili ne estas hejme - konkludis Karov kaj remetis la aŭdilon.

Post duonhoro li denove elektis la ciferojn de ŝia telefonnumero. Sekvis longa atendo...

Ĉi-vespere Karov provis kelkfoje telefoni, sed vane. Pasis noktomezo kiam li enlitiĝis, decidante, ke

morgaŭ matene, en la oficejo, li telefonos al ŝi.
Tamen matene ĉio ripetiĝis tiel same kiel vespere.
Plurfoje Karov provis telefoni, sed ne sukcese.
Obstine li daŭrigis la provojn ankaŭ posttagmeze kaj
vespere.

La sekvan tagon ia maltrankvilo komencis enŝteliĝi
en lin kaj post ĉiu nova provo telefoni al Ina, tiu ĉi
maltrankvilo pli kaj pli kreskis. Li jam ne sciis kion
pensi; ĉu la tuta familio de Ina forveturis ien, aŭ
eble ilia telefonaparato ne funkcias. Kelkfoje li
kontrolis la telefonnumeron. Ne, li ne eraris. Eĉ Ina
mem enskribis ĝin en lian notlibreton. Klare videblis
ŝia skribmaniero kaj ne povis esti eraro. Certe dum
unu semajno oni ne ŝanĝis la telefonnumeron.
Tamen, strabante la telefonciferojn en la notlibreto,
Karov subite rememoris, ke antaŭe li neniam
telefonis al Ina. Ja, preskaŭ ĉiutage ili renkontiĝis
en la kafejo kaj li tute ne bezonis telefoni al ŝi.
Eble nur foje li ne povis iri al la kafejo kaj tiam li
provis averti ŝin telefone, sed ankaŭ tiam neniu
respondis. Li delonge jam forgesis tiun ĉi bagatelan
fakton, sed nun ĝi vekis liani suspekton, Karov tuj
prenis la telefonlibron kaj komencis febre trafoliumi
ĝin.
- Sed Dio!.. - preskaŭ ne svenis Karov.
En la telefonlibro tute ne estis familia nomo
Lontanov kaj tia telefonnumero. Ina nomiĝis Ina
Lontanova, do la familia nomo de ŝia patro devis

esti Lontanov, sed neniu Lontanov loĝis ĉe strato "Monto" 39 kaj neniu havis similan telefonnumeron. Tio estis nekomprenebla. Verŝajne, kiam aperis la telefonlibro, la familio de Ina ankoraŭ ne havis telefonon. Tamen... Karov iom meditis. Tiu ĉi supozo ŝajnis al li tute reala, sed kial neniu levas la aŭdilon. Ĉu eblas, ke tiu ĉi telefonnumero tute ne ekzistas?

Kelkajn minutojn Karov nervoze promenis en la ĉambro.

La sekvan tagon li apenaŭ havis paciencon resti en la oficejo ĝis la fino de la labortempo, kaj je la kvara kaj duono li jam rapidis al kafejo "Primavero". La amforo kuŝis en la valizeto kaj Karov ege atentis, ke hazarde la valizeto ne falu kaj ne rompiĝu la fragila argila amforeto.

Feliĉe la tablo en la angulo estis libera. Karov eksidis ĉe ĝi kaj nevole alrigardis la gobelinon.

Iĝis kvina horo kaj duono, sed Ina ne venis. Pasis la sesa, la sepa, la oka, sed ŝi tute ne aperis. La silenta atendado komencis simili al memturmento, tamen profunde en si Karov provis trankviligi sin: "Kompreneble, ŝi ne venos, ĉar ŝi ne scias, ke mi atendas ŝin ĉi tie." Vespere li denove provis telefoni, sed la rezulto estis la sama. Neniu respondis. Restis la sola ebleco viziti ŝin hejme.

Pasis nova koŝmara tago. Duonhoron antaŭ la finiĝo de la labortempo Karov ekiris al la domo de Ina.

Strato "Monto" troviĝis en la centro de la urbo kaj li povis trankvile atingi ĝin ankaŭ piedirante, sed li prenis aŭtobuson, ĉar ŝajnis al li, ke ĉiu minuto gravas.

Ĉe la aŭtobushaltejo li aĉetis krizantemojn al la patrino de Ina. En la valizeto kuŝis la amforo, kiu jam du tagojn estis tie, pakita zorge en paperoj.

Rapide Karov supreniris ĝis la kvina etaĝo kaj spirante peze ekstaris antaŭ la konata pordo. Li pretis eksonori, kiam subite rimarkis, ke sur la ŝildeto de la pordo legeblas alia nomo. Anstataŭ Lontanov estis skribita Kardelov. Kelkajn sekundojn, kiel fulmofrapita, Karov fiksrigardis la nomŝildeton.

- Eble mi eraris la etaĝon - flustris li al si mem kaj tuj kontrolis ĉu la etaĝo, sur kiu li staras, estas la kvina. Sendube sur la muro, granda roma cifero, fandita el latuno, montris, ke la etaĝo estas la sama. Li tre bone memoris tiun ĉi latunan ciferon, kiun li vidis antaŭ kelkaj semajnoj, kiam li gastis al Ina. Sed ĉu ili jam ne loĝas ĉi tie, aŭ povas esti, ke ŝia familia nomo ne estas Lontanova, sed Kardelova.

Tamen li sonoris. Post du minutoj la pordo malfermiĝis kaj antaŭ li ekstaris tute nekonata virino, eble sesdekjara, vestita en longa hejma robo.

- Mi petas pardonon. Mi serĉas Ina, Ina Lontanova - afable diris Karov.

La nekonata virino alrigardis lin demande.

- Ina Lontanova, studentino - ripetis Karov, ĉar

ŝajne la virino ne tre bone aŭdis.

- Ĉi tie ne loĝas studentino.

- Tamen, ĉu nun ne loĝas? - ne komprenis Karov.

- Neniam loĝis iu, kiel vi diris?

- Ina Lontanova - helpis ŝin Karov.

- Jes. Neniam loĝis ia Lontanova - aplombe deklaris la virino.

- Sed, sed... de kiam vi loĝas ĉi tie?

- Jam de kvardek jaroj.

- De kvardek jaroj? Tamen antaŭ du semajnoj mi estis ĝuste en tiu ĉi loĝejo... Ŝi mem invitis min... - komencis balbuti Karov.

La grizaj pupiloj de la virino larĝiĝis, ĉu pro surprizo, ĉu pro timo, kaj ŝi rapide turnis sin por eniri la loĝejon, sed Karov ne havis tempon por mediti. Li puŝis la virinon internen kaj fermis post ŝi la pordon. Tion la maljunulino ne atendis. Ŝi gapis konsternite, sed tuj post la unua rigidiĝo, ŝi rekonsciiĝis kaj ekkriegis:

- Ŝtelisto, murdisto...

Karov ŝtopis mane ŝian buŝon. Subkonscie li sentis, ke nun li nepre devas kontroli ĉion. Nun aŭ neniam li devis konvinkiĝi, ĉu iam li estis en tiu ĉi loĝejo aŭ ne, kaj ĉu fakte li travivis ion, kion ne eblas logike klarigi. En tiu ĉi momento li ne pensis ĉu en la domo estas iu alia kaj kio okazus, se oni kaptus lin. Li rapidis al la pordo, malantaŭ kiu eble estis la solvo de la mistero. Karov preskaŭ certis, ke tie, en la ĉambro, silente sidas Ina kaj trankvile atendas lian perfortan eniron.

Li haste malfermis la pordon. La ĉambro similis al tiu, en kiu li sidis antaŭ du semajnoj. La fenestroj rigardis al strato "Monto", pli ĝuste al hotelo "Metropolo", sed la mebloj en ĝi ne estis la samaj.

Meze staris ronda baroka tablo kun kelkaj barokaj seĝoj. Ĉe la fenestro - malnova kanapo, tegita per nigra ledo, kontraŭ ĝi - malmoda komodo. Polvo kovris la meblojn kaj iom, mucidis la aero, kvazaŭ delonge neniu ĉi tie malfermis la fenestrojn.

Dum Karov observis la ĉambron la povra virino kuntiriĝis time kaj singulte. - Ne mortigu min. Mi petas... Mi estas malriĉa vidvino... Nek monon, nek oron mi havas...

Ŝia plorĝemo, pli simila al hunda lamento, vekis lin. Karov komprenis kion li faris. Li ĵetis la krizantemojn kaj ekkuris al la pordo. Kurante freneze li descendis al la teretaĝo. Feliĉe neniu videblis en la ŝtuparejo. Li ankoraŭ ne estis sur teretaĝo, kiam de la kvina etaĝo aŭdiĝis raŭkaj krioj:

- Helpu, helpu! Ŝtelisto, murdisto...

Karov rapidigis sian kuradon. Li ne havis alian eblon, krom kuri kaj tute malaperi el tiu ĉi loĝkvartalo. Feliĉe la unua najbara strato estis iom malluma kaj Karov pli trankvile ekmarŝis sur ĝi. Lia kapo muĝis, la vizaĝo febre brulis kaj li tute ne komprenis kio ĝuste okazis. Nevole liaj lipoj flustris: "Ina Lontanova, strato "Monto" 39, kvina etaĝo." Sed ĉio estis kiel inkuba sonĝo.

La tutan nokton li ne ekdormis. Plurfoje li staris, lumigis la ĉambron, prenis la notlibreton kaj longe strabis la telefonnumeron de Ina, skribitan per ŝia propra mano. Denove li kuŝis, sed tuj saltis kiel pikita. Ŝajnis al li, ke iu sonoras ĉe la pordo, aŭ hastaj paŝoj proksimiĝas al la loĝejo. Ĉu oni serĉos min? - febre li meditis.

Antaŭ la tagiĝo li ekdormis. En la sonĝo aŭdiĝis bruo de aŭto. Estis nigra taksio kaj de ĝia malantaŭa fenestro eta blanka mano svingiĝis al li adiaŭe. Konata voĉo konfide diris al li: "En la reto, kune kun sennombraj fiŝoj estas kaptita la suno mem. Tiu ĉi granda oranĝa suno."

Kiam la nebula mateno heligis la fenestrojn de la ĉambro, li vekiĝis, staris kaj provis sobre pripensi ĉion, kio okazis. Kelkaj demandoj turmente, krozis en lia konscio:

"Kio ŝi estis? De kie ŝi aperis kaj kie malaperis?"

Posttagmeze, ĉirkaŭ la kvina, laca, senespera li iris en kafejon "Primavero", sidis ĉe la tablo en la angulo kaj strabis la gobelinon. Li jam sciis, ŝi venos nek hodiaŭ, nek morgaŭ, nek postmorgaŭ. Li deziris rememori ŝiajn okulojn, ŝian vizaĝon, ŝian voĉon, sed nenion konkretan li memoris. Ŝajnis al li, ke li rigardas malnovan fotografaĵon sur kiu apenaŭ videblas kaj rekoneblas la trajtoj de kelkaj nekonataj personoj.

Ekstere vesperiĝis. La homoj sur la trotuaro similis al palaj ombroj, kiuj rapide fandiĝis en la laktan nebulon. Peze li ekstaris, sed subite rememoris, ke ne pagis la kafon kaj mansvingis al la kelnerino. Ŝi afable proksimiĝis al li.

- Unu kafon mi pagas - diris Karov, tamen antaŭ doni al ŝi la monon, li iom hezite demandis. - Pardonu min, sed se vi bone memoras, antaŭ du semajnoj, preskaŭ ĉiutage mi estis ĉi tie kun iu junulino.

La kelnerino atente alrigardis lin.

- Brunhara, studentino... Ĉu hazarde ĝi ne estis hodiaŭ ĉi tie? .

La bluaj pupiloj de la kelnerino larĝiĝis, ĉu pro surprizo, ĉu pro timo Li metis la bankbileton sur la tablon kaj rapide ekiris al la pordo.

Hejme li malfermis la valizeton, elprenis el ĝi la grekan amforon, kelkajn minutojn senmove li rigardis ĝin kaj tenere tenis en la manplatoj. Poste per subita movo li frapis la amforon planken. Je cent pecetoj ĝi rompiĝis.

- Tamen bone estis, ke iam ie ŝi ekzistis - ekflustris li kontente.

Sofio, la 25-an de decembro, 1986.

이나

카로프는 여종업원이 자신을 조금 의심스럽게 바라보는 것 같았다. 그녀는 그를 기억할까? 몇 분 동안 카로프는 그녀가 자신이 앉아있는 탁자 옆을 여러 번 지나쳤음에도 불구하고 마치 그녀를 전혀 알아 채지 못한 것처럼 그녀를 쳐다보지 않았다.

그는 움직이지 않고 반대편 벽에 있는 고블랭 회사의 거대한 양탄자를 계속 응시했다. 이 양탄자는 그에게 평화를 주지 않았고 그는 지난 며칠 동안 일어난 일에 대해 열렬히 숙고했다.

아니. 그는 자신이 완벽하게 건강하다고 확신하지만 지난 며칠 동안의 사건으로 인해 그의 건강과 정신이 흔들릴 위기에 처했다. 아침부터 저녁까지 그의 두뇌에 두 가지 질문이 파고 들었다. "그녀는 누구이며 어디에서 왔을까?"

그는 일어난 모든 일을 되돌리기 위해 다시 시도했다. 그래, 10월 초, 선선하고 화창한 날, 아니 오히려 오후, 사람들이 사무실을 떠나는 시간, 수도의 중심가는 여고생처럼 시끌벅적하고 활기찼다.

카로프는 조금 명상했다. "여고생 같다"는 말은 듣기 좋았지만 그녀는 대학생이었다.

그 10월 오후에 그는 우연히 이 카페에 들어와 지금 앉아 있는 똑같은 탁자에 앉았다. 그때도 카페는 흡연이 금지되어 거의 비어있었다.

큰 양탄자 맞은편에 있는 탁자는 약간 구석에 있었고 거기에서 카로프는 양탄자와 사람들이 응성거리는 바깥 거리를 명확하게 볼 수 있었다. 길 건너편에는 시립공원이 시작되고 카페에서는 잎사귀가 서서히 노랗게 물들기 시작하는 키 큰 밤나무가 선명하게 보였다.

그 머나먼 10월 오후 동안 카로프는 기분 좋은 고요함에 자기도 모르게 사로잡혔다. 가을의 첫 징조를 바라보며 자신의 삶에도 묵묵히 스며든 가을을 무의식적으로 명상했다. 몇 년 후 그는 마흔이 될 것이고, 그 10월 오후에 인생에서 가능한 모든 것을 겪은 것처럼 보였다.

"선생님은 양탄자를 좋아합니까?" 질문이 너무 갑자기 들렸기 때문에 카로프는 반응조차 할 수 없었다.

그는 20분 동안 양탄자를 빤히 쳐다보고 있었을지 모르지만 사실 그는 그것을 전혀 보고 있지 않았다.

천천히, 놀란 카로프는 몸을 돌려 자신의 옆 탁자에 긴 갈색 머리와 따뜻한 밤 같은 눈을 가진 스물 다섯 살, 스물 여섯 살 정도의 젊은 여성이 앉아 있는 것을 보았다.

그녀가 그 옆에 몇 분 동안 앉아 있었는지 그는 알지 못했지만 질문은 너무 자연스럽게 들렸고 그녀의 밤색 눈은 너무 친절하게 웃어 카로프가 무의식적으로 말했다.

"예."

"저도 좋아해요. 아마도 **마리아 틸레바**가 만들었을 겁니다." 젊은 여성은 자신있게 덧붙였다.

"그럴지도" 그가 이 이름을 들어본 적이 없고 누가 양탄자를 짰는지 조금도 관심이 없음에도 카로프가 중얼거렸다. 그러나 이제 그는 그것을 주의 깊게 살펴보고 그로부터 아무것도 이해하지 못했다는 것을 깨달았다.

양탄자는 너무 커서 벽 전체를 덮었고, 그 위에 파란색 사각형, 빨간색 줄무늬, 주황색 공 또는 구체, 눈이나 조개를 닮은 바다의 녹색 형상을 볼 수 있었다.

"그녀는 매우 재능이 있어요, 그렇죠?" 그 아가씨는 다시 말을 꺼냈지만 지금은 자기 자신에게 하는 것처럼. "저는 종종 카페에 와서 이 탁자에 앉는 것을 좋아해요. 여기에서 양탄자를 가장 잘 볼 수 있기 때문이죠."

"그래요?" 카로프가 중얼거리며 조금 놀란 듯 눈을 가늘게 뜨고 그녀를 보았으나 그녀는 그의 표정도 눈치채지 못하고 계속 큰 소리로 명상을 했다.

"양탄자를 보면 바다가 보이고 그 안에 넓은 어망이 있는 것 같아요. 그리고 이 그물에는 무수한 물고기와 함께 태양 그 자체가 걸려 있어요. 이 큰 주황색 태양."

"흥미롭군요." 카로프가 말했다.

그러나 그에게는 탁자에 어느 틈에 앉아서 마치 몇 년 동안 그를 알고 지낸 것처럼 자연스럽고 차분하게 말을 건 이 낯선 젊은 여성이 더 흥미로웠다. 카로프는 그녀를 몰래 조심스럽게 다시 바라보았다. 그녀는 모르는 남자를 대하는 것이 취미인 사람에 속하지 않을까? 아니, 전혀 아니다. 그녀는 폭이 넓은 갈색 치마로 아주 소박하게 차려 입었고 카로프가 패션에 관심이 없었지만 그에게 치마는 조금 유행에 뒤떨어진 것처럼 보였다. 아가씨가 입고 있는 블라우스는 초록색으로 갈색 치마와 어울리지 않았다. 그러나 그녀 옆에 놓여 있던 오래되어 낡아빠진 들버찌색 핸드백은 그녀가 세련되고 우아할 기회가 충분하지 않은 대학생이거나 젊은 회사원임을 보여주었다. 카로프는 어떤 동정을 느꼈는지 알지 못했지만 갑자기 친절하게 그녀에게 물었다.

"뭐 마실래요?"

"선생님은요?" 아가씨가 미소를 지었다.

그때 카로프는 자신이 30분 동안 카페에 앉아 있었지만 여전히 아무것도 주문하지 않았다는 것을 깨달았다.

"커피요." 카로프가 기계적으로 대답했다.

"저도요." 아가씨가 덧붙였다.

그들이 함께 카페를 떠난 것은 저녁이었다.

"저는 **"메트로폴로"** 호텔 근처에 살아요. 선생님은?" 그녀가 물었다.

"나는... 중앙역 근처에 살지만 아가씨를 배웅할게요." 카로프가 머뭇거리며 제안했다.

"고마워요." 그녀는 수락했고 그녀의 따뜻한 밤색 눈은 장난스럽게 웃었다.

그녀가 살고 있는 다층 주택은 "메트로폴로" 호텔 맞은편의 "몬토" 가 39번지에 있었다.

"언젠가 다시 만날 수 있을까요?" 카로프가 진지하기보다 친절한 마음으로 물었는데 그녀는 아주 긍정적으로 대답했다.

"물론이죠. 내일 오후 우리는 같은 카페에서 만날 수 있어요."

물론 카로프는 그렇게 순진하지 않았다. 그리고 그녀가 진지하게 말했다고 믿지 않았지만 다음 날 오후에 그는 호기심과 조금 걱정으로 카페에 들어갔다.

그녀는 같은 탁자에 앉아 분명히 그를 기다리고 있었다. 카로프는 그것을 믿지 않았지만 그가 가까이 갔을 때 그녀는 마치 그를 몇 년 동안 알고 지낸 것처럼 웃었다.

오랫동안 그녀는 그에게 대학과 교수들과 시험 등에 대해 이야기했다. 그녀는 문헌학을 공부했고 카로프는 놀랍게도 한때 자신을 가르쳤던 교수들이 여전히 그 대학에서 강의하고 있다는 것을 깨달았다.

그리고 그녀는 몇 년 전에 카로프가 그들을 알았던 것처럼 그들을 잘 알았다.

나중에 그는 그녀의 이름이 **이나**라는 것과 그녀는 문학을 정말 좋아하지만 교사가 아니라, 프랑스어를 완벽하게 구사하기 때문에 번역가가 되고 싶다는 것을 알았다.

그들이 함께 카페를 나선 때는 저녁이었다. 그는 다시 그녀를 그녀의 집으로 데려갔다. 도중에, 그는 도시 공원을 지나며 그녀에게 키스했고 분명히 그녀가 그것을 예상한 듯했다. 그녀가 반대하지 않았기에. 그녀의 아랫입술은 솜털처럼 부드러웠고, 달콤한 전율이 등줄기를 타고 오래 흘러내렸다. 지금까지 이나만큼 사랑스럽고 헌신적으로 그에게 키스한 여자는 없었다.

그날 밤 그의 어두운 방에서 자명종은 조용히 똑딱거리고 그는 눈을 감고 잠들려고 했지만 허사였다. 그 옆 침대에는 이나가 조용히 앉아 있는 듯해서 그녀의 따스한 갈색 눈동자에서 시선을 돌릴 기력이 없었다.

"양탄자를 보면 바다가 보이고 그 안에 넓은 어망이 있는 것 같아요. 그리고 이 그물에는 무수한 물고기와 함께 태양 그 자체가 걸려 있어요. 이 큰 주황색 태양." 그녀는 속삭였다. 이 속삭임은 밖에 있는 호두나무의 마른 잎사귀를 쓰다듬는 바람보다 훨씬 더 부드러웠다.

*

날이 지나고 거의 매일 오후 카페 **"프리마베로"** 에서 그녀가 그를 기다리고 있다는 것을 기억할 때면 항상 즐겁고 따뜻한 파도가 카로프 위에 쏟아졌다. 나무의 잎사귀가 완전히 떨어지고 검은 가지가 강도의 손가락처럼 앙상해도, 카로프는 더 이상 가을을 알아차리지 못했다. 그는 활기차고 때로는 열 살짜리 소년처럼 거리를 뛰어 다니고 싶었다.

"내일 극장에 가요." 한번은 이나가 카페에서 선언했다.

"좋아요. 무엇을 볼까요?" 그는 그녀가 농담을 하고 있다고 확신하며 미소를 지었다.

"셰익스피어의 맥베스." 이나는 진지하게 대답했다.

"정말?"

"선생님이 나를 데리러 와서 우리 함께 가요. 결론적으로 극장은 우리 아파트 옆에 있어요."

"네, 하지만 부모님은 어떤 반응을 보일까요?" 카로프가 말을 더듬었다.

"그런 편견을 버려요." 그녀는 카페에서 큰 소리로 웃었고 큰 소리로 그에게 키스했다.

하루 종일 카로프는 이나의 집을 방문할지 여부를 망설이며 고민했다. 그러나 모든 일에도 불구하고 정확히 저녁 6시 반에 그는 그녀의 아파트 초인종을 눌렀다. 이나는 여느 때처럼 웃으며 나와 그의 손을 꽉 쥐고 널찍하고 밝은 객실로 끌고 갔다. 중앙에는 4개의 안락의자가 있는 커피용 탁자가 있었고 오른쪽 벽에는 책으로 채워진 책장이 있었다.

안락 의자 중 하나에 50세가 안 되는 여성이 앉았고 카로프는 즉시 그녀가 이나의 어머니라고 추측했다. 어머니는 친절하게도 카로프를 식탁에 초대해 과일을 주었다. 포도, 배, 사과가 가득 든 수정 과일 그릇이 탁자 한가운데에 있었다.

"그것은 우리 집에서 생산한 거예요." 어머니가 자랑스럽게 말했다. "지방에 과수원이 있거든요."

"정말요?" 카로프는 그녀를 긴장하게 바라보며 중얼거렸다.

"그녀는 나를 어떻게 받아 들이지? 결국 그녀는 내가 이나보다 거의 10 살이나 많다는 것을 알 수 있어. 당연히 그녀는 그렇게 순진하지 않고 나와 이나의 관계가 더 친밀하다고 생각해. 게다가 … 나는 아직도 이나에게 나에게 가족, 아내, 딸이 있다는 말을 하지 않았어… 하지만 이나는 나에게 현재나 지난 인생에 대해 묻지 않았어. 이제 이나에게 모든 것을 말해야 하는데…"

사과는 정말 맛이 좋았다. 식사를 하는 동안 카로프는 어머니가 자신을 지켜보고 있음을 느끼며 부드럽게 웃었다. 그는 그녀가 그의 직업과 교육에 대해 물어볼 것이라고 생각했지만 어머니는 침묵을 지켰다. 파란 눈만이 이나가 그렇게 행동한 것처럼 오랫동안 알고 지낸 듯이 미소를 지었다.

아파트를 떠나면서 카로프는 이나의 어머니를 알게 된 것이 좋다고 생각했다. 어머니는 이미 그가 어떻게 생겼는지 알고 내일 이나가 그를 만나는 것을 분명히 금지할 것이다. 이나는 여전히 공부하고 있고 카로프는 성숙하고 나이든 남자기 때문이다.

반대였다. 카페 "프리마베로" 의 만남은 더 자주되었고 공원에서의 산책은 더 길어졌으며 카로프는 더 이상 어떻게 행동할지 몰랐다. 성인 남자에게 공원 산책은 우스꽝스러워 보였다. 가끔 동료가 이나와 함께 있는 모습을 보고 가십거리와 놀림거리가 될까봐 두려웠다. 그러나 이나에게는 모든 것이 자연스럽고 정상적이었다. 공원뿐 아니라 카페에서도 사랑스럽게 키스했고, 주변에 사람이 있건 없건 전혀 개의치 않았다.

거의 한 달이 이렇게 지나갔다. 때때로 카로프는 이나가 예기치 않게 갑자기 "프리마베로" 카페에서 그를 불렀을 때 먼 10월 오후의 날을 몰래 계산했다. 그는 어느 날 오후에 이나를 그곳에서 찾지 못할 것이라고 생각했지만 항상 정확히 5시가 되면 같은 탁자, 구석, 양탄자가 보이는 곳에 그녀가 있을 거라고 생각했기 때문에 약간의 떨림을 안고 카페에 갔다.

"그녀에게 내 지난 삶에 대해 모든 것을 말하고 우리 관계를 용감하게 끝내야 할 때야." 라고 카로프는 생각했지만 이나는 대학, 책에 대해 이야기하고 있었다. 영화에 대해 그리고 그가 무언가를 말하기 시작했을 때, 그녀는 지루해 보였고 그의 말을 들으려고 하지 않았다.

11월 초, 카로프는 **그리스**로 출장을 가야 한다는 사실을 알게 되었다. 그리스 여행은 그의 오랜 꿈이었지만 무심코 속으로 이렇게 말했다.

"지금, 내가 이나와 잘 지내고 있을 때?"

오후에 카페에서 그는 그녀에게 무관심하게 말하려고 했다.

"월요일에 나는 **아테네**로 출장을 가."

"정말요?" 이나의 밤색 눈이 크게 열렸다.

"나는 어떤 발칸 회의에 참가해야 해."

"아주 좋아요." 이나는 그가 아닌 자기가 아테네로 갈 것처럼 열정적으로 외쳤다.

*

아테네는 카로프를 기쁘게 했지만 그는 이 커다란 도시에서 잘 지내지 못했다. 아침에는 회의 중에 지루했고 오후에는 목적 없이 거리를 배회했고 이해할 수 없는 우울에 사로잡혔다. 우울? 아니. 이상한 감각이 목을 움켜쥐었다. 그는 조용히 알지 못하는 먼 사람들을 관찰했다. 그리고 다시 그는 그의 비참한 삶을 기억했다. 시작은 좋아 보였다. 결혼, 아이... 그리고 모든 것이 뒤집어지고 악몽 같은 하나의 이미지가 며칠, 몇 주 동안 반복되었다. 아내가 아이를 데리고 나가며 문을 쾅 닫았을 때 비가 내리고 있었다. 거리에서는 택시가 기다리고 있었다. 그녀와 딸은 빠르게 차에 탔다. 발코니에서 카로프는 엔진 소리를 듣고 마지막으로 작별인사를 하는 작은 손을 보았다. 집은 조용해졌다. 며칠 동안 그의 발 아래 땅이 약간 흔들리는 것 같았다. 그러나 지금 아테네의 국립박물관 앞 공원에 홀로 앉아 있는 그에게 이나는 혼란스러운 그의 삶에 질서를 부여하는 것처럼 보였다.

카로프는 더 이상 그녀가 어떻게 나타나고 그녀가 누구인지 궁금하지 않았다. 이 순간 어딘가에 그녀가 존재한다는 것이 중요했다. 그는 이나가 오랫동안 가지고 있을 어떤 기념품을 사야 했다. 카로프는 하루 종일 이 선물을 골랐다. 사실 그와 이나는 아직 서로 잘 몰랐기 때문에 그렇게 클 필요는 없었다. 그녀에 대한 그의 진심이 담긴 친절하고 독창적이며 매력적인 선물이어야 했다. 오랜 고민 끝에 그는 고대 그리스 신화의 유명한 장면으로 장식된 작은 항아리를 선택했다. 카로프는 자신이 선물을 잘 고르지 못한다는 것을 잘 알고 있었지만 이제 그 선택이 완벽했던 것 같다. 그는 이나의 따뜻한 갈색 눈에서 즐거운 광채도 보았다. 아테네에서 날아온 카로프는 이나와 그의 작은 여행 가방에 들어 있던 도자기 항아리를 생각했다. 그는 여행 가방을 가슴에 조심스럽게 안았고 거의 자기도 모르게 항아리가 전체 출장의 목표가 되었다. 그는 단지 이나를 위해 이 항아리를 사기 위해 아테네에 온 것 같았다.

비행기는 정확히 7시 반에 착륙했다. 춥고 안개가 자욱한 11월 저녁이었다. 카로프는 서둘러 집으로 갔다. 공항에서 아파트까지 가는 내내 택시에 묵묵히 앉아서 여행 가방을 가슴팍에 조심스럽게 안았다.

방에서 그는 먼저 여행 가방을 열고 조심스럽게 항아리의 포장을 풀어 책장에 넣었다.

"오늘 밤 너는 여기에 있고 내일은 이나의 방에서." 마치 항아리가 살아있는 것처럼 카로프가 농담으로 말했다.

이미 8시 반이었지만 그는 즉시 이나에게 전화를 걸어 잘 돌아왔고 내일 오후 5시쯤 카페에서 그녀를 기다리고 있을 것이라고 말해야 할 필요성을 느꼈다.

카로프는 전화번호가 적힌 수첩을 꺼내 이나의 집 전화번호를 찾기 시작했다. 예, 523-924이다. 그는 숫자를 누르고 숨을 죽이고 기다렸다. 익숙한 신호는 전화가 통화 중이 아님을 나타냈다. 금세 그는 이나 또는 이나 어머니의 목소리를 들을 수 있지만, 전화를 받는 사람이 아무도 없었기 때문에 분명히 이 1초가 매우 길게 느껴졌다.

"아마도 그들은 집에 없군." 카로프는 결론을 내리고 전화기를 제자리에 두었다.

30분 후에 그는 그녀의 전화번호를 다시 눌렀다. 긴 기다림이 뒤따랐다.

오늘 밤 카로프는 여러 번 전화를 시도했지만 실패했다. 그는 자정이 넘었고 내일 아침에 사무실에서 그녀에게 전화를 걸기로 마음먹었다. 그러나 아침에도 모든 것이 저녁과 같은 식으로 반복되었다. 카로프는 여러 번 전화를 시도했지만 성공하지 못했다. 그는 오후와 저녁에도 끈덕지게 시도했다.

다음 날, 일종의 불안이 그에게 스며들기 시작했고, 이나에게 전화를 걸 때마다 이 불안은 점점 더 커졌다. 그는 더 이상 무엇을 생각해야 할지 몰랐다. 이나의 가족 모두가 어딘가로 가버렸거나 전화기가 고장날 수 있다. 때때로 그는 전화번호를 확인했다. 아니, 그는 틀리지 않았다. 이나 자신이 수첩에 썼다. 그녀의 손글씨가 선명하게 보였고 실수가 없었다. 물론 일주일 동안 그들은 전화번호를 바꾸지 않았다. 그러나 수첩에 있는 전화번호를 가늘게 보며 카로프는 갑자기 전에 한 번도 이나에게 전화를 걸지 않았다는 것이 떠올랐다. 결국 그들은 거의 매일 카페에서 만났고 그는 그녀에게 전화할 필요가 전혀 없었다. 가끔 카페에 못가서 전화로 알리려고 했지만 아무도 대답하지 않았다. 그는 이 사소한 사실을 잊은 지 오래지만, 이제 의심이 들자 카로프는 즉시 전화번호부를 꺼내 열렬히 훑어보기 시작했다.

"하지만 맙소사." 카로프는 거의 기절할 뻔했다.

전화번호부에는 성 론타노프와 그러한 전화번호가 없었다. 이나의 이름은 이나 론타노프였으므로 그녀의 아버지의 성은 론타노프였을 것이지만 론타노프는 39 몬토가에 살지 않았고 누구도 비슷한 전화번호를 갖고 있지 않았다. 이해할 수 없는 일이었다. 아마도 전화번호부가 나왔을 때 이나의 가족은 아직 전화가 없었을 것이다. 하지만... 카로프는 조금 생각했다. 이런 추측은 그에게 완전히 현실적이었지만 왜 아무도 전화를 받지 않았는가. 이 전화 번호가 전혀 존재하지 않을 수 있을까?

카로프는 몇 분 동안 방을 초조하게 걸었다.

다음날 그는 근무 시간이 끝날 때까지 사무실에 있을 수 없어, 4시 반에는 이미 "프리마베로" 카페로 달려갔다. 항아리는 작은 여행 가방에 누워 있었고 카로프는 작은 여행 가방이 실수로 떨어지지 않고 깨지기 쉬운 도자기 항아리가 깨지지 않도록 매우 조심했다.

다행히 구석에 있는 탁자는 비어 있었다. 카로프는 그 옆에 앉아서 무의식적으로 양탄자를 바라보았다.

5시 반이었지만 이나는 오지 않았다. 여섯시, 일곱시, 여덟시가 지났지만 그녀는 전혀 나타나지 않았다. 침묵하는 기다림은 자기 고문과 비슷했지만 카로프의 내면 깊은 곳에서 자신을 진정시키려고 노력했다.

"물론 그녀는 오지 않을 것이다. 왜냐하면 그녀는 내가 여기에서 그녀를 기다리고 있다는 것을 모르기 때문이다." 저녁에 그는 다시 전화를 시도했지만 결과는 같았다. 아무도 대답하지 않았다. 남은 유일한 선택은 그녀 집을 방문하는 것이었다.

또 악몽 같은 하루가 지나갔다. 근무 시간이 끝나기 30분 전에 카로프는 이나의 집으로 출발했다. 몬토가는 도시의 중심에 위치하고 있어 도보로도 쉽게 갈 수 있지만 매 순간이 중요하다고 생각했기 때문에 버스를 탔다.

버스 정류장에서 그는 이나의 어머니를 위해 국화를 샀다. 작은 여행가방에는 이틀 동안 있었던 항아리가 종이에 꼼꼼히 포장되어 있었다.

카로프는 재빨리 5층으로 올라가 가쁜 숨을 몰아쉬며 익숙한 문 앞에 섰다. 벨을 누르려던 참에 갑자기 문에 붙은 표지판에 다른 이름이 적혀 있는 것을 발견했다.

론타노프대신 카르델로프가 써 있었다. 번개를 맞은 것처럼 몇 초 동안 카로프는 명판을 응시했다.

"내가 층을 잘못 짚은 것일 수도 있어." 그는 속삭이며 즉시 자신이 서 있는 바닥이 5층인지 확인했다. 의심할 여지 없이 벽에는 놋쇠로 주조된 큰 로마 숫자가 있어 바닥이 같은 것임을 알 수 있었다. 그는 몇 주 전 이나와 함께 있을 때 본 이 놋쇠 형체를 아주 잘 기억하고 있었다.

그러나 그들은 더 이상 여기에 살지 않거나 그녀의 성이 론타노프가 아니라 카르델로프일 수 있다.

그래도 그는 초인종을 눌렀다. 2분 후 문이 열리고 그의 앞에는 60세쯤 되어 보이는 전혀 모르는 여성이 긴 가정복을 입고 서 있었다.

"죄송합니다. 나는 이나, 이나 론타노프를 찾고 있습니다." 카로프가 친절하게 말했다.

모르는 여자가 그를 의심스럽게 쳐다보았다.

"이나 론타노프, 여대생." 분명히 여성이 잘 듣지 못했기 때문에 카로프가 반복했다.

"여기에 여대생은 살지 않아요"

"그럼 지금은 살지 않습니까?" 카로프는 이해하지 못했다.

"젊은이가 말한 그 누군가는 한번도 산 적이 없어요"

"이나 론타노프입니다." 카로프가 그녀를 도왔다.

"예. 론타노바는 한 번도 산 적이 없어요"

그 여성은 자신 있게 말했다.

"하지만, 하지만... 여기 언제부터 사셨나요?"

"40년도 더 지났죠, 지금."

"40년 동안? 하지만 2주 전에 저는 바로 이 아파트에 있었습니다... 그녀가 직접 저를 초대했거든요."

카로프가 말을 더듬기 시작했다.

여자의 회색 눈동자는 놀라움이나 두려움으로 커졌고, 그녀는 재빨리 몸을 돌려 아파트로 들어갔지만 카로프는 생각할 시간이 없었다. 그는 여자를 안으로 밀어 넣고 그녀의 뒤에서 문을 닫았다. 노파는 그것을 기대하지 않았다. 그녀는 놀란 눈으로 쳐다보았지만, 처음 몸이 굳은 직후 정신을 차리고 소리쳤다.

"도둑, 살인자."

카로프는 손으로 그녀의 입을 막았다. 무의식적으로 그는 이제 자신이 모든 것을 절대적으로 통제해야 한다고 느꼈다. 이제 그는 이 아파트에 가본 적이 있는지, 그리고 실제로 논리적으로 설명할 수 없는 일을 경험했는지 확신해야 했다. 이 순간 그는 집에 다른 사람이 있는지, 잡히면 어떻게 될지 생각하지 않았다. 그는 미스터리의 해결책이 될지도 모르는 문으로 서둘러 갔다. 카로프는 그 방에서 이나가 그의 폭력적인 입장을 조용히 그리고 침착하게 기다리고 있다는 것을 거의 확신했다.

그는 서둘러 문을 열었다. 방은 그가 2주 전에 앉았던 방과 비슷했다. 창문은 "몬토" 가, 더 정확하게는 "메트로폴로" 호텔을 바라보고 있었지만 가구는 같지 않았다.

중앙에는 바로크 양식의 의자와 함께 원형 바로크 양식의 탁자가 있었다. 창문 옆, 검은 가죽으로 덮인 오래된 소파 맞은 편에는 구식 서랍장이 놓여 있었다. 먼지가 가구를 뒤덮고 공기는 마치 오랫동안 누구도 창문을 열지 않은 것처럼 약간 퀴퀴했다.

카로프가 방을 바라보는 동안 불쌍한 여자는 두려움에 움츠러들고 흐느꼈다. "죽이지 말아요, 제발... 저는 가난한 과부... 돈도 금도 없어요."

그녀의 개 울음소리 같은 흐느끼는 소리가 그를 깨웠다.

카로프는 자신이 한 일을 이해했다. 그는 국화를 던지고 문으로 달려갔다. 미친 듯이 뛰어 1층으로 내려갔다. 다행히 계단에는 아무도 보이지 않았다. 5층에서 거친 목소리가 들렸을 때 그는 아직 1층에 있지 않았다.

"도와줘요, 도와줘! 도둑, 살인마."

카로프는 달리기를 재촉했다. 그는 이 주거 지역에서 도망쳐 완전히 사라질 수 밖에 없었다. 다행히 첫 번째 이웃 거리는 약간 어두웠고 카로프는 더 침착하게 걷기 시작했다. 그의 머리는 으르렁거렸고, 그의 얼굴은 열광적으로 타오르고 있었고, 정확히 무슨 일이 일어났는지 알 수 없었다. 무의식적으로 그의 입술이 속삭였다. "이나 론타노바, "몬토"가 39, 5층." 그러나 모든 것이 악몽 같았다.

밤새 그는 잠들지 않았다. 그는 여러 번 서서 방에 불을 켰다. 수첩을 들고 이나가 손으로 쓴 전화번호를 한참 동안 곁눈질했다. 그는 다시 누웠지만 즉시 쏘인 것처럼 뛰어올랐다. 누군가 초인종을 울리거나 서둘러 아파트에 접근하는 것 같았다. "누가 나를 찾을까?" 그는 열심히 궁리했다.

동이 트기 전에 그는 잠들었다. 꿈에서 자동차 소리가 들렸다. 그것은 검은색 택시였고 뒷창문에서 작은 하얀 손이 그에게 작별 인사를 했다. 익숙한 목소리가 자신 있게 말했다.

"그물에는 무수한 물고기와 함께 태양 자체가 걸려 있습니다. 이 큰 주황색 태양."

안개가 자욱한 아침이 방의 창문을 밝게 비췄을 때, 그는 일어나서 일어난 모든 일에 대해 냉정하게 생각하려고 노력했다. 그의 마음을 괴롭히는 몇 가지 질문이 떠올랐다.

"그녀는 누구일까? 그녀는 어디에서 왔으며 어디로 사라졌을까?"

오후 5시경, 피곤하고 절망적인 그는 '프리마베로' 카페에 가서 구석에 있는 탁자에 앉아 양탄자를 곁눈질했다. 그는 그녀가 오늘도, 내일도, 모레도 오지 않을 것임을 이미 알고 있었다. 그는 그녀의 눈, 그녀의 얼굴, 그녀의 목소리를 기억하고 싶었지만 구체적인 것은 아무것도 기억하지 못했다. 그에게는 어떤 모르는 사람들의 모습을 거의 보이지 않고 알아볼 수 없는 오래된 사진을 통해 보는 것 같았다.

밖은 저녁이었다. 보도에 있는 사람들은 유백색 안개 속으로 금세 녹아내리는 창백한 그림자 같았다. 그는 무겁게 일어섰지만 갑자기 커피 값을 지불하지 않았다는 사실을 기억하고 여종업원에게 손을 흔들었다. 그녀는 친절하게 그에게 다가왔다.

"커피 한 잔 값을 치를게요." 카로프가 말하면서 그녀에게 돈을 주기 전에 조금 머뭇거리며 물었다. "실례합니다만 잘 기억하신다면 2주 전에는 제가 거의 매일 한 젊은 여성과 함께 있었지요."

여종업원은 그를 유심히 쳐다보았다.

"갈색 머리, 여대생... 우연히 그것이 오늘 여기에 없죠?"

여종업원의 파란 눈동자가 놀라움이나 두려움으로 동그랗게 커졌지만, 그는 돈을 탁자 위에 놓고 재빨리 문을 향해 출발했다.

집에서 그는 서류 가방을 열고 그리스식 항아리를 꺼내 몇 분 동안 가만히 바라보다가 손바닥에 부드럽게 쥐었다. 그리고는 갑작스러운 움직임으로 항아리를 바닥에 두드렸다. 백 조각으로 부서졌다.

"하지만, 그녀가 어딘가에 있었다는 것이 좋았어." 그는 만족스럽게 속삭였다.

율리안 모데스트의 저작들

-우리는 살 것이다!: 리디아 자멘호프에 대한 기록드라마

-황금의 포세이돈: 소설

-5월 비: 소설

-브라운 박사는 우리 안에 산다: 드라마

-신비로운 빛: 단편 소설

-문학 수필: 수필

-**바다별: 단편 소설**

-꿈에서 방황: 짧은 이야기

-세기의 발명: 코미디

-문학 고백: 수필

-닫힌 조개: 단편 소설

-아름다운 꿈: 짧은 이야기

-과거로부터 온 남자: 짧은 이야기

-상어와 함께 춤을: 단편 소설

-수수께끼의 보물: 청소년을 위한 소설

-살인 경고: 추리 소설

-공원에서의 살인: 추리 소설

-고요한 아침: 추리 소설

-사랑과 증오: 추리 소설

-꿈의 사냥꾼: 단편 소설

-내 목소리를 잊지 마세요: 중편소설 2편

-인생의 오솔길을 지나: 여성 소설

-욤보르와 미키의 모험: 어린이책

-비밀 일기: 소설

-모해: 소설

번역자의 말

『꿈속에서 헤매기』는 12개의 단편소설을 모은 책입니다. 꿈속에서 내가 아닌 다른 사람이 된 나를 보는 느낌을 받습니다. 사소한 일이 이상하게 꼬이고 꿈이라고 생각될 만큼 신비로운 일이 발생하는 주인공들을 보면서 독서의 즐거움을 맛보았습니다.

책을 읽지 않는 남편에게 정신적으로 더 성숙하고 존경받는 사람이 되라고 독서를 강조했더니 남편이 책을 읽습니다. 그러더니 정신적 성장과 함께 몸이 들려올라가는 조금 황당한 이야기가 나옵니다.

어느 가을 밤에 비도 내리는데 누군가 자기를 따라옵니다. 두려워하며 집에 왔는데 그 사람이 집에까지 들어옵니다. 아마도 자신의 분신인 듯합니다.

이혼을 했는데 법원의 이혼재판서류가 판사와 법원공무원 사이에서 실종되어 서류상 기혼자인 남자가 새로운 애인을 만났으나 결혼하지 못하는 어처구니없는 일이 발생하기도 하고, 평범한 회사원인데 어느 날 녹색당 사무총장이 된 자신을 티브이에서 보고 쌍둥이라고 오해합니다. 주변 사람들은 직장생활이나 열심히 하라고 충고를 합니다. 아니라고 하면서 사무총장을 찾아 만나러 갔는데 자신에게 연단에 나와 연설하라고 합니다. 읽으면서도 한 사람이 두 역할을 하는건지 행동해 놓고 기억을 못하는 건지 실제 두 사람이 나오는지 정말 꿈속을 헤매는 느낌을 받았습니다.

이 책을 구매하신 모든 분께 감사드립니다.

- 오태영(mateno, 진달래출판사 대표)